無自覚聖女は今日も無意識力を垂れ流す

今代の聖女は姉ではなく、妹の私だったみたいです

2

あーもんど Almond
ILL. あんべよしろう Yoshiro Ambe

Story
［あらすじ］

カロリーナ・サンチェス公爵令嬢は、姉フローラの陰湿ないじめに耐えていた。フローラはカロリーナを産んだことが負担となって最愛の母が亡くなったという思い込みから妹が疎ましく、表面上は「優しくて妹思いの優秀な姉」を演じていたのだ。何をしても姉には追い付けないことに歯がゆさを感じるカロリーナだったが、国家間のトラブルの解決策として隣国へ嫁ぐことが決まる。相手は「戦好きの第二皇子」として有名なエドワードだった。秘密裡に隣国へ渡り、エドワードと初対面を遂げるが噂とは異なりとても紳士的な彼に興味を抱くカロリーナ。その後、紹介された皇族も彼女を温かく迎える。カロリーナは「可愛い娘」「優秀な生徒」という言葉を義両親からかけられ、はじめて自分の存在価値を認められるように。安堵するカロリーナだったが、ある日何者からか襲撃を受ける。それはマルコシアス帝国の皇位継承権をめぐる派閥争いの一環だという。争いの原因は、第一皇子が「マナ過敏性症候群」のため公の場に出られないことにあった。派閥争いに巻き込まれたカロリーナだったが、「結婚は白紙には戻さない」とエドワードに宣言。花嫁修業も佳境に入る。

一方、生国であるセレスティア王国では数々の異変が起こっていた。魔物の出現率が上がり、作物の成長が遅れ、疫病問題が起こっていたのだ。次期聖女フローラの不調が原因ではないかとささやかれていたが、どうやら事実とは異なるようで——

テオドール

エドワードの補佐で、副団長。
頭脳明晰で天才魔法師でもある。
エドワードの幼なじみ。

フローラ

サンチェス公爵家長女。
次期聖女とも謳われ、あらゆる分野で優秀な成績を残すが、妹の前では残酷。

Characters
［人物紹介］

カロリーナ
サンチェス公爵家の次女。
政治利用される自分の立場を理解する聡明さがあり、これと決めたことは意外と譲らない気丈さをもつ。

エドワード
マルコシアス帝国、第二皇子。
『烈火の不死鳥団』団長でもある。
カロリーナの人間性に好意を抱く。

マリッサ
伯爵令嬢で、カロリーナの侍女。
冷静で寡黙な美人。

オーウェン
かつては問題児であったが、一連の騒動で改心する。
カロリーナの護衛騎士。

レイモンド
セレスティア王国宰相。
多忙かつぶっきらぼうなため、カロリーナへの愛情を表現していなかったが娘思い。

ギルバート
マルコシアス帝国第一皇子。
マナ過敏性症候群のため、自由が利かない生活を強いられている。

ヴァネッサ
マルコシアス帝国、皇后。
氷結魔法の使い手。
無表情だが実は愛情深い。

エリック
マルコシアス帝国、皇帝。
魔法剣士として伝説的な武勇伝をもつ。

コレット
烈火の不死鳥団、団員。
以前カロリーナに命を救われたことがある。

プロローグ《テオドールside》 12
第一章 16
第二章 57
《マリッサside》 99
《カロリーナside》 111
第三章 130
《フローラside》 137
第四章 179
《ギルバートside》 207
第五章 217
第六章 246
《エドワードside》 262
《ギルバートside》 275
エピローグ《レイモンドside》 293
書き下ろし番外編 ～初夜の悶々～《エドワードside》 302
あとがき 308
イラストレーター あとがき 311

無自覚聖女は今日も無意識に力を垂れ流す
今代の聖女は姉ではなく、妹の私だったみたいです
contents

プロローグ《テオドール side》

夜の帳が下りる頃――――私は静寂が支配する執務室で、一人もくもくと溜まった書類を処理していた。部屋を埋め尽くすほどの書類の量に、密かに溜め息を零《こぼ》す。

はぁ……まさか、真犯人探しに躍起になっている間にこんなに書類が溜まっていたとは……。これを全部処理するのに一体何日かかるのやら……。まあ、エドワード皇子殿下が頑張ってくれたおかげで、五分の一は片付いているようですが……。

『真犯人を無事確保出来たのだから、これくらいは甘んじて受け入れるべきか』と肩を落とし、私は書面に視線を落とした。文章に目を通しながら、眠気覚ましのコーヒーに手を伸ばす。

今回確保した犯人は以前カロリーナ様にスナイパーを送り込んだ黒幕でもあった。スナイパー事件の方は既に調べがついており、かなりの証拠と証人が揃っている。なので、その事実を利用して、犯人の早期逮捕に乗り切った。

真犯人である第一皇子派の者を、あくまでスナイパー事件の犯人として捕らえ、取り調べで刺客を送り込んだ黒幕だと吐かせることで、この事件の早期解決を図ったのだ。

スナイパー事件と刺客を送り込んだ黒幕が同一犯であったことは不幸中の幸いでした――――と

言っても、過激派の貴族を根絶やしに出来た訳ではありませんが……。

今回捕らえたのはあくまで過激派の一部に過ぎません。探せばもっと居るでしょう。まあ……そう簡単に尻尾は出さないでしょうがね……。

「本当に困りますね……うちの皇子とその婚約者様にあれこれ手を出されては……」

大きな独り言を零した私はトントンッと空中を叩き、空間収納の口を開ける。大事な書類が入れられたそれに手を突っ込めば、カサッと何かが手に触れた。

おや？　亜空間にこんな小さなものを入れた覚えは……あぁ、これはカロリーナ様宛の手紙ですか。

何の気なしにそれを取り出せば、確かにそこにはカロリーナ様の名前とそのお父上であるレイモンド公爵のサインがあった。

そう言えば、まだこの手紙をお返ししていませんでしたね……。あの騒動の処理と犯人探しで忙しくて、会う機会もありませんでしたし……。カロリーナ様から手紙を預かっている事実すらもすっかり忘れていましたよ。

見慣れない文字を眺めながら、私はそっと手紙の表面を撫でる。『早くこの手紙をカロリーナ様に返さなくては』と考える中、ふと脳裏にセレスティア王国の内情が思い浮かんだ。

作物問題、魔物問題、疫病問題……セレスティア王国に渦巻く三大問題、ですか。

聖女の不調が原因と考えられている問題ですが、それにしては被害があまりにも大き過ぎますよね。予兆も何も無く、様々な問題が勃発するなんて、普通では考えられません……。一部では『大好きな妹と会えないため、不安がっているんじゃないか』という声が上がっていますが、あの女がその程度のことで不安になるとは思えません……。

次期聖女と謳われるフローラ・サンチェスとはパーティーで何度かお会いしたことがありますが、彼女はその辺のか弱い令嬢とは全く違うオーラを纏っていました。庇護欲を誘うような愛らしい外見をしているのは確かですが、それ以上に強かな女の香りがします……。少なくとも、清廉潔白で慎ましやかな女とは思えませんでした。

まあ、彼女とはパーティーで顔を合わせる程度の関係だったので、私の勘が正しいかどうかは分かりませんが……。

「とりあえず、あの女のことは置いておきましょう。どうせ、深い仲でもありませんし……ですが――この三大問題は使えるかもしれませんね」

先日オーウェンが仕出かした騒動について、どう責任を取るべきか思い悩んでいましたが、その必要はもうないようです。問題解決のための援助をすると言えば、セレスティア王国側も強く言えないでしょう。

まあ、もっとも……被害者であるレイモンド公爵はあまり気にしていないようでしたが……。ですが、他国の重鎮に一方的に無礼を働いた以上、何もしない訳にはいきません。帝国側も何らかの形で責任を取るべきでしょう。

物資援助はさておき、肉体労働力の提供はうちの団員を使うことが出来る。魔物問題なんか特に……。魔物の討伐部隊として、うちの団員を派遣すればこちらの面子も立つだろう。オーウェンの処遇についても、ある程度融通が利くはずだ。

ふふふっ……本気で困っているセレスティア王国には少し失礼かもしれませんが、この問題は最大限利用させて頂きます。

「全ては我が主エドワード・ルビー・マルティネス様のために……」

ニヤリと怪しい笑みを浮かべると、カーテンの隙間から差し込んだ朝日が私の顔を照らし出した。

太陽の眩しさに目を細める私は『もう朝か』と独り言のように呟く。呑気に欠伸をする私はまだ気づいていなかった。

――本物の聖女が誰なのか……。

そして、衰退していくセレスティア王国に対し、マルコシアス帝国がどんどん平和になっている事実を……。

――ヒントはこの書類の山に、また答えは私の頭の中にあった。

第一章

波乱を呼んだ建国記念パーティーから一週間が経過し、ようやく平穏を取り戻した頃――ついに護衛騎士のオーウェンが仕事に復帰した。

「カロリーナ様、護衛騎士オーウェン・クライン、本日より復帰致しました」

そう言って、優雅に一礼するのは『烈火の不死鳥』団随一の問題児であるオーウェンだった。先週まで軽率な発言が絶えなかったのに、今では礼儀作法を完璧にマスターし、敬語も使いこなしている。『本当にあのオーウェンか？』と疑いたくなる豹変っぷりに、私もマリッサも驚きを隠せなかった。

正直、ここまで変わるとは思ってなかったわ。良い意味で予想を裏切られた。コレットの言う通り、オーウェンは『やれば出来る子』だったのね。

「挨拶ご苦労さま。今日からまた私の護衛をよろしく頼むわね？」

「はい、お任せ下さい」

騎士の礼を取って応じるオーウェンは『それでは、持ち場に戻ります』と声を掛けて、後ろへと下がる。それと入れ替わるように、マリッサが私の側まで歩み出た。ソファに腰掛ける私と目線を合わせるように、彼女はその場でしゃがみ込む。

「カロリーナ様、本日のスケジュールを確認させて頂きます。まず、今日はエドワード皇子殿下と共に結婚式の打ち合わせを行い、そのあとウェディングドレスの試着と手直しを行います。尚、ウェディングドレスのデザインはもう既に決まっているため、大きな変更は出来ません。そこは予めご了承ください」

「そう。分かったわ」

今日は意外とやることが多いわね……って、それは当たり前か。だって、もう結婚式の一週間前だものね。さっさと準備を終わらせていかないと、式に間に合わないわ。

ヴァネッサ皇后陛下の話だと、式の日取りや場所は既に告知済みのようだし。貴族の家にはそれぞれ結婚式の招待状も届いているみたい。ここまでやっておいて、『準備が間に合いませんでした』は通用しないわ。

「マリッサ、エドワード皇子殿下との打ち合わせは何時からか分かる？」

「十時頃を予定しております」

「なら、もうすぐね。場所は？」

「ここ、カロリーナ様の自室で打ち合わせを行うようです。なので、もうすぐエドワード皇子殿下がいらっしゃ……」

『いらっしゃるかと』と続くはずだったマリッサの言葉は、突然鳴り響いたノック音により遮られる。ふと掛け時計に視線を移せば、時計の針は九時半をさしていた。

予定より三十分も早く来るなんて、エドワード皇子殿下は意外とせっかちね。

「どうぞ」

「――――失礼する」

入室の許可を出せば扉の向こうから、せっかちなお客様が現れた。燃えるような赤髪と神々しい黄金の瞳が良く似合う彼は相も変わらず、格好いい。

今日は珍しく、テオドール様を連れていらっしゃらないのね。いつも一緒にいらっしゃるから、二人揃わないとなんか変な感じがするわ。物足りないと言うか、なんと言うか……。

まあ、最近は色々あったから忙しいんでしょうけど。

「ご機嫌麗しゅうございます。カロリーナ・サンチェスがエドワード皇子殿下にご挨拶申し上げます」

「ああ……。堅苦しい挨拶は不要だ。楽にしてくれ」

ソファから立ち上がってお辞儀をする私に、エドワード皇子殿下はそう答える。そして、コツコツと足音を立てながら歩みを進めると、何故か私の横に腰を下ろした。

……ん？　何故、ここに……？　ソファなら、他にもあるのに……。このソファにどうしても座りたかったのかしら？

立ったまま考え事をする私はコテリと首を傾げる。『別のソファに移った方が良いだろうか』と思案する中、エドワード皇子殿下はポスポスと自分の横を叩いた。

「隣に座ってくれ。カロリーナと並んで座りたい」

「え？　あっ、はい。では、お隣失礼します」

促されるままエドワード皇子殿下の隣に腰を下ろすと、ドキリと胸が高鳴る。私の気のせいかもしれないが、彼との距離が妙に近く感じた。

「ま、マリッサ、お茶の準備をしてくれる？」

「畏《かしこ》まりました。直ちに準備致します」

ドクドクと激しく脈打つ心臓を他所《よそ》に、マリッサは紅茶の準備のため一礼して下がる。何故だか、妙に緊張してしまう私は気持ちを落ち着かせるように胸元をギュッと握り締めた。

今までにも、距離が近くなる場面は何度かあったけれど、ここまで長く続くことはなかった……。打ち合わせが終わるまで、これが続くのね……。私の心臓、持つかしら……？

「時間もあまりない事だし、早速打ち合わせを始めよう。結婚式当日の動きについてだが、流れは普通の結婚式とほとんど変わらないらしい。ただ……レイモンド公爵は式に参加出来ないみたいでな……」

躊躇《ため》らいがちにそう語ったエドワード皇子殿下を前に、さっきまでバクバクと鳴っていた心臓は一瞬にして静まり返る。いきなり冷水を浴びせられたような感覚に陥り、私の思考は停止してしまった。

お父様が結婚式に参加出来ない、か……。まあ、予想はしていたわ。あんな騒動が起きれば、お父様は参加したくても出来ないわよね……。

真犯人が捕まったことで、お父様の身の潔白は証明されたが、それで全てが解決する訳ではなかった。一方的に巻き込まれただけの被害者だからこそ、周りに与える影響は大きい。両国の貴族に変な刺激を与えてしまうだろう。

特に帝国の貴族は皇位継承権問題で色々と揉めているため、何かアクションを起こす危険性があった。

お父様を守るためと分かっていても、ショックが大きい……。お父様に私のウェディングドレス姿、見て欲しかったのに……。

そっと目を伏せた私は泣きそうになるのを必死に堪えながら、口角を上げる。無理にでも笑ってなきゃ、泣き崩れてしまいそうだった。

「……そう、ですか。分かりました。じゃあ、新婦の入場は私一人で……」

「――――いや、カロリーナを一人で入場させる気は無い」

「えっ……？」

思わず素っ頓狂な声を上げた私はエドワード皇子殿下の顔をまじまじと見つめてしまう。頭の中はたくさんの『？』マークでいっぱいだ。

私を一人で入場させる気は無い？　それは一体どういう意味かしら……？　通常は一緒に入場してくれる親族が居ない場合、一人での入場になるはずだけれど……。

暗黙の了解と呼ぶべき入場のルールに思いを馳せる私は、パチパチと瞬きを繰り返す。全く状況を呑み込めない私を前に、エドワード皇子殿下はポンッと優しく頭を撫でてくれた。

「大丈夫だ。不安がらなくていい。新郎新婦の入場は私とカロリーナの二人でやる」

「はい……!?　エドワード皇子殿下にはエリック皇帝陛下が居らっしゃるではありませんか！」

「父上にはもう既に話を通してある。それに夫婦二人で入場すれば、私達の仲の良さも周りにアピール出来るだろう」

「で、ですが……！」

結婚式は一生に一度のもの。家族と一緒に入場する場面は特に思い出に残る大事なシーンだ。それを私の都合のせいで変えてしまうのは……！

「カロリーナ、私は君を一人寂しく入場させるつもりはない。一生に一度の結婚式だから、最高のものにしたいと思っている。それに……新婦だけ一人で入場させて、自分は父親と一緒に入場なんて……私が耐えられないんだ」

「エドワード皇子殿下……」

いつになく、真剣な顔でこちらをじっと見つめる赤髪の美丈夫からは、誠意と熱意が感じられた。恐らく、彼は本気で最高の結婚式にしようと思っているのだろう。だから、彼なりに一生懸命考えて……こういう結論に至ったのだ。

何ともエドワード皇子殿下らしい豪快な考えだが、正直なところアイディア自体は悪くない。新しい風を吹かせるという意味では実に素晴らしいアイディアだった。

皇族の結婚式でこれをやれば、それは国中に広まる。好意的に捉えられるかはさておき、『そういうやり方もあるんだ』と認知してもらうことは出来るだろう。もしかしたら、両親が居ない結婚式で肩身の狭い思いをする新郎新婦が少しは減るかもしれない……。

何より――――これはエドワード皇子殿下が私のために一生懸命考えてくれたアイディアなのだ、無下《むげ》にすることは出来なかった。

「分かりました。エドワード皇子殿下のご厚意に、素直に甘えさせて頂きます。私達の結婚式はこの入場方法で行きましょう」

穏やかな気持ちでそう答えれば、エドワード皇子殿下は僅かに目元を和らげる。美しいゴールデンジルコンの瞳はやはり、どこまでも優しかった。

――――その後、特に問題もなく打ち合わせを終えた私はウェディングドレスを試着するため、レッスン室を訪れていた。

間切りカーテンで仕切られた室内に男性の姿はなく、護衛騎士のオーウェンですら外で待機している。完全に女性だけとなった空間には侍女やデザイナーの他に――――何故か、ヴァネッサ皇后陛下の姿もあった。

「それじゃあ、早速だけど、試着に移りましょうか」

「畏まりました」

私に代わって、この場を取り仕切るヴァネッサ皇后陛下は皇城仕えの侍女達に次々と指示を飛ばす。呆然と立ち尽くすしかない私は、マリッサ率いる侍女集団に連れられ、奥のスペースへ放り込まれた。

そこには――――ほぼ完成しているウェディングドレスがある。シルクをふんだんに使用したそれは部屋の照明に反射し、キラキラと輝いていた。

わあ……!! 凄く綺麗……!! 細かいところまで凄く拘っているし、幾つもの布を重ねたスカート部分には繊細で美しい刺繍が施されている。それも一針一針、丁寧に! 白い糸で施された刺繍のため、よく見ないと分からないけれど、見えないところまで拘り抜く精神には感心した。

「綺麗ね。それに刺繍も細やかで……実に美しいわ」

「カロリーナ様のお気に召したようで、安心しました。さあ、ドレスの試着を始めましょう」

「ええ、そうね」

着るのが勿体ないくらい美しいウェディングドレスから視線を逸らし、両手を広げれば侍女達がドレスを脱がしに掛かる。身につけているアクセサリーや手袋まで脱がされ、私はあっという間に一糸纏わぬ姿となった。

――それから程なくして、ウェディングドレスに着替え終わった私は奥のスペースから出て、デザイナーやヴァネッサ皇后陛下の前に現れる。密かに緊張する私を前に、彼女らは実に真剣な表情で、こちらを見つめた。デザイナーの女性に関しては私の周りをぐるぐる回って、あらゆる角度からウェディングドレスを観察している。正直、ちょっと居心地が悪い。

なんか、こう……他人にジロジロ見つめられるのは疲れるわね。それにブツブツ独り言を言っているようだし……。何か不味いところでもあったのかしら? もしかして、思ったより私の体型が丸かったとか? このウェディングドレスは、デザイン的にコルセットを装着出来ないものね……。素の体型が大きく影響するドレスだから、もう少し痩せた方が良いかもしれないわ。

『お菓子を控えようかしら?』と悩んでいると、観察タイムを終えたデザイナーとヴァネッサ皇后陛下が顔を見合わせた。

「想像以上にカロリーナのお腹周りが細いわね。コルセットなしの判断に間違いはないけど、ちょっと調整が必要かもしれないわ」

「……えっ？」

「それは私も考えていました。もう少し腰周りを締めておきます」

「えっ？　あの……」

「あと、胸元のアクセントとなるリボンは要らないわね。なんか安っぽく感じるわ。それから、肩周りを覆うレースについてだけど、もう少し薄い生地がいいと思うわ」

「そうですね。カロリーナ様は肌も綺麗ですし、それを引き立てるためにもう少し薄い生地にしてみます」

「ええ……？」

ドレスを着る張本人である私は完全に蚊帳の外で、ヴァネッサ皇后陛下とデザイナーは変更点を並べていく。何かスイッチでも入ったのか、二人は熱心にドレスのことについて話し合っていた。

私はこのままでも十分素敵だと思うけど……。肌触りも良いし、コルセットがない分苦しくないし、デザインだってとっても素敵だもの。正直どこに問題があるのか分からないわね。

――と一人考え込んでいれば、不意に部屋の扉がノックされる。

オーウェンかしら？　何か予期せぬトラブルでもあったのかもしれないわね。

「どうぞ」

一応この部屋を借りているのは私のため、この場を代表して入室の許可を出す。誰が来るのかと待ち構えていれば、直ぐに扉が開いた。

そこには護衛騎士のオーウェン……だけでなく、何故かエドワード皇子殿下とテオドール様の姿もある。驚きのあまり声も出せずにいれば、ライム色の髪の青年がサッとその場で頭を下げた。

「突然の入室、申し訳ございません。『烈火の不死鳥』団団長のエドワード皇子殿下と副団長のテオドール殿より、入室の申し出があり、お伺いを……」

「そう。なら、入ってもらって構わないわ。オーウェンは引き続き、外で警護をお願い」

「畏まりました」

騎士の礼を取って応じるオーウェンはヴァネッサ皇后陛下に一礼してから、部屋を辞す。それと入れ替わるように扉の前で待機していた赤髪の美丈夫と金髪の美男子が中に入ってきた。

エドワード皇子殿下はさておき、テオドール様と会うのは久しぶりね。建国記念パーティー以来かしら？

「さっきぶりだな、カロリーナ。そのウェディングドレス、よく似合ってるぞ」

「ありがとうございます、エドワード皇子殿下」

「ヴァネッサ皇后陛下、カロリーナ様、お久しぶりです。お二人共お元気そうで安心しました」

「久しぶりね、テオドール。貴方は……あまり元気そうではないわね。きちんと休みなさい。いつか倒れるわよ？」

「お久しぶりです、テオドール様。いつもお疲れ様です」

にこやかに挨拶を交わす私は思ったよりも酷いテオドール様の顔色に、苦笑する。気遣わしげな視線を送る私とヴァネッサ皇后陛下に、テオドール様は『まだ大丈夫です』と微笑んだ。

本当に大丈夫かしら？　見るからに具合が悪そうだけど……顔が妙にやつれている上に、隈も酷いわ……。不眠不休でずっと働いている人のよう……。

出来れば今すぐ休んでほしいけど、『烈火の不死鳥』団はテオドール様が居ないと上手く回らないものね……。

「あっ、そうだ。カロリーナ様、遅くなりましたが、お約束していた手紙です。予定よりお預かりする期間が長くなってしまい、申し訳ありません」

懐から例の手紙を取り出したテオドール様は謝罪の言葉と共にそれを私に差し出す。亜空間収納で大切に管理されていた手紙は傷一つなく、私の元に帰ってきた。

最近色々ありすぎて忘れそうになってたけど、テオドール様にお父様から頂いた手紙を預けていたんだった。わざわざ渡しに来てくれるなんて……本当に有り難いわ。

「ありがとうございます、テオドール様」

礼を言ってから、手紙を受け取った私は宝物みたいにそれを胸に抱き締める。当分、父に会えないため、この手紙はお守り代わりみたいなものだった。

お父様は結婚式にも来れないみたいだし、より一層大事にしないと。

「それにしても、本当にお綺麗ですね。普段のカロリーナ様も綺麗ですが、それに磨きが掛かったようです」

「ああ、凄く綺麗だ。だが……ちょっとドレスが地味過ぎるな。カロリーナに負けてないか？」

「あら？　エドワードはよく分かってるわね。今、デザイナーとドレスの変更点について話し合っていたところよ。貴方も何か要望があるなら、言っておきなさい」

「ああ、そうする」

無表情親子は互いに頷き合うと、デザイナーを輪に加えた上で、中断していた話し合いを再開させた。その話し合いが妙に白熱しているのは私の気の所為《せい》……だと思いたい。

ウェディングドレスをより良いものにしようとしてくれるのは嬉しいのだけど……時間は大丈夫なの？　エドワード皇子殿下もヴァネッサ皇后陛下もこのあと用事があるんじゃ……。

チラッと側に居るテオドール様に目を向ければ、『指輪の次はドレスですか……』と呆れたように肩を竦めた。どうやら、テオドール・ガルシアの苦難の日々はまだまだ続くようだ。

いつも本当にお疲れ様です、テオドール様……。


――――時間との勝負を強いられた結婚式の準備は連日連夜行われ……気づけば、結婚式当日を迎えていた。

結婚式の会場となる大聖堂の控え室で、ウェディングドレスに着替えた私は震える手をギュッと握り締める。緊張するあまり、うまく笑えない私はグッと口元に力を入れた。

し、知らなかった……まさか、結婚式の様子を――魔道具を介して帝国全土に映し出すだなんて……。

一人サァーッと青ざめる私は皇帝に代々受け継がれるという、映像魔道具に思考を巡らせる。設置した場所のリアルタイム映像を映し出すそれは歴史的価値が高く、値段がつけられないほどだった。その上、魔道具を発動・維持するのにかなりの魔力を消耗するため、本当に大事な行事でしか使われない。使用頻度は年に一度使うかどうかである。

帝国中の貴族が全員集まっているだけでも胃が痛いのに、歴史的価値の高い魔道具を私の結婚式に使用するだなんて……！　恐れ多いにもほどがあるわ……！　まあ、平民へ正しい情報を出来るだけ早く伝えるためにこうするしかなかったんでしょうけど……！　でも、こういう大事なことはもっと早く教えて欲しかった……。結婚式当日の朝に言われても、困るわ。

『はぁ……』と深い溜め息を零す私は、『失敗は許されない』というプレッシャーに耐える。本番目前にして憂鬱な気分になっていれば、ドレスの微調整を行っていたマリッサが不意に口を開いた。

「結婚式の主役である花嫁がそんな暗い顔をしてはいけませんよ。緊張するのは分かりますが、もう少しリラックスして下さい」

「うぅ……頭では分かっているのだけれど、予想以上に豪華になった結婚式を思うと、どうしても憂鬱で……。ミスでもしたら、どうしましょう？」

「ふふっ。大丈夫ですよ。カロリーナ様は練習やリハーサルを頑張っていましたから。昨日なんて一日中、イメージトレーニングをしていたではありませんか。心配はいりません。きっと成功しますよ」

「ありがとう、マリッサ。少しだけ自信が湧いたわ」

普段は全くと言っていいほど喋らないマリッサだが、今回は私の緊張を解くため話し掛けてくれたらしい。そんな彼女の何気ない気遣いに感謝しつつ、私は改めて鏡に映る自分と向き合った。

化粧とドレスで別人のように美しくなった自分がそこに居る。ところどころ改善されたウェディングドレスは以前より輝きを増し、化粧で完全に大変身した私はそのドレスに釣り合う女性になっていた。

自分で言うのもなんだけど、本当に綺麗だわ。これが私なんて、信じられない……。

鏡に映った自分を食い入るように見つめる私は思わず、感嘆の声を漏らす。花嫁らしい清楚な仕上がりに満足していれば、マリッサがポケットの中から懐中時計を取り出した。

「カロリーナ様、約束のお時間です」

丁寧に時計の蓋を開けたマリッサは、入場時刻の十分前をさす文字盤をこちらに見せる。

やだ！　もうそんな時間!?　早く会場に向かわなくては！　エドワード皇子殿下のことだから、もう会場の前で待っているかもしれないわ！

「早く行きましょう、マリッサ。エドワード皇子殿下や来賓の皆さんがお待ちだわ」

「はい、カロリーナ様」

マリッサの手を借りて、椅子から慎重に立ち上がった私は慌てて控え室を後した。ドレスや髪型が崩れないよう、気をつけながら廊下を進み、約束の場所までやってくる。

廊下と会場を隔てる扉の前には、既にエドワード皇子殿下の姿があった。真っ白なタキシードに身を包む彼は誰がどう見ても美しい。

わあ……！　エドワード皇子殿下って、普段は全然白い服を着ないから、より一層輝いて見えるわ！　もちろん、普段着ている黒や赤の服も素敵だけど！

思わず足を止めた私は入場のことなど忘れ、エドワード皇子殿下のタキシード姿に見惚れる。だが、後ろからマリッサに名前を呼ばれ、ハッと正気に返った。もう時間がないことを思い出し、慌てて彼の下へ駆け寄る。

「エドワード皇子殿下！　遅れてしまって、申し訳ありません！」

「いや、時間通りだから謝らなくて良い。それより……」

赤髪の美丈夫はそこで言葉を切ると、私の頰にそっと手を添えた。

「――――凄く綺麗だ。他の奴に見せるのが勿体ないくらい」

「……え、あ……えっと……お、お褒めの言葉ありがとうございます……」

エドワード皇子殿下のストレートな褒め言葉に、私はカァッと頰を赤らめ、俯いてしまう。照れるあまり、エドワード皇子殿下の顔をまともに見れない私は、熱くなる体を宥めるのに必死だった。

も、もう……！　エドワード皇子殿下ったら、何でこのタイミングでそんなこと言うのよ……！　貴方の言葉は嘘がない分、タチが悪いのよ！　他の人が相手だったら、『お世辞かな？』って思えるのに……!!

彼のおかげで緊張は吹き飛んだものの、今度は顔の火照りが収まらない。そんな私達の様子を、マリッサはどこか微笑ましげに見つめていた。

――――と、ここで私達の入場を知らせるアナウンスが流れる。

『ご来場の皆様、新郎新婦の入場です。どうぞ、温かい拍手でお迎えください』

火照った頰を冷ます時間もなく本番となり、私は慌ててエドワード皇子殿下の腕に手を添えた。

そして――――結婚式の始まりを知らせる純白の扉が開かれる。扉の向こうには神聖な空間が広がっており、大勢の人で溢れ返っていた。

新郎新婦の入場に沸き上がる参列者たちは割れんばかりの盛大な拍手を巻き起こす。会場のあちこちから祝福の言葉を掛けられる私達はグルッと辺りを見回した。

「一番大きい聖堂を借りたはずなのに、人口密度が凄いことになってるな」

「ふふっ。そうですね」

小声で会話を交わす私達は人の多さに圧倒されながらも、顔を見合わせてクスリと笑みを漏らす。

そんな私達の様子がどういう風に映ったのかは分からないが、あちこちから『キャー！』と黄色い悲鳴が上がった。

多くの人に祝福されている事実に喜びを感じる私は、エドワード皇子殿下と共に会場内へ足を踏み入れる。すると、より一層大きい歓声が上がった。

「ご結婚おめでとうございます！」

「いやぁ、今日は良き日だ！」

「本当お似合いの夫婦ね！」

「末永くお幸せに！」

一歩前へ進む度、聞こえるお祝いの言葉に私は頬を緩ませる。

この場にお父様が居ないことだけが心残りだけど、これは間違いなく最高の結婚式だわ。まだ始まったばかりだけれど、私にはそう断言出来る自信があった。

会場内をゆっくり進む私達はやがて司式者である司教様の前まで辿り着く。本来であれば、結婚式の司式は下っ端の神官がやるのだが、今回は特別に司教様がその役割を引き受けてくれた。

二人仲良く肩を並べる私達は互いに気分を高揚させながら、司教様と向かい合う。優しそうな顔立ちの司教様はただ穏やかに微笑んだ。

「新郎エドワード・ルビー・マルティネス、あなたはここにいる新婦カロリーナ・サンチェスを、健やかなるときも病めるときも、富めるときも貧しいときも、夫として愛し、敬い、いつくしむことを誓いますか？」

「誓います」

「新婦カロリーナ・サンチェス、あなたはここにいる新郎エドワード・ルビー・マルティネスを、健やかなるときも病めるときも、富めるときも貧しいときも、妻として愛し、敬い、いつくしむことを誓いますか？」

「はい、誓います」

「では、指輪の交換を」

無事誓いの言葉を終えると、司教様は聖書台に置かれたケースを前に差し出した。そのケースの中には、私の瞳のように真っ赤なルビーの指輪がある。どうやら、エドワード皇子殿下は本当に結婚指輪の宝石をルビーにしたらしい。

綺麗……。宝石もそうだけど、指輪の形や装飾も凄く凝っているわ。職人の腕の良さがよく分かる。

細やかな装飾が施された指輪は美しく、リングの内側には互いの名前が彫られている。また、主役とも言えるルビーは小ぶりながらも、圧倒的な存在感と輝きを放っていた。

そう言えば、指輪のデザインはエドワード皇子殿下が自ら考えたのよね？　相当悩んでいたみたいだけど、その苦悩と比例するように素敵な仕上がりだわ。

『本当に綺麗だ』と心の中で絶賛する中、エドワード皇子殿下はケースから一つ指輪を取り出すと、それを私の薬指に嵌めてくれた。

私の薬指で輝く結婚指輪に感慨深い何かを感じ、うるっと来てしまう。

泣いちゃダメって分かっているのに……！　ダメね、私ったら……！

キュッと口元を引き締め、なんとか涙を堪える私はもう一方の指輪を手に取った。震える手で、エドワード皇子殿下の薬指に指輪を嵌める。

今、私はエドワード皇子殿下と同じ結婚指輪を身につけているのね。たったそれだけの事なのに……夫婦では当たり前の事なのに……とても満たされる。嬉しすぎて、この気持ちをどう言い表せば良いのか分からなかった。

「では、最後に――誓いのキスを」

司教様の穏やかな声と共に顔に掛けられたベールが上げられる。目の前にはエドワード皇子殿下の端整な顔があった。

き、キス……。こればっかりはぶっつけ本番だから、緊張するわね……。う、上手く出来るかしら……？

緊張する私とは対照的に、穏やかな表情を浮かべる赤髪の美丈夫は唇を薄く開き、そっと目を閉じた。それに釣られるように、私も目を閉じる。そして――一瞬だけ……本当に一瞬だけ唇に柔らかい何かが触れた。短いながらも、しっかりと唇の感触が伝わってきて、私は頬を紅潮させる。

初めてのキスは――幸福の味がした。


終始お祝いムードで進んだ結婚式は無事終了し、帝都を巡回するパレードも行われた。

多くの帝国民に結婚を祝ってもらい、最高の結婚式を終えた私だったが――安心するのはまだ早かった。

何故なら、新婚夫婦には欠かせないイベントが一つ残っているから。それはずばり――〝初夜〟である。

湯浴みを済ませ、身を清めた私はエドワード皇子殿下の寝室で新郎の到着を待つ。

うぅ……そうよね。政略結婚でも初夜はあるわよね……。結婚式のことばかり考えていて、初夜のことなんてすっかり忘れていたわ……。心の準備なんて一切出来ていないわよ……。する暇もないくらい忙しかったし……。

グルグルと部屋の中を歩き回りながら一人悶々と考え込む私だったが、不意に扉が開かれる。第二皇子殿下の寝室にノックもなしに入れる人物など一人しか居らず……恐る恐る振り返ると、バスローブに身を包むエドワード皇子殿下の姿があった。

お風呂上がりなのか、彼の赤髪は濡れており、ペタンとしている。

い、色気が半端ないわ……!!　女の私より、色気があるんじゃないかしら!?

水も滴るいい男と言うべきか、エドワード皇子殿下の風呂上がり姿は実にセクシーだった。

「……悪い、遅くなった」

「い、いいいいいいえ!!　お気になさらず！」

あああああ!!　何でもっと自然に話せないの!?　私!!　これじゃあ、緊張しているのが丸分かりじゃない!!　もっとこう……自然に話さなきゃ！

「え、エドワード皇子殿下、今日は結婚式お疲れ様でした。とても良い式でしたね」

「ああ、そうだな」

「え、えーと……あっ！　そうだわ！　指輪！　とっても素敵な結婚指輪を用意してくれて、ありがとうございます。一生懸命デザインを考えて下さったんですよね？」

「ああ、そうだな」

「え、あの……」

全っ然会話が続かないのだけれど!?　エドワード皇子殿下って、こんなに話しづらい方だったかしら!? 確かに話が得意な方ではなさそうだけど、ここまで会話が続かないことってある!?

それにさっきから、返事に心が籠っていないと言うか、心ここに在らずと言うか……! 私の話をきちんと聞いているかどうかも怪しい……。

扉の前で意味もなく棒立ちするエドワード皇子殿下を前に、私は不信感を募らせた。

「あの、エドワード皇子殿下。さっきから心ここに在らずと言った様子ですが、もしかして体調が……」

「いや、体調に問題はない」

「では、睡眠不足と慣れない行事のせいでお疲れだとか……?」

「全く疲れていないと言ったら嘘になるが、別にそこまで疲れていない」

「で、では何故さっきからその場から動かないのですか? それに全然目も合わせてくれませんし……もしかして、私が何か気に触ることでも?」

「それは断じて違う!――――って、あ……」

珍しく声を荒らげたエドワード皇子殿下は私と目が合うと、ピシリと固まった。

かと思えば、彼の頬が瞬く間に赤く染まり、熟れた林檎のようになる。

予想外の反応に私も身動きを取れずにいると、エドワード皇子殿下はしばらくしてパッと弾かれたように視線を逸らした。

「あ、いや……これは……その……」

取り乱すあまり、しどろもどろになるエドワード皇子殿下は首裏に手を当てる。

煮え切らない彼の態度に、私はどう接すればいいのか分からなかった。

私、何かしたかしら？　でも、エドワード皇子殿下は『それは断じて違う！』って断言していたし……。でも、目が合った途端、視線を逸らしたわよね？　これで私に原因がないと言うのもおかしな話だわ。

『はぁ……』と小さな溜め息を零す私は何の気なしに自分の体へ視線を落とす。

真っ先に目に入るのはやはりスケスケヒラヒラのネグリジェで……。

――――って、ネグリジェ!?　そうか！　そうだわ！　やっと分かった！　エドワード皇子殿下の様子がおかしかったのはきっと、このネグリジェのせいだわ！

エドワード皇子殿下だって、年頃の男性ですもの。こんな姿の女性を目の前にすれば、様子がおかしくなるのも頷けるわ。

彼は婚前に複数の女性と関係を持つような方ではないし……。私の予想が正しければ、女性のこういう姿を見るのは初めてのはず……。

『なるほど』と一人納得する私はポンッと手を叩く。

自己完結する私を他所に、エドワード皇子殿下は顔を逸らしたまま、私の下までやってきた。バスローブの上に着ていたジャケットを脱ぎ、それをこちらに差し出す。

「着ていろ。今夜は冷える」

「あ、ありがとうございます」

差し出されたジャケットを受け取った私はそれを肩にかける。

エドワード皇子殿下と私とではサイズが全く違うので、上着の裾は私の膝裏あたりまであった。

「寝る場所はベッドを使ってくれ。私はソファで眠る」

「え？　いや、そんな……！　エドワード皇子殿下をソファに寝かせる訳にはいきません！　それに初夜はどうし……」

――――って、私は何を言っているの!?　これじゃあ、まるで私がエドワード皇子殿下との夜を楽しみにしていたみたいじゃない！　ハレンチな女って思われたら、どうしましょう!?

「え、あの！　これは……！」

「分かっている。カロリーナはそんな女じゃないってことくらい。それに誰でもこんな状況になれば、カロリーナと同じことを聞いて来るだろうからな」

「エドワード皇子殿下……」

誤解を解くまでもないと悟り、私はホッと胸を撫で下ろす。安堵する私を他所に、赤髪の美丈夫は意を決したように顔を上げた。金色の瞳でしっかりとこちらを見つめるエドワード皇子殿下は、結婚指輪が嵌められた手で私の頬を包み込む。

伝わってくる手の体温は温かく、こちらを見つめてくる黄金の瞳には熱が籠っていた。

「初夜は……もう少し待っていて欲しい。別にカロリーナとしたくないとかじゃなくて……俺の覚悟が足りないんだ。今、カロリーナを抱いたらきっと――――優しく出来ない気がする。お前の体の全てを貪り尽くして、明日の朝まで離さないと思う……。俺はそんな独り善がりなことはしたくない。だから――――」

そこで言葉を切ったエドワード皇子殿下は頬から手を離し、そっと私を抱き寄せた。密着する体から、彼の体温が伝わってきて……嫌でも心を掻き乱される。

「――――カロリーナに優しく出来るようになるまで……その覚悟が出来るまで待っていて欲しい。自分勝手なのは重々承知だ。でも、カロリーナとの初めては……大事にしたい」

耳元で囁かれる甘い言葉は真剣味を帯びていて、本当に私のことを大切に思っているのだと伝わってきた。

きっと彼は私以上に初夜のことについて悩んだんだと思うわ。じゃないと、こんなにも苦しそうに……でも、どこまでも優しく、私に『待て』を強要するはずないもの。

「……分かりました。エドワード皇子殿下の覚悟が出来るまで、待ちます。でも――――房事のふりをするときは必ず一緒の部屋で寝て下さいね？　そういう事はしなくても構いませんが、房事を怠ると良からぬ噂が流れてしまいますから」

房事は他家に嫁いだ令嬢にとって、最も大事なことだ。

特に皇族は一夫多妻制が認められているため、房事の数や頻度によって妻の立場が変わる。房事は謂わば、夫がどれだけ妻を愛しているか推し量るためのもの。

今のところ、エリック皇帝陛下もエドワード皇子殿下も正妻しか迎えていないため、女性同士の権力争いはないが、今後もそうとは限らない。特に私みたいな他国の人間は後ろ盾がないため、夫の裁量次第で立場がガラリと変わるのだ。

「ああ、分かってる。今日もそのつもりで来たからな」

「ご理解頂き、ありがとうございます」

「いや、夫として当然の務めだから気にするな。それより、今日はもう寝よう。今日は慣れないことばかりで疲れただろう？」

そう言って、密着していた体を離すエドワード皇子殿下は私の体調を気遣っているようだった。

確かに今日の結婚式は最高の思い出になったけれど、一日中気を張っていたせいで疲れたわ。正直、もう動く気力すら残っていない。直ぐにでも眠ってしまいたかった。

「では、お言葉に甘えて、今日は休ませて頂きます」

ふわりと柔らかい表情を浮かべ、エドワード皇子殿下の気遣いを受け入れる私は、長いようで短かった結婚式の日をこうして終えた。ただし、私が寝つけたのはどちらがベッドで眠るかで一通り揉めたあとだった。


――結婚式という山場を越え、慌ただしい日々にようやく終止符が打たれた頃……私は皇城の敷地内にあるエメラルド宮殿を訪れていた。

鮮やかな緑と白で統一された宮殿は外装・内装ともに素晴らしい出来である。

『美しい』よりも、『可愛らしい』という言葉が似合う建物だった。

「今日から、ここが私の家なのね」

誰に言うでもなくそう呟いた私は、今になって皇族になった実感を得る。

期待に胸を膨らませる私は今日から始まる新生活に、思いを馳せた。

家具の手配や人員の確保は全てテオドール様とヴァネッサ皇后陛下がやってくれたから、安心して過ごせそうだわ。

「カロリーナ妃殿下のお部屋はこちらです」

宮殿内の案内を担当するマリッサはそう言って、観音開きの扉の前で立ち止まる。

エメラルドの宝石が埋め込まれた扉は一目で、特別な部屋なのだと察しがついた。

帝国の財は予想以上に潤っているわね……。扉に宝石を埋め込むなんて、大金持ちの貴族でもなかなかしないもの。

『なんて、贅沢な使い方なんだ』と肩を竦める私は、観音開きの扉を自ら開ける。

豪華な扉の向こうにはやはり、豪華な部屋が広がっているもので……。

『わあ……！』と、思わず感嘆の声を漏らしてしまった。

凄い……凄すぎるわ!!　貴族でも買うのを躊躇うブランドものの絨毯、お洒落なガラステーブル、職人が丹精込めて作り上げたシャンデリア！　ソファなんて、有名ブランドの最新作じゃない……!!

ヴァネッサ皇后陛下の希望で、宮殿内の家具を総取り替えしたのは知っていたけど、まさかここまで豪華になるなんて……!!　良い意味で予想を裏切られたわ……!!

「ね、ねぇ……マリッサ、家具代だけでどれくらい掛かったのかしら……？」

「私も詳しいことは聞いておりませんが、恐らく小国一つは買えるお値段かと……」

「……世の中には、知らない方が幸せなこともあるわよね」

とりあえず、家具代の詳細については考えないようにしましょう。私の心の安寧の為にも……。

「洋服とかはもう運び込まれているのかしら？」

「皇城内でお使いになっていたものはもう既に運び終わっています。ドレスやアクセサリーは右隣の洋服部屋に、その他の小物類は机の引き出しや棚にあります。確認するのでしたら、私もお手伝いを……」

「ううん、大丈夫よ。ただ、どこにあるのか確認しておきたかっただけだから」

フルフルと首を振って断れば、彼女は『出過ぎた真似を』と言って一歩下がる。

真面目過ぎる彼女の態度に苦笑を漏らしながら、私は近くのソファに腰を下ろした。

はぁ……皇城からエメラルド宮殿まで結構距離があって疲れたわ。後で足のマッサージでもしてもらおうかしら？　今日から侍女の数も一気に増えるから、遠慮なく色々頼むことが出来るわね。

「あっ、そうだわ。エメラルド宮殿で働く侍女や衛兵について聞きたいのだけれど……」

これからはエメラルド宮殿の主として、この宮殿をきちんと管理しないといけない。具体的な管理業務は全てエメラルド宮殿の侍女長となったマリッサに任せることになるけど、私も主人として最低限のことは把握しておかなくては……。いざって時に何も出来ないのは困るもの。

「侍女は私も入れて二十三人、下働きのメイドが四十一人、執事及び執事見習いが六人、料理人が五人、衛兵は様々な理由から『烈火の不死鳥』団の団員がやる事になっております」

様々な理由、ねぇ……。マリッサはわざと言葉を濁したけど、その『様々な理由』とやらは恐らく過激派のことだわ。だって、もし私を暗殺するなら、メイドや執事を買収するより、堂々と武器を持って歩ける衛兵の方が都合が良いもの。もちろん、毒殺なんかを考えるならメイドや執事でも良いけど……。でも、毒味を徹底している以上、それは難しいと思うし。

「暫くはこの人数と体制で宮殿の管理やカロリーナ妃殿下のお世話をさせて頂きますが、状況に応じて下働きの人数を増やす場合がございます。その際は事前にご報告致しますが、予めご了承ください」

「そう。分かったわ。とりあえず、宮殿のことは貴方に任せる」

「畏まりました」

臣下の礼を取って応じるマリッサは数歩後ろに下がってから、クルリと身を翻す。彼女の後ろ姿を見送った私は『ふぅ……』と息を吐き出し、ソファの背もたれに寄り掛かった。

宮殿の管理はマリッサに任せておけば大丈夫だから、暫くは帝国史や魔法学の勉強に励もうかしら？　テオドール様のおかげで基礎は押さえることが出来たけど、それだけじゃ全然足りないもの。皇族の仲間入りを果たしたのなら、もっと帝国のことを知っておかなくちゃ。

『まずは教材を手に入れないとダメね』と真剣に考え込む中、突然部屋の扉がノックされた。

一体、誰かしら……？　今日は来客の予定なんて、一切なかったはずだけど……。

「どうぞ」

「───失礼するわ」

不思議に思いながらも入室の許可を出せば、凛とした声が耳を掠めた。

聞き覚えのある声に僅かに目を見開くと、ガチャッと扉が開かれる。扉の向こうから現れたのは
——宮殿のことで色々手を回してくれた青髪翠眼の美女だった。

ヴァ、ヴァネッサ皇后陛下……!?　何でここに……!?

予想外の人物に驚きを隠せない私は、大きく目を見開いて固まる。が、直ぐに正気に返り、慌てて
てソファから立ち上がった。急いでドレスのスカートをつまみ上げ、優雅にお辞儀する。

「ヴァネッサ皇后陛下、ご機嫌麗しゅうございます。カロリーナ・サンチェ……いえ、カロリーナ・ルビー・マルティネスがご挨拶申し上げます」

「ごきげんよう、カロリーナ。もう家族になったのだから、そういう堅苦しい挨拶は結構よ。もっと気楽にしてちょうだい」

「は、はい！」

ドレスのスカートから手を離した私はピンッと背筋を伸ばし、ヴァネッサ皇后陛下と向かい合う。

無表情のまま室内へ足を踏み入れたヴァネッサ皇后陛下は、キョロキョロと辺りを見回した。

「良い部屋ね。家具を揃えたのは私だけど、どんな感じの部屋になるのか楽しみにしていたのよ」

「あっ！　では、今日ここへ来たのは部屋の仕上がりを見るために……？」

「それもあるわね。でも、それはあくまで〝ついで〟よ。本題はこれ」

そう言って、ポケットの中へ手を突っ込んだヴァネッサ皇后陛下は一通の手紙を取り出す。

皇室の封蠟が施されたそれはお茶会の招待状のようだった。

「明日、私主催のお茶会があるの。よければ、カロリーナも参加してちょうだい」

「えっ？　い、いいんですか……？」

「ええ。カロリーナはこっちにあまり知り合いが居ないでしょう？　だから、友好関係を広げるきっかけが必要だと思ったの。余計なお世話だったかしら？」

「いえ、そんなことはありません！　ありがとうございます！」

パァッと表情を輝かせる私は、ヴァネッサ皇后陛下の気遣いに心の底から感謝する。

感激のあまり震える私はしっかりと両手で招待状を受け取り、食い入るようにじっと見つめた。

格式の高いヴァネッサ皇后陛下のお茶会は選び抜かれた者しか参加出来ないと聞く。品格を重んじる皇后陛下のお茶会に招待されるなんて、恐れ多いけど……私の地位を確立させるいい機会だわ。皇后陛下のお墨付きともなれば、過激派の動きを牽制出来るかもしれないし。参加して損はないでしょう。

「直ぐに返事をお書きしますので、少々お待ちください」

「ええ、分かったわ」

近くのソファに腰を下ろしたヴァネッサ皇后陛下は、侍女が淹れたお茶へ手を伸ばす。時間に余裕があるのか、急かすような真似は一切しなかった。

マリッサが持って来た紙とペンを手に取り、私はサラサラと返事を書き上げていく。もちろん、返事は――――『はい』だ。

帝国に来て初めてのお茶会だから、とっても楽しみね。何を着ていこうかしら？

――――と浮かれている間に一晩が経ち、気付けば朝を迎えていた。

色とりどりのチューリップが咲き誇る庭園で、私は紅茶を口に含む。待ちに待った皇后陛下主催のお茶会に、私は子供みたいにはしゃぐ――――ことなど出来なかった。

参加出来て嬉しいのは昨日と変わらないが、正直期待よりも不安が大きい。緊張し過ぎて、お茶の味すら分からなかった。

「うふふっ。本当に嬉しいサプライズですわ。このお茶会にカロリーナ妃殿下が参加なさるなんて」

「一度じっくりお話ししてみたかったんですよ」

「遅ればせながら、ご結婚おめでとうございます」

「とっても素敵な結婚式でしたわ！」

ガゼボの中で笑みを振りまく淑女達は、私の飛び入り参加に嫌悪感を示すどころか、歓迎してくれた。

『うふふ』『あはは』と上品な笑い声が絶えないお茶会は実に優雅で、楽しいが……『裏があるかもしれない』という疑念が拭い切れない。心の中で身構えてしまう自分が居る。

「あ、ありがとうございます。ですが、あのような結婚式を行えたのも全てヴァネッサ皇后陛下やエリック皇帝陛下のおかげですわ。お二人には本当に感謝しているんですの」

「私はただ親として当然のことをしたまでよ。それより、カロリーナはもう私の義娘なのだから、お義母様と呼んでくれて良いのよ？」

「まあまあ！　ヴァネッサ皇后陛下とカロリーナ妃殿下の仲はよろしいんですね！」

つ。目論見通り、私の地位は確固たるものとなった。

ヴァネッサ皇后陛下との仲が良好だと分かっただけで、招待された令嬢達は『わっ！』と沸き立

ここで、ヴァネッサ皇后陛下……お、お義母様が冷たい態度を取ろうものなら、私は令嬢達に軽視されたことでしょう。私の意を汲んで、動いてくれたお義母様には本当に感謝しかないわ。

「素敵な家族愛ですわね！」

「羨ましいですわ」

「あっ！　そう言えば、結婚式の中継を平民達に見せたことで、エドワード皇子殿下を支持する声が増えていると聞きましたわ」

「あの時のエドワード皇子殿下は本当に素敵でしたものね」

「カロリーナ妃殿下と笑い合うシーンなんて、特に素敵でしたわ！」

うっとりとした表情で目を細める令嬢達は第二皇子の認識を改めたようだった。

まあ、外見重視の考え方は少々引っ掛かるが……。

でも、エドワード皇子殿下のイメージが回復して良かったわ。皇帝になる気がないとはいえ、支持率は高い方がいいもの。

「ルビーの結婚指輪も素敵でしたわ！」

「しかも、あのルビーってピジョンブラッドですわよね!?」

「まあ！　あの希少すぎて、なかなか手に入らないと言う？」

「エドワード皇子殿下がカロリーナ妃殿下を思う気持ちがよく伝わってくる結婚指輪ですわね」

キャッキャッとはしゃぐ令嬢達の視線は自然と私の左手に集まる。

結婚式を終えてから、肌身離さず身につけている結婚指輪は今日も今日とて、美しかった。

何となく予想はしていたけど、本当にピジョンブラッドを結婚指輪に使用したのね……。値段を知るのが怖くて、敢えて聞かなかったけれど……。

結婚指輪の価値＝気持ちの強さではないけど、私のために貴重な宝石をわざわざ取り寄せてくれたエドワード皇子殿下には感謝しないとダメね。

僅かに頬を緩める私は令嬢達の視線を一身に集める結婚指輪を見つめる。深い赤を宿すピジョンブラッドは私の瞳によく似ていた。

「新婚夫婦の恋愛話はその辺にしましょう。外野があまり騒ぐものじゃないわ。それより、皆さんは今年の避暑地をどこにするのか、もう決まっているの？」

バサッと扇を広げたヴァネッサ皇后陛下は話題転換がてら、避暑について触れる。

『もうそんな時期か』と驚く私は雲一つない青空をふと見上げた。

「うちは去年と同じところに行こうと思っていますわ」

「うちは夫の仕事が忙しいので、今年は本邸で過ごすことになるかと……」

「うちは結婚記念日を祝うついでに北部の別荘地に赴く予定ですわ。と言っても、二週間ほどしたら直ぐに帰ると思いますが」

「うちは仕事のついでに辺境地へ向かう予定です。あそこは涼しい気候のようですから、夫の視察について行くことにしたんです」

皆、もう避暑について予定を立てているのね。うちは……と言うか、エドワード皇子殿下はどうするつもりなのかしら？　夏の間は魔物の動きが活発で、『烈火の不死鳥』団は忙しそうだけど……やっぱり、避暑はなしの方向で考えているのかしら？

まあ、私は避暑なんてしなくても構わないけど。だって、セレスティア王国ではそんなもの無かったから。

国土の小さいセレスティア王国では、どこに行っても大して変わらないため、『避暑』という概念すらなかった。それぞれ、領地や屋敷に籠り、暑さに耐えるのが通例である。

『今年の夏はどうなるんだろう？』と考えていれば、避暑地の話題で盛り上がる令嬢達がこちらに目を向けた。好奇心に満ち溢れたキラキラとした眼差しに、私は不思議と嫌な予感を覚える。

「――カロリーナ妃殿下はもう避暑地はお決まりですか？」

「……えっ？」

適当に彼女達の話を聞き流していた私は突然話を振られたことに動揺し、ピタリと身動きを止める。興味津々といった様子で、こちらをじっと見つめてくる令嬢達に、私はサーッと血の気が引いた。

ど、どうしよう……？　避暑地云々の前に、避暑に行くかどうかすらも決まっていないのだけれど……。なんなら、結婚式の日以降エドワード皇子殿下と顔も合わせていないし……。

素直に『まだ決まってません』って答えていいのかしら……？　『え？　まだ決まってないの？』とか言われない……？

どう答えるべきなのか分からず、押し黙っていると、不意にヴァネッサ皇后陛下と目が合う。

困り果てる私を前に、彼女はパタンッと扇を閉じた。

「――カロリーナはハネムーンついでにエドワードと避暑に行く予定よ。今頃、エドワードが必死にスケジュールを組んでいるはずだわ」

「まあ！　それは素敵ですね！」

「きっと最高の思い出になりますわ」

ヴァネッサ皇后陛下の完璧な受け答えに、令嬢達ははしゃいだ声を上げる。

何とか窮地を脱した私はホッと胸を撫で下ろし、安堵した。

良かった……その答え方なら、もし避暑に行けなくなっても『エドワード皇子殿下の予定が合わなかったから』で通せるわ。さすがは帝国のトップに立つお方ね。完璧な切り返しだわ。

「では、ヴァネッサ皇后陛下とエリック皇帝陛下はどうなさるんです？　去年は避暑を断念されていましたが……」

「多分今年も行けないわね。私達は二人とも仕事があるもの」

「それは残念ですわね」

「申し訳ありません、こんな質問をしてしまって……」

「気に病む必要はないわ。私もエリックも大して気にしていないから。それに氷結魔法の使い手である私からすれば、避暑なんて必要ないもの」

確かに『氷の才女』と呼ばれるヴァネッサ皇后陛下からすれば、暑さなんてあって無いようなものよね。氷結魔法を使えば、いくらでも涼めるのだから。

『魔法って、便利ね』と感心する私は氷結魔法の使い手であるヴァネッサ皇后陛下に羨望の眼差しを向けた。

魔法への憧れを密かに強める中、令嬢達は楽しそうにお喋りを続ける。

――――こうして、終始和やかなムードで行われた皇后陛下主催のお茶会は大成功を収め、幕を閉じた。

楽しかったお茶会も終わり、三日が経った頃――――私は突然エドワード皇子殿下に呼び出され、『烈火の不死鳥』団本部まで足を運んでいた。

以前より大分片付いた団長室には、エドワード皇子殿下とその側近であるテオドール様が顔を揃えている。

彼らと向かい合うように、来客用のソファに腰掛ける私は突然の呼び出しにかなり緊張していた。

ど、どうしたのかしら？　いきなり呼び出しなんて……。私、何か怒られるようなことでもしたかしら？　最近あった事と言えばお茶会くらいだけど、特にトラブルはなかったわよね？

全く心当たりのない私は不安げな表情を浮かべ、視線を右往左往させる。

ソワソワと落ち着きのない私を前に、エドワード皇子殿下はチラリとこちらに目を向けた。

「カロリーナ、突然呼び出してしまって、すまない……。でも、今日くらいしかゆっくり話せる機会がなくてな……」

今日くらいしかゆっくり話せる機会がないって、どういう事かしら？　もしかして、また他国と戦争でも……？　でも、マルコシアス帝国と戦えるほどの戦力を持つ国は今、この大陸にはないはず……。『どこどこの国と戦争になるかもしれない』っていう話も聞かないし……。

より深まる謎に困惑する私は『申し訳ない』と言い募るエドワード皇子殿下に、首を横に振った。

「い、いいえ、お気になさらず……。エドワード皇子殿下だって、お忙しいでしょうし」

「そう言ってもらえると助かる」

ホッとしたように肩の力を抜くエドワード皇子殿下は僅かに目元を和らげた。が、直ぐに表情を引き締め、こちらを真っ直ぐに見据える。

「カロリーナ、よく聞いて欲しい。三日後の早朝――私達はハネムーンと称して、避暑地に向かう」

「……えっ？」

ハネムーン……？　避暑地……？　それって、お茶会のときヴァネッサ皇后陛下が言っていたことと同じ……よね？

状況を上手く呑み込めない私はパチパチと瞬きを繰り返し、無表情親子の言葉を思い返す。

『ハネムーン』という単語が脳内を十周した辺りで、ようやく私は状況を把握することが出来た。

え、ええ……!?　あの話って、本当だったの!?　てっきり、あの場を切り抜けるための嘘か何かかと思っていたわ……！　いや、それよりも！　三日後だなんて、あまりにも急じゃないかしら!?　準備だって時間が掛かるのよ!?　まあ、旅の準備をするのは私じゃなくてマリッサ達だけど！

「み、三日後だなんて余りにも急過ぎます！」

さすがに無理があると嚙み付けば、エドワード皇子殿下は申し訳なさそうに肩を落とす。

「ああ、急なのは重々承知だ。だが……」

「――エドワード皇子殿下のスケジュールではこれが精一杯なんです。『烈火の不死鳥』団の団長であるエドワード皇子殿下は何かとお忙しいですから」

「という訳なんだ。これでもかなりスケジュールを調整したんだが……テオが」

「はい、私が」

カチャッと眼鏡を押し上げる金髪の美男子は誇らしげに胸を張った。

テオドール様がスケジュールを調整してこれなら、本当にこれが精一杯なのだろう。だとしても、急な話であることに変わりはないが……。

「ちなみにハネムー……おほんっ！　避暑の期間はどれくらいを予定していますか？　旅の詳細は？」

「それは私からご説明致します」

エドワード皇子殿下の斜め後ろに立つテオドール様はそう言って、優雅に一礼する。きちんと手入れされた金髪は光を反射して煌めいた。

「期間は一週間。場所は北部にある皇室の別荘地です。あそこは涼しい気候で過ごしやすく、避暑には打って付けの場所です。既に領主とは話がついているため、近くの街や山に入ることも可能です」

「ここと違って静かな場所だから、ゆっくり過ごせるだろう。カロリーナが受けたいと言っていた魔力検査もあそこにある教会で受けるといい。帝都だと、人の目が多いからな」

魔力検査……!! すっかり忘れていたけど、テオドール様の講義で確かそんな話をしたわね！

エドワード皇子殿下の言う通り、帝都では人目が多いから、避暑先で魔力検査を受けるのも良いかもしれない。まあ、私に魔力が宿っている可能性はかなり低いけれど……。

「昨日の今日で急いでスケジュールを調整したため、詳しいことはまだ決まっていませんが、お二人でのんびり避暑を楽しんで頂ければと思います」

「えっ？ 昨日の今日で避暑をスケジュールに組み込んだんですか？」

それは初耳だわ。確かに急な話だとは思っていたけど、『昨日の今日で』とは思わなかった。

……ん？ でも、そうなるとヴァネッサ皇后陛下の言っていたことはやっぱり、私を庇うための嘘になるんじゃないかしら？ お茶会は三日前のことだし……。

「あぁ、実は昨日の昼いきなり母上が騎士団本部に来てな……。『貴方、今年の避暑はどうするつもり？ カロリーナとハネムーンついでに行ってきたら？』って言いながら、詰め寄ってきたんだ……。それで、避暑の存在を思い出して……」

「急いでスケジュールを調整した訳です。新婚夫婦がハネムーンにも行かないなんて、世間体が悪いですから」

「まあ、私はそういうのを抜きにしても、カロリーナと一緒に旅行へ行きたかったがな」

恥ずかしげもなくそう言って退けるエドワード皇子殿下は僅かに目を細める。私を見つめる黄金の瞳はどこか優しげだった。

ほ、本当にエドワード皇子殿下の言葉はタチが悪いわね……！　そんなセリフを吐かれたら、誰だって嬉しくなるに決まってるじゃない！　もうっ！

じんわり熱を持つ頬に手を当てつつ、私はいい意味でも悪い意味でも素直過ぎる赤髪の美丈夫を見つめ返す。

「と、とりあえず、お話は分かりました。三日後までにハネムー……ひ、避暑の準備をしておきます！」

「ああ、そうしてくれ」

「もしも、男手が必要でしたら遠慮なく仰って下さい。うちの団員をお貸しします」

「あ、ありがとうございます……」

――まあ、旅の準備に男手は必要ないと思うけど……。

とは言わずにニッコリ微笑む。正直、荷物の運搬以外で男手は必要ないが、とりあえず頷いておいた。

「それでは、私はこれで失礼しますね。お二人共、お仕事頑張ってください」

そう言って、ソファから立ち上がった私は傍で控えていたオーウェンを引き連れて、団長室を後にする。窓から差し込む陽の光に目を細めながら、長い廊下を進んだ。

「今年の夏は楽しくなりそうね」

エドワード皇子殿下とのハネムーンに思いを馳せる私は静寂が支配する空間で、ボソッとそう呟いた。

第二章

――――それから、あっという間に時間は流れ、避暑当日の朝を迎えた。

日の出前に起床し、早朝までに身支度を整えた私は騎士団本部の団長室で一人首を傾げる。もうすぐ出発時間だというのに、ここには私も含めて五人しか居なかった。

あら……？　随分と人数が少ないわね？　まさか、このメンバーだけで避暑地へ赴くのかしら？　急遽決まった旅行とはいえ、少な過ぎない……？

「あの……つかぬ事をお伺いしますが、避暑に行くメンバーは五人だけでしょうか？」

「テオの転移魔法で避暑に向かうのは私達だけだな。だが、我々の避暑に同行するメンバーはもっと居る。転移で移動出来る人数には限りがあるため、先に目的地へ行ってもらっているだけだ。現地で合流する予定だから、安心しろ」

あっ、なるほど。現地集合だったのね。その考えは頭になかったわ。と言うか、私達の移動手段は転移魔法なのね。てっきり、馬車で行くのかと思っていたわ。

把握し切れていない情報の数々に目を白黒させる私は『ふぅ……』と息を吐き出す。何の気なしに視線を前に向ければ、テオドール様の姿が目に入った。来客用のテーブルを占領して、何かを一心不乱に書き連ねる彼は『百……二十……』と数字を呟いている。

「テオドール様がさっきからずっと書類と睨めっこしていたのは座標計算のためだったたんですね」

「ああ。昨日の時点で座標計算や魔法陣の作成は終わっていたんだが、念のため最終確認しているところだ。たまに座標計算を間違えて、変なところへ飛ばされることがあるからな」

「変なところと言うと……？」

「見知らぬ土地へ飛ばされることはもちろん、霧の深い山や深海へ飛ばされる可能性もある。飛ばされた場所によっては即死だな」

とんでもないことをサラッと口走るエドワード皇子殿下に、私は表情を強ばらせる。迷子になるだけでなく、死ぬ可能性もあると知り、身震いした。

「そ、それは怖いですね……」

「ああ、そうだな。でも、大抵は魔法が発動せずに終わるから安心しろ。間違えたまま魔法が発動し、変なところへ飛ばされるのは極稀だ」

怖がる私を安心させるようにエドワード皇子殿下はポンポンッと私の頭を撫でる。

――――と、ここで座標計算や魔法陣の最終確認を行っていたテオドール様が顔を上げた。素早くソファから立ち上がると、一枚の紙を持って、こちらにやって来る。

「大変お待たせ致しました。最終確認が終わりましたので、転移魔法の発動に移ります。皆さん、輪になってください」

過去に一度だけ転移魔法を体験したことがある私は促されるまま、場所を移動する。転移魔法未体験のマリッサは困惑気味に辺りを見回しながらも、テオドール様の指示通りにした。

小さな輪を作る私達の前に、魔法陣が描かれた紙が置かれる。

「皆さん、隣の方と手を繋いでください。そして、転移が終わるまで決して離さないようにお願いします。途中で手を離してしまうと、時空の流れに飲み込まれ、変な場所へ転移してしまう恐れがありますから」

以前と全く同じ注意事項を述べる金髪の美男子は至って真剣だった。『絶対に離すなよ』と圧をかけてくる彼に、転移魔法未体験のマリッサは表情を曇らせる。やはり、冷静沈着な彼女でも転移魔法は怖いらしい。

マリッサの気持ちは痛いほどよく分かるわ。私も初めて転移魔法の注意事項を教えてもらった時は『変なところへ飛ばされたりしないかな?』『繋いでいた手を離してしまったら、どうしよう?』と物凄く不安になったから。指示に従っていれば大丈夫だと分かっていても、安心出来ないわよね。

数週間前の自分を見ているようで親近感が湧く私は、マリッサに『大丈夫よ』と微笑みかける。少しでも不安が無くなればと願いながら、私は手を繋いだ。

「それでは、転移を開始します」

そう声を掛けるなり、テオドール様は魔力をグンッと高めた。彼の魔力に呼応するかのように、この場に緩い風が巻き起こる。肌に感じるプレッシャーは凄まじく、本能的な恐怖を覚えた。

前回は移動距離が短かったから、テオドール様の魔力なんて一切感じられなかったけど、これは……！！　素人目でも分かるほど、物凄い魔力量と魔力の質だわ！

本来であれば、魔力は感じ取ることの出来ないエネルギーだが、テオドール様のように桁外れの魔力を保有している場合は別である。質のいい大量の魔力が一気に解き放たれれば、外部に影響を及ぼすからだ。

今回で言うと、突然巻き起こった緩い風や心を揺さぶるプレッシャーが〝外部の影響〟に当てはまる。

彼が何故天才と言われるのか、よく分かった気がするわ……。『全属性に適性あり』という時点でかなりの天才であることは間違いないけど、この素晴らしい魔力が評価要素に加われば、彼の評価は確固たるものとなる。他の追随を許さない天才とは、まさに彼のことだ。

天才魔導師たる所以を目の当たりにする中、輪の中心に置かれた魔法陣がテオドール様の魔力と共鳴し始めた。共鳴度に応じて、どんどん光量を増していく魔法陣は直視出来ないほど光り輝いている。

「────転移しますっ！」

そんな言葉が耳を掠めたかと思えば、直ぐに私達は強い光に包まれた。

反射的に目を瞑る私達は互いの存在を確かめるかのように繋いだ手を握り締める。耳鳴りすら聞こえてしまう静寂の中で、孤独と不安に苛まれていれば────私達を包み込む強い光と静寂が唐突に消え去った。

強い光とは違う暖かい光が瞼に触れ、さっきまでの静寂が嘘のように木々の揺れる音が耳を掠める。

「……転移終了しました。もう目を開けて頂いて構いません」

鼓膜を揺らす聞き慣れた声に、密かに安堵する私は恐る恐る目を開ける。すると――――レトロな雰囲気の洋館と眩しい太陽が目に入った。

まあ!! 綺麗!! 洋館の屋根と朝日が重なって、幻想的だわ……! まるで絵のようね! 本当に美しい!

一瞬でこの景色に心を奪われた私はパァッと目を輝かせた。さっきまでの不安はどこかへ消え去り、ニコニコと笑みを振りまく。

「とっても綺麗な景色ですね!」

「気に入ってもらえて良かった。この景色をカロリーナと一緒に見たくて、出発を早朝にしたんだ」

僅かに声を弾ませるエドワード皇子殿下はスッと目を細める。

『だから、こんなに早く出発したのか』と密かに納得する私は彼の隣で昇って行く朝日を眺めた。

「素敵な景色を教えて下さり、ありがとうございます」

「ああ。カロリーナこそ、私と一緒にこの景色を見てくれて、ありがとう」

嬉しそうに頬を緩める赤髪の美丈夫はこのシチュエーションも相まってか、いつもより綺麗に見えた。金の眼に魅入られる私は頬を紅潮させる。

胸が……凄くドキドキする……。心臓が壊れてしまいそうなほどドキドキしているのに、それを心地いいと思ってしまう、この気持ちは一体……?

「――さあ、中へ入りましょう。初夏とは言え、まだ朝は冷えますから。ハネムーン初日で体調を崩して寝込む、なんてことにならないようにお願いしますよ」

パンパンッと軽く手を叩いて、この場の指揮を執るテオドール様は『早く中へ入れ』と言わんばかりに洋館を指さす。彼の気迫に押されたマリッサは、慌てて荷物を建物内へ運んだ。

朝は冷える、か……。私は今、暑いくらいだけれど……。

熱を持つ自身の頬に手を当て、まだドキドキしている心臓に苦笑する。

「カロリーナ、私達も中へ入ろう。これ以上、外に居続けるとテオに説教されてしまう。あいつは一度怒らせるとうるさいんだ」

「エドワード皇子殿下、全て聞こえていますよ？　今回は特別に見逃して差し上げますが、次はありませんからね？」

「あ、ああ……気をつける」

満面の笑みを浮かべるテオドール様に威圧され、縮こまるエドワード皇子殿下はソロリと視線を逸らした。エドワード皇子殿下の情けない姿にクスリと笑みを漏らす私は彼と共に洋館へと向かう。

――転移する際、繋いだ手はそのままだった。

二人仲良く洋館へ足を踏み入れた私達は建物内の見学と朝食を済ませ、この土地の領主であるキッシンジャー伯爵に会いに来ていた。

『キッシンジャー』という苗字から分かる通り、伯爵はマリッサの実の父である。つまり、ここはマリッサの故郷なのだ。

キッシンジャー伯爵家の客室に通された私達は出された紅茶を飲みながら、窓の外に広がる庭を眺める。そこでは、マリッサと彼女の姉と思しき黒髪の女性が会話していた。

せっかくの里帰りだからとキッシンジャー伯爵家にマリッサを連れて来たのは良いけど、あんまり嬉しそうじゃないわね。家族と久々に再会出来たというのに、無表情のままだし……ここへマリッサを連れて来たのはお節介だったかしら？

『余計なことをしたかもしれない』と不安になる私は今からでも皇室の別荘へ帰すべきか悩む。

――と、ここで客室の扉が開かれた。

「いやぁ、すみません。遅くなりました」

そう言って、客室の中へ入ってきたのは四十代後半の優しそうなおじさんだった。ぽっこり出たお腹を撫でながら、『すみません』と何度も頭を下げる彼はこれでも一応マリッサの実の父親である。

表情の硬いマリッサとは真逆の人ね。雰囲気も柔らかいし……。正直、言われてみないと親子だと分からないわ。

まじまじと伯爵の顔を見つめる私は『マリッサは母親似なのね』と考察する。間違い探しのようにキッシンジャー伯爵とマリッサの共通点を探していると、彼は私達の向かい側に腰掛けた。懐から取り出したハンカチで汗を拭きつつ、再び頭を下げる。

「お待たせしてしまって、本当に申し訳ありません。重ね重ねお詫び申し上げます」

「いいえ、予定より早く着いてしまった私達も悪いですから。顔をあげてください」

「カロリーナの言う通りだ。この旅行だって、急な話だったからな」

「そう言って頂けると助かります」

皇族の前だからか、随分と謙《へりくだ》った態度を取るキッシンジャー伯爵は一通り謝罪を終えると、コホンッと一回咳払いする。

「では、改めまして……我が領地へ、ようこそおいでくださいました。お二人の記念すべき初めての避暑にこの地を選んで頂き、誠にありがとうございます。我々はエドワード皇子殿下とカロリーナ妃殿下の避暑がより良いものになるよう、精一杯お手伝いさせて頂きます。何か困ったことがあれば、遠慮なくお申し付けくださいませ」

「ああ、遠慮なく頼らせてもらおう」

「一週間という短い間ですが、こちらこそ、どうぞよろしくお願い致します」

皇帝陛下の臣下として、恥じない誠意を表したキッシンジャー伯爵に私は思わず、笑みを零す。どこまでも謙虚で、真面目なところはマリッサとそっくりだった。

最初は全く似ていないと思っていたけど、こうして見るとそっくりね。まあ、マリッサと違って緊張しやすいみたいだけれど。でも、本番になったらビシッと決めるところはよく似ているわ。

「お二人のこれからのご予定をお伺いしてもよろしいですか？」

「ああ、構わないが……特に何も決まっていないぞ？　この旅行の間に教会に行こうとは思っているが……」

「教会ですか？」

「ああ、ちょっと用があってな」

『帝都にも教会はあるのに？』と視線だけで問うてくるキッシンジャー伯爵を前に、エドワード皇子殿下はわざと言葉を濁す。それだけで何かを察したのか、伯爵は直ぐさま口を閉ざした。

ふわふわとした柔らかい雰囲気を持つ人だが、相手の意を読み取る能力には長けているらしい。

「そうですか。教会に行くのなら、四日後の昼間がオススメですよ。教皇聖下が教会の様子を見にいらっしゃいますから。運が良ければ、教皇聖下とお話し出来るかと……」

「ふむ、覚えておこう」

教皇聖下の訪問に興味はないのか、エドワード皇子殿下は『へぇー』程度のリアクションしか見せなかった。

教皇聖下って、こういう場所にも顔を出したりするのね。ちょっと意外だわ。帝都にある教会本部に引きこもっているとばかり思っていたから……。ほら、王様って城からなかなか離れられないじゃない？　だから、一国の王と同等の発言力を持つ教皇聖下も教会本部から動けないのかと思っていたわ。思い込みって、怖いわね。

「このあと、予定がないのでしたら、街に行ってはどうでしょう？」

「街に……？」

「はい。この近くの街ではよく朝市が行われていますから。エドワード皇子殿下やカロリーナ妃殿下のような高貴なお方には無縁なものでしょうが、なかなか面白いですよ。見るだけでも楽しめるはずです」

ノープランで旅行に来た私達に気を利かせたのか、キッシンジャー伯爵は街の散策を提案してくれた。『朝市』という聞き慣れない単語に気を引かれる私はふと窓の外へ視線を向ける。

朝市って、確か平民達が行う定期市のことよね？　小説で読んだことがあるわ。瑞々しい野菜や取れたての魚が売り場に並んでいて、通常より安い価格で売られているのよね？

出来れば、行ってみたいけど……皇族が平民の催しに参加するのは如何なものかしら？　一部の貴族から、批判を受けたりしない……？

朝市へ行きたい気持ちと世間体を守りたい気持ちがせめぎ合い、私は『う～ん……』と唸り声を上げた。

が――――私が結論を出す前に、エドワード皇子殿下が動き出す。

「そこまで言うなら、朝市とやらに行ってみよう。どうせ、やる事もないからな」

「本当ですか！　それなら、装いは平民に近いものが良いかと思います。皇族のお二人がいらっしゃったとなれば、朝市どころでは無くなってしまいますから。あっ！　でも、お二人は結婚式の中継で平民にも顔が割れているんでしたね……！　そうなると、化粧で顔の感じを変えるか、フードを被るしか……」

「いや、それは多分大丈夫だ。中継された映像に私達の顔がくっきり映し出された場面はなかったし、誰も平民の催しに皇族が参加するとは思わないだろう。変えるのは服装だけで大丈夫だ」

えっ？　何でエドワード皇子殿下が中継された映像の詳細を知っているの……？って、それより!!　朝市に行っても良いの!?　回復したエドワード皇子殿下のイメージがまた悪くなったりしない……？

もちろん、朝市に行けるのは嬉しいけれど、世間体を考えるなら、やっぱり行かない方が……。

視線を右往左往させる私は止めるべきかどうか迷う。オロオロする私を前に、赤髪の美丈夫はたった一言……。

「大丈夫だ」

と、言い放った。

主語すらないその言葉に、どんな意味が込められているかは分からない。でも……不思議と不安が吹き飛んだ。

「洋服はどうなさいますか？　こちらで用意を……」

「いや、必要ない。気持ちだけ受け取っておこう」

それだけ言うと、エドワード皇子殿下は『話は終わりだ』と言うようにソファから立ち上がる。

釣られるように席を立った私とキッシンジャー伯爵は慌てて背筋を伸ばした。

「キッシンジャー伯爵、貴重な話を聞かせてくれたこと感謝する」

「少しでもお役に立てたなら、幸いです」

「ああ。では、我々はこれで失礼する」

「玄関までお見送りします」

キッシンジャー伯爵の言葉に、エドワード皇子殿下は一つ頷き、私の手を引いて歩き出した。

なんだか、今日のエドワード皇子殿下はやけに積極的ね。優しいのはいつも通りだけど、先頭に立って私を引っ張って行こうとするところがある。いつも影で支えてくれるテオドール様が書類仕事のために別荘に残った影響かしら？

だとしたら、ちょっと……本当にちょっとだけ、テオドール様の不在を喜んでしまう自分が居た。

――――エドワード皇子殿下にエスコートされるまま、伯爵邸を後にした私は一度別荘に戻り、服を着替えた。平民に近い装いになった私達はテオドール様に留守を任せ、朝市へ出向く。

初めて見る街並みに目を輝かせる私は緩む頬を押さえるように手を添えた。

わあ……!!　凄いっ!!　小説で読んだ通りだわ!!　新鮮な野菜やお魚が店にたくさん並んでる！

それにまだ朝だと言うのに、人通りが多いわ！　活気のある街であることは確かね！

素晴らしいと絶賛する私は視界いっぱいに広がる出店と人々の姿に、目を細める。

ここは明るくて、賑やかないい街だ――――と確信するものの、私達の姿はかなり目立つようで、人々の視線が突き刺さる。どうやら、私達の格好は平民に見えないらしい。あちこちから、『貴族？』『商会の人間？』などと疑問の声が上がっていた。

「なるべく、平民の装いに近い格好をしましたが、完璧ではなかったようですね」

「そうみたいだな。でも、あの服で来るよりマシだろ」

「そうですね。さっきの服で朝市に来ていたら、お忍びになりませんから」

周囲に気を配りながら、小さな声で会話する私達は『平民の目は侮《あなど》れないな』と認識を改める。

変装というものは私達が考えている以上に難しかったらしい。

よく観察してみれば、平民が着ている服はところどころ汚れていたり、糸がほつれてたりしているものね。そりゃあ、新品の服を着ていれば、直ぐに金持ちの人間だってバレるわよね。

「とりあえず、商会の人間ってことにしておくか。実際の身分がバレると、色々面倒だからな」

「分かりました」

平民の変装から、商人の変装に切り替えた私達はワイワイと賑わう街中を進む。朝市では野菜や魚などの食材を扱う店がほとんどだったが、たまに焼き鳥などの屋台料理を振る舞う店もあった。

いい匂いね。それに凄く美味しそう。朝食を食べたばかりなのに、このいい匂いを嗅いでいると小腹が空いてくるわ。でも、こういう料理は『平民の食べ物』とされているから、食べられないのよね……。

屋台料理をじっと見つめながら、残念そうに肩を落とせば――エドワード皇子殿下が不意に足を止めた。『何かあったのか?』と疑問に思う中、彼は屋台の店主に声を掛ける。

「焼き鳥を二本頼む」

「おっ！　兄ちゃんハンサムだね～！　そっちのお嬢さんも清楚な感じですっごく綺麗だ！　よしっ！　今、とびきり美味いの選んでやるからなぁ！」

「ああ」

腕捲りして気合十分な屋台のおじさんは良い感じに焼き上がった焼き鳥を二本ケースに包んでくれた。焼き鳥のケースを受け取るエドワード皇子殿下は店主に礼を言って、料金を手渡す。引き止める間もなく、焼き鳥を購入してしまった彼は私の手を引いて、屋台を後にした。

何で焼き鳥を……？　もしかして、私がずっと屋台料理を眺めていたから？　それに気づいて、買ってくれたのかしら？　だとしたら、ちょっと恥ずかしいわね……。食いしん坊だと思われていたら、どうしよう？

「カロリーナ、一緒に食べよう。お前と一緒に食べたくて、買ったんだ」

そう言って、エドワード皇子殿下は購入した焼き鳥を一本こちらに差し出す。最後の言葉は私へのフォローだったのか、彼の本音だったのかは分からない……でも、どちらであろうと嬉しかった。

僅かに頬を緩める私は、差し出された焼き鳥をそのまま受け取る。湯気が立つそれをじっと見つめ、どう食べるべきか迷った。

他の子達はかぶりつくように食べているみたいだけど、それは淑女のマナーとして如何なものか……。でも、ここでナイフやフォークを使うのはちょっと違うわよね。

と、四苦八苦する私を他所に、エドワード皇子殿下は慣れた様子で焼き鳥にかぶりついた。何とも男らしい豪快な食べっぷりである。

エドワード皇子殿下も普通にかぶりついていることだし、私もそうしよう！　ここではマナーについて、とやかく言う人も居ないし！

『気にした方が負けだ』と自分に言い聞かせる私はエドワード皇子殿下を見習うように、焼き鳥にかぶりつく。口内に広がるのは肉の旨みと甘辛いソースの味だった。

いつも食べる肉料理より、少し味付けが濃いけど、これはこれで美味しいわね！　特にこのソースが最高だわ！　どうやって、作っているのかしら？

「気に入ったようだな」

「はい、とっても！」

「なら、後で残りの焼き鳥を買い占めるとしよう」

「えっ!?　そんなに食べられませんよ！」

ギョッとした様子で首を左右に振る私は『絶対にやめてくださいね!?』と必死に彼を止める。確かにこの焼き鳥は絶品だが、無限に食べられる訳ではなかった。別腹にも限界はある。

「ははっ！　さすがにそれは冗談だ。でも、何箱かは部下に買いに行かせよう」

珍しく声を出して笑うエドワード皇子殿下は悪戯っ子のような笑みを浮かべていた。愉快げに目を細める彼は心なしか輝いて見える。

普段笑わない人が突然笑うのはちょっと心臓に悪いわね……。その笑顔があまりにも眩しくて……直視出来ないわ！

「ん？　どうかしたのか？　何でいきなり顔を背けるんだ？」

「い、いえ、お気になさらず……。ただエドワード皇子殿下の笑顔が素敵すぎて、直視出来ないだけですから……」

「私の笑顔……？　私は今、笑っていたのか？」

……えっ？　気づいていなかったの!?　まさかの無意識!?　って、エドワード皇子殿下の場合、意識して笑うことなんてあまり無いわよね。笑うこと自体少ないし……。

不思議そうに首を傾げるエドワード皇子殿下に、私は思わず苦笑を漏らした。

「ええ、笑っておられましたよ。珍しく声まで上げて」

「そうだったのか……。全く気が付かなかった」

「まあ、笑顔は意識してするものじゃありませんからね」

――――本来は。

という最後の言葉を呑み込む。

貴族や皇族の間では作り笑いなど日常茶飯事のため、本当の笑顔を見せることはかなり少ない。作り笑いをし過ぎて、どれが本当の笑顔なのか分からなくなる人もしばしば……。

エドワード皇子殿下のように作り笑いをせず、生きてきた人間の方が圧倒的に少なかった。

「まあ、それもそうだな。それより――――私の笑顔が素敵だというのは本当か？」

「えっ……？　あっ!!」

うっかり零した本音をエドワード皇子殿下に指摘され、私は思わず大声を上げてしまった。周りの注目を集める私だったが、今はそれどころじゃなかった。

わ、私ったらいつの間にそんなことを……！　いや、エドワード皇子殿下の笑顔が素敵なのは事実だけど……!!　確かにそう思っているけれど……!!　でも、本人の前でそれを言うだなんて……!!　恥ずかしすぎるわ！

顔を真っ赤にして俯く私は羞恥心に苛まれ、今にでも倒れそうだった。バクバクと鳴る心臓を他所に、視線をさまよわせる。

「え、えっと……これは……その……あのですね……」

恥ずかしさのあまり、思考が乱れ、上手く言葉が出て来ない私は――――。

「……す、素敵な笑顔でした」

と、結局素直な気持ちを口にするしかなかった。この一言に、赤髪の美丈夫は満足気に頷く。

周囲から生暖かい視線が送られる中、私は恥ずかしさを誤魔化すように焼き鳥にかぶりついた。

半ばヤケクソになりながら、焼き鳥を食べ終えた私はエドワード皇子殿下と共に朝市を目いっぱい楽しんだ。新鮮なお野菜やお魚を幾つか購入し、別荘に戻った私達はそれぞれの部屋で休息を取っている。

本当はリビングで一緒に休んでも良かったのだが、エドワード皇子殿下が『私が一緒だと、きちんと休めないだろう』と気を遣ってくれたのだ。

はぁ……歩き過ぎてちょっと疲れたけど、朝市は物凄く楽しかったわね。朝から賑やかで雰囲気がいいし、屋台料理も美味しかったし。一つ心残りがあるとするなら、完璧な変装が出来なかったことかしら？　街中でかなり浮いていたもの。でも、それ以外に不満はない。本当に凄く楽しかったし、いい経験になったから。

こんな素敵な場所が故郷だなんて、マリッサも鼻が高いだろうなぁ。ここまで治安がいい街なんて、そうそうないもの。物の流通も良さそうだし。

――――でも、マリッサは故郷に帰って来てから、ずっと浮かない顔をしているのよね……。態度や表情はいつも通りなんだけど、滲み出る暗いオーラが隠しきれていないというか……。さっき、着替えを手伝ってもらった時なんか溜め息も吐いていたし……。何でマリッサは里帰りを喜ばないのだろう？

「何か深い事情でもあるのかしら？」

「――――何の話ですか？」

無意識に呟いた一言に反応したのは護衛騎士のオーウェンだった。扉の前に結界を張りながら、私の前まで移動した彼はその場で跪く。真っ直ぐにこちらを見つめるサンストーンの瞳は優しげだった。

ダメね、私ったら……。無意識に独り言を零すだなんて……。この場にマリッサが居なかったから良かったものの、彼女が居たら少し不味かった。

『失言ダメ！　絶対！』と自分に言い聞かせ、口元に手を当てる私に、オーウェンは僅かに首を傾げる。

「もし、お悩みがあるのでしたら、お聞かせください。話したら、少しは楽になるかもしれませんから」

『一人で悩むな』と遠回しに主張するオーウェンは左胸に手を添えて、恭しく頭を垂れた。ライム色の短い髪がサラリと揺れる。

悩み、か……。悩みと呼べるほどのものではないけど、マリッサの態度に疑問を持っているのは事実ね。でも、それを本人の居ないところで聞いていいのか分からない……。他人のことを周りに聞いて回るのって、なんだか気が引けるのよね……。でも、あの堅物のマリッサがプライベートなことを話してくれるとは思えないし……。

「はぁ……うじうじ悩んでいてもしょうがないわね」

とりあえず、聞くだけ聞いてみましょう。もしかしたら、案外大したことない理由かもしれないし。『虫が沢山いて、嫌だった』とか。

「オーウェン、一つ質問があるの」

「はい、なんでしょう？」

「マリッサのことについてなんだけど……あの子、里帰りしたのに全然嬉しそうじゃなくて、浮かない顔をしているの。『せっかくの里帰りだし、一日くらいなら休暇をあげられるわよ？』って聞いた時なんか、物凄い剣幕で『結構です！』って拒絶していたし……。何か知らない？」

「……」

急に静かになったオーウェンは相槌すら打たなくなり、謎の沈黙が流れる。俯いているため、彼の表情は見えないが、その沈黙こそが答えだった。

オーウェンは何か知っている……。そして、それを話すべきかどうか迷っているんだわ。やっぱり、聞いちゃいけないことだったかしら？

そんな不安が脳内を駆け巡る中、オーウェンは意を決したように顔を上げた。真剣味を帯びたサンストーンの瞳と視線が交わる。

「単刀直入に申し上げます。マリッサ嬢が里帰りを喜ばない理由は恐らく――――キッシンジャー伯爵家の次女が原因です」

「次女？　それって、伯爵家の庭でマリッサと何か話し込んでいた……」

「はい、その方がキッシンジャー伯爵家の次女マリエル・キッシンジャーです。長女は数年前に他家に嫁いで家を出ていますから、間違いありません」

そう……。やっぱり、あの女性はマリッサのご家族だったのね。顔はよく見えなかったけど、あの綺麗な黒髪を見て直ぐにキッシンジャー家の人間だと分かったわ。

「私も人伝に聞いた話なので、詳しいことは分かりませんが、姉妹の仲はあまりよろしくなかったようです。どうやら、マリッサ嬢の美しい容姿に長女と次女がかなり嫉妬していたようで……」

「え？　長女も？」

「はい。聞いた話では長女もマリッサ嬢を嫌っていたようです。嫌がらせをしたり、嫌みを言ったりしていたようですね。と言っても、他家との婚約が決まってからは忙しくて、それどころじゃ無かったみたいですが」

あぁ、そう言えばさっき長女は他家に嫁いだと言っていたわね。でも、それを言うなら、次女のマリエル嬢だって、もう結婚しててもいい歳でしょう？　伯爵家の人間だし、結婚しようと思えば、いつでも出来るのではなくて？

「マリエル嬢は結婚しなかったの？　マリッサより上と考えると、もう十九歳は過ぎているんでしょう？　このままじゃ、適齢期を過ぎてしまうわよ？」

「それは……」

当たり障りのない質問をしたはずなのに、オーウェンはどこか気まずそうに目を逸らす。

どうしたのかしら？　私、何か変なこと言った？

煮え切らないオーウェンの態度に、私はコテリと首を傾げる。パチパチと瞬きを繰り返す私の前で、オーウェンはしばらく黙り込むと……躊躇いがちに口を開いた。

「そ、その……実はマリッサ嬢が――マリエル嬢の婚約者を奪ったと言われているみたいなんです……」

「……はっ？」

マリッサが……あの真面目で優しいマリッサが姉の婚約者を奪った!?　それって一体どういうこと!?　婚約者がマリッサの美しさにコロッと行ったとかじゃなくて!?

「私が聞いた話だと、マリエル嬢には格好良くて優秀な婚約者が居たらしいんです。でも、彼女のアポ無し訪問と『会いたい』コールに婚約者が参ってしまい……婚約者の方から『次女との婚約は破談にし、三女と婚約させてくれ。それが無理なら、婚約の話自体なかったことにして欲しい』と伯爵に連絡したようです」

「そ、そう……」

アポ無し訪問と『会いたい』コールか……。婚約者が参ってしまうくらいだし、きっと執拗《しつこ》かったんだろうなぁ……。話を聞く限り、政略結婚っぽいし、そんなことをされれば腹も立つだろう。

正直、次女の自業自得でしかないと思うけど……。

「マリエル嬢は『マリッサが私の婚約者を奪った。色仕掛けをしたんだ』と主張し、自分の非を一切認めていないようです。そして、この事件をきっかけに嫌がらせは更にヒートアップしたみたいです。それで、マリッサ嬢が耐え切れなくなり、婚約者と伯爵の力を借りて皇城で働くようになった……というのが事の顚末です。皇城で働くとなれば、家から……いえ、マリエル嬢から上手く距離を取れますから」

な、なるほど……。マリッサが皇城で働くに至った経緯って、意外と複雑なのね……。さすがにこれは同情しちゃうわ……。

だって、マリッサが受けてきた仕打ちって、ただの八つ当たりじゃない。例の婚約話についてはは完全な巻き添えだし。上の兄弟が下の兄弟を虐める話はよくあるけど、これはあまりにも可哀想すぎる。

マリッサの境遇を哀れむ私はキュッと唇を引き結ぶ。苛立つ私を前に、オーウェンは口元に手を添えると、少し顔を近づけて来た。

「それで、その婚約者って言うのが――――副団長なんですよ」

「そう、テオドール様が……って、テオドール様!?」

いや、まあ確かにテオドール様も格好良くて優秀だけど……!! なんなら、天才だけど……!! でも、そんな事ってある!?

衝撃の真実に動揺を隠し切れない私は、右へ左へ忙しなく視線を動かす。が、『テオドール様なら、マリエル嬢の求愛を煩わしく思うのも頷ける』と妙に納得する自分も居た。

テオドール様は根っからの仕事人間だから、仕事の妨げにしかならないアポ無し訪問や『会いたい』コールは邪魔でしかなかっただろう。婚約者を三女に変えたいと連絡するのも致し方ない。

まあ、旅行先をまだマリエル嬢が居るキッシンジャー伯爵家の領地にしたのはどうかと思うけどね……。でも、きっとここしか無かったんだろうなぁ。なんせ、急な話だったたから……。テオドール様だって、鬼ではない。他の場所があるなら、そっちに変更していたはずだ。

まあ、それでもマリッサが不憫《ふびん》なのは変わらないけど……。とりあえず、こっちにいる間は必要以上にマリッサを連れ出さないことにしよう。

そう胸に誓い、この話は終了となった。


特に何をするでもなく、別荘で長閑《のどか》な時間を過ごした私は避暑二日目を迎えていた。

窓から差し込む朝日に目を細めながら、エドワード皇子殿下と一緒に朝食を摂る。何の気なしに窓の外へ視線を向ければ、青々と広がる空が見えた。

今日も晴れか。洋館に引きこもるには勿体ない天気ね。

「エドワード皇子殿下、良ければこの後お散歩に行きませんか？　天気も良いですし」

「散歩か。ここら辺は緑が豊かだから、それも良いな。食後にでも行くか」

「はいっ！」

エドワード皇子殿下とまったりお散歩なんて、またとない機会だわ！　目いっぱい楽しみましょう！

朝から機嫌のいい私は僅かに頬を緩めながら、お肉を切り分ける。『何を着ていこうか』と浮かれる私の元に――――突然聞き覚えのない声が届いた。

『……して!!』

『だ……ません!!』

『な……よ!?』

『ここは……です!!』

ん？　何かしら？　外が妙に騒がしいわね？

窓の向こうから途切れ途切れに聞こえてくる人の声に、私は首を傾げる。話の内容自体は分からないが、とにかく誰かと誰かが言い合いをしているのは確かだった。

「随分と騒がしいな」

「そうですね。何かあったんでしょうか？」

朝食のメインディッシュを食べ終えた私とエドワード皇子殿下は互いに首を傾げる。『トラブルだろうか？』と考えている間も、言い合いはずっと続けられていた。

一体誰と誰が言い合いをしているのかしら？　まさか、うちの使用人が……？　いや、さすがにそれはないわね。うち……と言うか、皇城で働く使用人には厳しい教育が施されているもの。そんな彼らが大声で言い合いをするとは思えない……。では、外部の人間が……？　でも、こんな朝早くに？

「ちょっと様子を見てくる」

ガタッと音を立てて立ち上がったエドワード皇子殿下は窓の外へ視線を向けた。

どうやら、なかなか終わらない言い合いに痺れを切らしたらしい。

「あっ！　それなら、私も一緒に行きます」

「……分かった。でも、危険だと判断したら直ぐに建物の中に入ってもらうからな」

「分かりました」

私の身を案じるエドワード皇子殿下の言葉に頷き、私も席を立つ。

さりげなくドレスのシワを伸ばす私は、エドワード皇子殿下と共に食堂を後にした。特に誰ともすれ違うことなく、廊下を進んだ私達はあっという間に外に出る。仲良く肩を並べる私達の目の前には――――何故か大勢の使用人が居た。玄関前の広場に集結する彼らは正門に視線を固定している。

え、え？　何事!?

廊下で誰ともすれ違わないと思ったら、皆ここに居たの!?　というか、この集まりは何!?

予想外の事態に唖然とする私はポカーンと口を開けて、固まる。隣に立つ赤髪の美丈夫もまさかこんな事になっているとは思わなかったようで、僅かに目を見開いていた。

「……これは一体どういう事だ？」

何とか正気に返ったエドワード皇子殿下は玄関前に集まる使用人達にそう尋ねる。声を発したことで、ようやく私達の存在に気がついたのか、使用人達は慌ててこちらを振り向いた。

優秀な人材ばかり集めた城仕えの使用人達が話し掛けられるまで、私達の存在に気づかないなんて……一体何があったの？

「え、エドワード皇子殿下とカロリーナ妃殿下にご報告申し上げます。キッシンジャー伯爵家の次女マリエル・キッシンジャー様が洋館に押し掛けて来ております。執事と騎士は現在、その対応に追われている状況です。私達も外で言い争う声を聞き、ここに駆けつけた次第で……」

「……その非常識な女は何でここに押し掛けてきたんだ？」

「我々も来たばかりなので詳しいことは分かりませんが、彼女の目的はマリッサ嬢とテオドール様に関係しているようです。先程からずっと『マリッサに会わせなさい』『テオドール様に会いたいの』と執事に詰め寄っていまして……。貴族である手前、実力行使に出る訳にもいかず……膠着《こうちゃく》状態が続いているようです」

なるほどね……。状況は理解出来たわ。まあ、なんというか……マリエル嬢は想像以上にお転婆なお嬢さんみたいね。だって、妹と元婚約者に接触したいがために皇族の別荘地に突撃してくる人なんて、まず居ないもの。少なくとも常識を弁《わきま》えている人はそんなことしない。

もし、マリエル嬢が貴族じゃなければ、その場で不敬罪として即死刑になっていたでしょうね。

「状況は理解した。お前達は持ち場に戻れ。あとは私が何とかしよう」

「畏まりました」

その場に集まっていた使用人達は深々と頭を下げると、サッと両脇に寄り、道を開けてくれた。

どうやら、私達のお見送りをしてくれるらしい。

まあ、お見送りと言っても、目的地は直ぐそこだけどね。

私はエドワード皇子殿下にエスコートされる形で使用人達の前を通り過ぎると、門の前に出来た小さな人集《ひとだか》りに向かって歩いていく。そこでは使用人達の言う通り、駄々を捏ねるマリエル嬢とそれを宥《なだ》める執事や騎士の姿があった。

「いいから、そこを通しなさいよ!! 私はマリッサとテオドール様に用があるの!!」

「ですから、それは出来ませんと何度も言っているでしょう！　ここは皇室の別荘地で、今エドワード皇子殿下とカロリーナ妃殿下が避暑にいらしているのです！　そんな勝手は許されません!!」

「別にエドワード皇子殿下とカロリーナ妃殿下に会いたいって言ってる訳じゃないのよ!?　何でそれが許されないのよ!?」

「ですから、ここは皇室の別荘地で……」

全く話が通じないマリエル嬢相手に、執事は完全に困り果てている。傍で待機していた騎士に関しては『もうさっさと帰れよ』と言わんばかりに呆れ返っていた。

うわぁ……これはさすがに可哀想ね。だって、皇族である私達が出向かなきゃマリエル嬢が諦めるまでずっとこのままなのよ？　そんなの心身共に疲れてしまうわ。

『来て正解だった』と苦笑する私はエドワード皇子殿下と共に騒ぎの中心に近づいた。

「何を騒いでいる」

「!?――――エドワード皇子殿下とカロリーナ妃殿下!!」

「も、申し訳ありません!!　すぐに追い返しますので……!!」

「お二人の出る幕ではございません！」

慌てて頭を下げる執事と騎士は『早くお戻りください』と言い募る。焦る彼らを前に、マリエル嬢もいそいそとお辞儀した。

常識はないのに、マナーは身に付いているのね。

「気遣いは不要だ。この別荘の主は今、私とカロリーナだからな。自分の家を守るのは当然のことだ。それで――――お前はここへ何をしに来たんだ？　マリエル・キッシンジャー」

恐怖すら覚える冷たい声で用件を尋ねるエドワード皇子殿下は、感情が読めない瞳でマリエル嬢を見下ろした。態度から滲《にじ》み出る確かな敵意に、私は恐怖心を駆り立てられる。

私に向けられる声や眼差しはいつも優しいから、時々忘れそうになるけど……エドワード皇子殿下は『烈火の不死鳥』団の団長なのよね。安全な場所でぬくぬく育った私とは違う歴戦の猛者。そりゃあ、纏《まと》うオーラも放つ殺気も段違いになるわよね。

まあ――――どういう訳か、威圧された張本人はピンピンしているけど……。

「私がここへ来たのは、マリッサとテオドール様にお会いするためですわ！　なのに、この方達がなかなか通してくれないんですの！　エドワード皇子殿下からも何か言ってくださいませ！」

ピンピンしているどころか、図々しく頼み事までするマリエル嬢に、この場に居る誰もが言葉を失った。正気を疑うような行動に、私達はギョッとする。

え、なっ……何を言っているの!?　臣下が主に対して正当な理由もなく、頼み事をするなんて有り得ないことよ!?　常識がないとか、そんな次元の話じゃないわ!!

「……何故、私がお前の頼みを聞いてやらねばならんのだ？　そんな義理はないと思うが？」

「確かに私の頼みを聞く義理はありませんが、断る理由もないでしょう？　必ずお礼をしますから、どうか私の頼みを聞いてください」

「断る。テオドールは私の右腕であり、マリッサはカロリーナの信頼する侍女だ。そんな二人をお前ごときの頼みで、動かす訳にはいかない。分かったら、さっさと帰れ。今すぐ帰れば、今回の件

は不問としてやる。キッシンジャー伯爵には避暑のことで世話になったからな」

半ば捲《まく》し立てるようにそう言うと、エドワード皇子殿下はマリエル嬢の返事も聞かずに踵《きびす》を返した。そうなると、腕を組んでいる私も必然的に背中を向けることになる訳で……彼と共にこの場を後にする。

これに懲りて、あの二人との面会は諦めてくれると良いけど……。

非常識な彼女に対して、そんな淡い期待を抱く私は『はぁ……』と小さく溜め息を零した。

◇◆◇◆

「「誠に申し訳ございませんでした!!」」

マリエル嬢の突撃訪問の件を報告・相談しようと、テオドール様の部屋を訪れれば、開口一番に謝罪の言葉が飛んできた。私達の前で深々と頭を下げるのは金髪の美男子と――――黒髪の美女である。

あら？　マリッサの姿が見当たらないと思ったら、テオドール様の部屋に居たのね。

「本来であれば、当事者である私とマリッサが対応すべきだったのですが、我々が出て行っても面倒なことになるだけだと思い……」

「執事と騎士の皆さんに対応をお願いしたところ、このような事態に……。主人のお手を煩《わずら》わせてしまい、誠に申し訳ございません」

頭を下げたまま、弁解を述べる彼らはその真面目さ故に、かなり思い詰めている様子だった。申し訳ないという気持ちがヒシヒシと伝わってきて、私は苦笑を漏らす。

今回の件に関してはもうしょうがないとしか言いようがないけど、何を言っても無駄でしょうね。マリッサもテオドール様も真面目すぎるから。きっと責任を感じるに決まっているわ。

「気にするな。部下を守るのも主人の務めだからな。思い詰める必要は無い」

「で、ですが……」

「エドワード皇子殿下はマリエル嬢に『今回の件は不問とする』と宣言しました。それはつまり、今回の件で誰かを裁くつもりは無いという事。エドワード皇子殿下の判断に逆らうつもりですか？」

真面目な彼らに『気にするな』と言い聞かせたところで意味は無いと判断し、私は最終手段に出る。底意地の悪い作戦だが、真面目な彼らには効果覿面《こうかてきめん》だったようで、『うっ……！』と言葉を詰まらせていた。様々な葛藤を繰り広げる二人はしばらく黙り込むと、『はぁ……』と深い溜め息を零す。

「……分かりました。今回の件に関してはもう何も言いません。ですが、最後にこれだけは言わせて下さい。マリエルお姉様を追い返して頂き、ありがとうございました」

「私からもお礼を言わせて下さい。本当にありがとうございました」

腰を九十度に曲げる彼らは精一杯の誠意と感謝を私達に伝える。真面目すぎて、ある意味息ピッタリな彼らは頭を上げるタイミングまで全く一緒だった。

マリエル嬢には悪いけど、テオドール様とマリッサは本当にお似合いだと思うわ……色んな意味で。

「さあ、中へお入り下さい。今、お茶の準備を……」

「それは私がやりますので、テオドール様はエドワード皇子殿下とカロリーナ妃殿下の応対をお願いします」

「分かりました――――では、お二人ともこちらへ」

マリッサの言葉に頷いたテオドール様は私とエドワード皇子殿下を部屋の中へ促した。

何とも愛のない会話ね……。まあ、政略結婚をした私が言えたことではないけど……。でも、もう少しこう……仕事とかけ離れた話をするとか、敬語を外すとかないの？ 二人とも真面目すぎて、婚約者同士に見えないわ。

ビジネスパートナーの究極形と呼ぶべき、二人の関係に焦れったい何かを感じる私は勧められるままソファに腰を下ろす。テーブルの上に人数分の紅茶が並べられる中、テオドール様は近くの椅子に腰掛けた。淹れたての紅茶を飲んで一息つくと、隣に座るエドワード皇子殿下が口を開く。

「それで、これからどうするつもりだ？ 私の予想だと、あの女はまた家に押し掛けてくるぞ」

「とりあえず、キッシンジャー伯爵に今回の件を報告しようとは思っています」

「では、マリエル嬢の対策はキッシンジャー伯爵に任せると？」

「ええ、そうなるかと……。エドワード皇子殿下が『今回の件は不問とする』と宣言した以上、我々は表立って動けません。不問にするという事は今回の件を無かった事にするのと同義ですから」

つまり、何も無かった（事になっている）のに私達があれこれ口出しするのは違うってことね。そうなると、キッシンジャー伯爵家の中でどうにかしてもらうしか無いってことか……。まあ、キッシンジャー伯爵はマリエル嬢と違って常識を弁えた人みたいだし、何とかしてくれるでしょう。

「なら、仕方ない。今はキッシンジャー伯爵に任せよう」

「畏まりました。直ぐにキッシンジャー伯爵家へ文書を送ります」

「ああ」

ソファから立ち上がったテオドール様は素早く臣下の礼を取ると、デスクで作業を始める。どうやら、早速キッシンジャー伯爵へ送る文書を書き始めたらしい。

「それにしても、お前はよく変な奴に好かれるな。あそこまで常識のない女は初めて見たぞ」

「私もあそこまで常識のない女性には初めてお会いしましたよ。連日、家に押し掛けられたときは海へ捨ててやろうかとも思いました。ですが、大事な取り引き相手のご家族なので、ずっと我慢していたんですよ」

「あの頃のテオは毎日荒れていたもんな。でも、意外と短気なお前にしてはよく我慢した方だ。三日で音を上げるかと思いきや、一ヶ月も持ったんだからな」

「三女のマリッサにまだ婚約者が居ないと知るや否や、婚約を解消しましたけどね」

紙にペンを走らせながら、肩を竦めるテオドール様は当時のことを思い出したのか、眉間に皺を寄せた。いつも冷静な彼がここまで不快感を露わにすることは珍しい。

まあ、真面目なテオドール様からすれば、ルールや秩序を乱すマリエル嬢の言動は不愉快極まりなかっただろう。

理知的なテオドール様と無鉄砲なマリエル嬢では合うはずがない。まさに相性最悪だ。

と、それはさておき……どうして、テオドール様はキッシンジャー伯爵家の人間と結婚しようとしているのかしら？　だって、あのテオドール様が意味もなく、次女の身勝手な行動を限界まで我慢したり、わざわざ婚約者を三女に変更したりしないもの。仕事第一のテオドール様がそこまでするってことは何か理由があるはず……。

「キッシンジャー伯爵家とテオドール様の結婚には何か意味があるんですか？　テオドール様の人脈と功績があれば、もっと身分の高い人と結婚出来そうですが……って、すみません！　不躾でしたよね！」

特に深く考えず、余計なことを口走ってしまった私は慌てて口元を押さえる。だが、発してしまった言葉はもう戻って来ない。『やってしまった……』と落ち込む私はシュンと肩を落とした。

「本当に申し訳ありません。先程の質問はどうか気にしないで下さ……」

「────テオ、教えてやっても良いんじゃないか？　カロリーナは口が堅いし、この事がバレたところで痛くも痒《かゆ》くもないだろ？」

私の言葉を遮り、テオドール様に意見したのは他の誰でもないエドワード皇子殿下だった。

え、エドワード皇子殿下？　何を言って……と言うか、エドワード皇子殿下はこの婚約について何か知っているんですか？　そうなると、この場でその事情を知らないのは……私だけ!?

知らぬ間に仲間外れにされていた私は『そんな……』と肩を落とす。書き上げた文書をクルクルと巻くテオドール様は私のことをじっと見つめたあと、『はぁ……』と小さな溜め息を零した。

「仕方ありませんね。まあ、隠すようなことでもありませんし、お話し致しましょう」

「あ、ありがとうございます！」

「いえいえ、他でもないカロリーナ妃殿下の頼みですから」

筒状に丸めた文書を紐で縛ったテオドール様はマリッサにそれを手渡した。ニッコリ微笑む彼はこちらへ戻ってくると、向かい側のソファへ腰を下ろす。

「私がキッシンジャー伯爵家の人間と婚約した理由は簡単に言うと――――豊富な資源を『烈火の不死鳥』団に提供してもらう為です。まあ、提供と言ってもきちんと代金はお支払いしていますが」

「豊富な資源と言うと、野菜や魚などの食料のことでしょうか？」

「はい、その通りです。我々帝国騎士団は遠征がある度に各領地から、食料や武器を購入していきます。ですが……たまに必要な資源を売ってくれない領地があるのです。干ばつなどが原因で売れるものがないなら、分かるのですが……」

「『平民が居る騎士団に物を売りたくない』という身勝手な理由で売ってくれないところもあるんだ。我々はその被害に何度もあっている」

そ、んなことが……。『平民が居るから』という理由だけで、取り引きを拒むだなんて……あまりにも身勝手すぎるわ！　帝国騎士団は国を守るために戦っているのに！

『酷い』なんて言葉じゃ収まりきらない扱いに憤慨する中、テオドール様はカチャリとメガネを押し上げた。

「国から支給されるのはあくまでお金だけですから、売り手が居ないと金など意味がありません――そこで、私はこう考えました。豊かな資源を持つ領主と契約を結び、定期的に商業取り引きをすれば良いのではないか？　と……」

「で、そのターゲットになったのがここ――キッシンジャー伯爵家の領地って訳だ」

なるほど……。遠征の買い出しの度に四苦八苦するより、多少の損失は覚悟でどこかの領地と定期契約を結んだ方が良い。キッシンジャー伯爵家の領地なら、急に大量の注文が入っても十分対応出来るし。あちこちの領地を回って、ちまちま買い集めるより圧倒的に効率がいいわ。

「最初は定価の二倍で買い取ることを条件に契約を結ぼうと思ったのですが、キッシンジャー伯爵が娘さんと私の結婚を望まれまして……。なので、半額の値段で売る事とこの契約の無期限適応を条件に、キッシンジャー伯爵家の人間と婚約をした訳です」

「な、なるほど……」

仕事人間のテオドール様らしい婚約理由だけど、契約の無期限適応に同意したキッシンジャー伯爵には驚いたわ。だって、無期限適応ってことはキッシンジャー伯爵家が取り潰しになるか、『烈火の不死鳥』団が無くなるまで続く契約ってことなのよ？　天才魔導師であるテオドール様との繋がりが欲しいからって、普通そこまでする？　キッシンジャー伯爵って、意外と肝が据わっているのね。

優しいだけの領主じゃないと知り、私はキッシンジャー伯爵への認識を改めるのだった。

――――それから、しばらくテオドール様の部屋に居座った私達は話に花を咲かせた。が、散歩の件を思い出すなり、直ぐさまお暇する。

急いでお出掛けの準備を済ませた私とエドワード皇子殿下は大勢の家臣達を引き連れて、別荘の外へと出た。私達の後ろには、オーウェンを含める護衛騎士二十名とマリッサの姿がある。

本来であれば、ただの散歩にマリッサを連れてくる必要は無いのだが、ついでにピクニックをすることになり、給仕役として同行させた。別の侍女を連れてきても良かったのだが、マリッサ本人が『どうしても』と言って聞かなかったのだ。

私個人の意見としてはマリエル嬢と鉢合わせしないために、洋館でお留守番してほしかったのだけど……。

人通りの少ない道を歩く私はチラッと後ろを振り返る。そこには、昼食が入ったバスケットを大事そうに抱えるマリッサの姿があった。

うーん……今のところ、マリッサの様子に変わったところは無いけど、やっぱり心配ね。痩せ我慢とかしていないかしら？

不安げに瞳を揺らす私はチラチラと後ろを振り返り、マリッサの様子を窺う。今からでも戻るよう伝えた方がいいかしら？　と悩む中――――私は道端の石ころに躓《つまず》いてしまった。

「きゃっ……!?」

一瞬にして体のバランスを崩した私はそのまま転びそうになる。どんどん近づいてくる地面に恐怖していると、エドワード皇子殿下が咄嗟に支えてくれた。が……この体勢はかなり恥ずかしい。

後ろから抱き締めるように支えられたせいか、とにかく距離が近かった。

え、エドワード皇子殿下の顔がこんなに近くに……!?

「す、すすすすす、すみません！」

「ああ。足元には気をつけろ」

「は、はい！」

耳元で聞こえるバリトンボイスに、私は頬を紅潮させた。胸の高鳴りを隠し切れずにいると、エドワード皇子殿下は焦らすようにゆっくり体を離した。抱き締められた時の感覚がまだ体に残っている私は、羞恥心に苛まれる。

うぅ……心臓の音がうるさいわ……。それに凄く……体が熱い。ただエドワード皇子殿下に触れた……じゃなくて、助けてもらっただけなのに！

火照った頬を両手で包み込む私は伝わってくる体温に困惑する。熱すぎるそれはまるで紅く燃ゆる太陽のようだった。

「カロリーナ？　どうかしたか？」

「あ、いえ……！　何でもありませんわ」

「そうか。何かあったら、必ず言ってくれ」

「は、はい……！」

挙動不審な私に、エドワード皇子殿下は首を傾げるものの、それ以上追及することはなかった。

こちらに手を差し出し、私のことをただじっと待つ。急かすことも、無理やり引っ張って行くこともなかった。

エドワード皇子殿下は決して私を置いて行かないし、力任せにグイグイ引っ張って行くこともない。私が立ち止まったら、同じようにその場で立ち止まってくれる人。嫌な顔一つせず、ただじっと待っていてくれる……彼はそんな人だ。

ほんの些細な出来事から垣間見えるエドワード皇子殿下の人間性に、私は僅かに目を細めた。差し出された手に自身の手を重ね、ゆっくりと歩き出す。

「待っていて下さって、ありがとうございます」

「礼を言う必要は無い。私は当然のことをしたまでだ」

そう言って、私の隣を歩く赤髪の美丈夫はやはり、とても優しい。ふわりと柔らかい表情を浮かべる私はエドワード皇子殿下と共に、緑豊かで美しい街道を歩いた。帝都では絶対に拝めない景色に感動しながら、私達は大きな木の下で立ち止まる。どちらからともなく、『ここでピクニックにしよう』と話し、マリッサに準備をお願いした。彼女が敷いてくれたシートの上に座り、私達はサンドウィッチを頬張る。

んー！　とっても美味しいわ！　野菜のシャキシャキした食感と、あっさり目のソースがよく合っている！

「ねぇ、マリッサ。もしかして、このお野菜って昨日朝市で買ってきたものかしら？」

「はい、その通りです。お気に召しましたでしょうか？」

「ええ、とっても！　このソースもあっさりしていて、パンと合うわ」

「それは良かったです。後で料理長にも伝えておきますね。きっとお喜びになるでしょう」

「ええ、お願い」

マリッサの言葉に一つ頷き、私はまたサンドウィッチを頬張る。自然豊かな場所で食べる料理は格別だった。

「凄くのどかですね。景色も綺麗ですし」

「そうだな。たまにはピクニックも悪くな……」

中途半端なところで急に言葉を切ったエドワード皇子殿下はピタッと手を止めた。少し離れた場所にある草むらを見つめ、眉を顰《しか》める。

どうかしたのかしら？　あの草むらに何かあるの？　私の目には、普通の草むらにしか見えないけど……。

全く状況を呑み込めない私は呑気に首を傾げた。危機感の薄い私を他所に、騎士たちは剣の柄に手を掛ける。抜刀準備に入る彼らを前に、私はようやく状況を理解した。

えっ？　まさか、あの草むらに何か居るの……!?　もしかして、私達を殺しに来た暗殺者とか……!?

確かに厳重な警備体制が敷かれている皇城の敷地内より、避暑地での暗殺の方が簡単だものね。過激派がこの機会を狙って、刺客を送り込んでくる可能性は大いにある。

タラリと冷や汗を流す私はキュッと唇を引き結んだ。

「――そこに居るのは分かっている。大人しく出てこい」

隣に座るエドワード皇子殿下は特に緊張した様子もなく、草むらの方に呼び掛ける。が……相手からの返答は一切なし。大人しく姿を現す気配もない。

往生際が悪いわね。もうそこに居るのが見破られているのだから、素直に出て来れば良いのに……。そこに居座ったところで意味はないでしょう？

「……そうか。そっちがその気なら、我々も強硬手段に出るとしよう」

全く反応のない相手に、痺れを切らしたエドワード皇子殿下は――あろうことか、例の草むらに火炎魔法を放った。火の大きさと勢いは小さいが、炎であることに変わりはない。その炎は情け容赦なく、緑の葉っぱを次々と燃やしていく。これには相手もさすがに驚いたのか、草むらから飛び出して来た。

「ちょっ!?　何よ、これ!!　なんで炎なんか……！　キャ――!!　ドレスに火が燃え移っちゃったわ！　誰かこの火を消して！」

そう言いながら、一人大騒ぎするのは――今朝別荘に押し掛けてきたマリエル嬢だった。

え……？　何がどうなっているの……？　マリエル嬢が何でここに……？　草むらの中に隠れているのは暗殺者じゃなかったの……？

まさかの展開に混乱する私は、パチパチと瞬きを繰り返す。そして、隣に座るエドワード皇子殿下は『馬鹿か、こいつ……』と呆れたように呟いた。間もなくして、マリエル嬢のドレスと草むらを燃やした炎は彼の手によって収まる。

「はぁ……こんな奴に魔法を使った自分が心底情けない……」

『くだらない事に力を使ってしまった』と嘆くエドワード皇子殿下は頭を振る。剣の柄に手を添えていた騎士たちも『こんな女相手に何やってんだ』と肩を竦めていた。

まあ、暗殺者だと思って身構えたのに実はただの伯爵令嬢でしたってなったら、ちょっと複雑な気持ちになるわよね。でも、本物の暗殺者じゃなくて良かったじゃない。私はマリエル嬢で良かったって、安心してるわよ？

「もう！　最悪だわ！　せっかく、お父様の目を盗んで屋敷から抜け出して来たのに、こんな目に遭うなんて！　マリッサが居たから、ちょ～っと後ろを付いてきただけなのに！　炎で焼かれるなんて、あんまりだわ！」

前言撤回。この執念深い女性より、暗殺者の方がまだ可愛げがあるわ。

ドスドス！　と地団駄を踏むマリエル嬢を前に、私達は『まだ懲りてなかったのかよ（のね）』と小さく呟いた。

《マリッサ side》

「嗚呼、もうっ！　ドレスはもういいわ！　それより、マリッサを出してくださる？　私は妹に話があるんですの」

二十分ほど子供のような癇癪《かんしゃく》を披露していたお姉様だったが、ここに来てようやく本題へ入る。

皇族が目の前に居るにも拘らず、醜態を晒した挙句、挨拶もしないとは……。

仁王立ちでこちらを見下ろすマリエルお姉様は『何様だ？』と言いたくなるほど、傲慢な態度を取っていた。

今朝のことで少しは懲りるかと思ったら……。エドワード皇子殿下とカロリーナ妃殿下の温情で許してもらえたことに気づいていないのかしら？　まさか、ここまで愚かだったなんて……我が姉ながら、恥ずかしい。

「……今朝も話した通り、お前の頼みを聞いてやる義理はない。さっさと立ち去れ」

「そこをなんとかお願いします！　私はただ妹と話がしたいだけですの！」

「はぁ……マリエル嬢からすれば、『ただ妹と話がしたいだけ』なんでしょうけど、周りからすれば『皇族の専属侍女を貸せ』と言っているようなものなの。貴方は皇族に頼み事が出来るほど、偉い訳ではないでしょう？」

カロリーナ妃殿下の幼子《おさなご》を諭すような柔らかい口調に対し、我が姉は……何故か首を傾げている。

子供にも分かりやすく、出来るだけ言葉を嚙み砕いて説明しているのにこれだ。

カロリーナ妃殿下から至極丁寧な説明を受けたにも拘らず、理解出来ないの……？

「何故、我々貴族が皇族にお願いをしてはいけないのですか？　偉ければ、お願いをしても良いんですか？　爵位の問題でしょうか？」

「「……」」

お姉様の口から飛び出した見当違いな質問に、この場に居る誰もが言葉を失う。

カロリーナ妃殿下に関しては目頭を押さえ、『これ以上、上手く説明出来る自信が無いわ……』と呟いた。

「……爵位とか、そういう問題じゃない。まず、貴族が皇族に対して、個人的な頼みが出来る機会は少ないいんだ」

「では、どうしたらその機会を摑むことが出来るのですか？」

「自他共に認める功績を上げ、それが国に認められたときや皇族に個人的な貸しを作ったときだ」

「なるほど……。では、エドワード皇子殿下とカロリーナ妃殿下に個人的な貸しを作れば良いのですね！」

「「……」」

お姉様……そうだけど、そうじゃないの……。

そもそも、皇族に個人的な貸しを作れる機会なんて、ほとんどない。あくまで貴族と皇族は臣下と主の関係だから、大抵の手助けは臣下として当たり前だと捉えられる。

皇族の命を救ったとか、そういう類のものじゃなきゃ貸しとは言えないわね。

「はぁ……オーウェン、マリエル嬢を伯爵邸までお送りして。もちろん、伯爵にはこの事をきちんと伝えるように」

「畏まりました」

呆然とするあまり、言葉を失うエドワード皇子殿下に代わり、カロリーナ妃殿下が命令を下す。

その命令に、騎士の礼をとって応じたオーウェンはお姉様の腕を掴んで歩き出した。

「ちょ、離しなさいよ!!　私生児のくせに私に触らないで!!」

「なら、自分できちんと歩いてください。そうすれば、こちらも手荒な真似はしませんよ」

「なっ、何よ!?　偉そうに!!　私は伯爵家の人間よ!?　それも直系のっ……!」

「今、重要なのは身分の高さじゃなくて、立場ですよ。私の立場はカロリーナ妃殿下の護衛騎士で、貴方の立場は皇族のランチタイムを邪魔した不届き者です。そこに身分は関係ありません」

以前のオーウェンとは似ても似つかないほど、淡々としている彼はお姉様の暴言を軽く受け流す。

過去から一歩踏み出した彼はこんなにも強かった。

過去、か……。

オーウェンの過去と比べれば、私の過去なんて大したことがないけど……『辛かった』という点では同じ。ただ、私は彼と違って過去に囚われたりはしていないけれど……。

私が過去を思い出す度に感じるのは――――虚しさだけだった。

◇◆◇◆

帝国一の美女と呼ばれる私は良くも悪くも人の関心を引きやすかった。

嫉妬、羨望、性欲、好意など……私は常に様々な感情に取り囲まれている。

この容姿ゆえに男女間のトラブルに巻き込まれることも多く、女性からの嫉妬や暴言は日常茶飯事だった。

中でも、特に酷かったのは――――姉のマリエルとテオドール様の婚約解消騒動だ。

あれはマリエルお姉様とテオドール様の婚約が正式に決まってから、一ヶ月が経った日のこと……私は珍しく、お父様の執務室に呼び出されていた。

室内には私とお父様の他に、マリエルお姉様の姿もあり、異様な雰囲気を放っている。

どうして、マリエルお姉様も執務室に居るのかしら……？　まさか、結婚の発表とか……？　でも、婚約してからまだ半年も経っていないのよ……？　いくらなんでも性急すぎない……？　じゃあ、私の婚約相手がようやく決まったとか……？　マリエルお姉様も無事にお相手を見つけたことだし、そろそろ私も相手を決めなきゃいけない年頃だから。でも、マリエルお姉様を同席させる意味が分からないわね。

どう考えてもおかしいこの状況に内心首を傾げる私はチラリと隣に目を向けた。

そこにはキラキラと目を輝かせる姉の姿があり、期待に胸を膨らませているようだった。一体、何を期待しているのかは分からないが……。

『やはり、姉関係のことだろうか？』と憶測を並べる中、お父様が席を立った。

「急に呼び出して、すまなかった。実は二人に折り入って、話したいことがあってな……」

そう前置きするお父様はどこか複雑な表情を浮かべ、小さく息を吐く。

悪い知らせなのか？　と不安を覚える中、彼は意を決したように口を開いた。

「話というのは――――マリエルとテオドール様の婚約についてだ」

厳かな雰囲気を放つお父様は重々しい口調でそう言い放つ。

嫌な予感を覚える私の隣で、マリエルお姉様はパァッと表情を明るくした。

「まあっ！　ということは、結婚の目処が立ったのですね！　なら、早く式の日取りや会場を決めなくちゃ！　テオドール様はなんと仰っていますの!?」

興奮した様子で捲し立てるマリエルお姉様は幸せそうに微笑んだ。

まだ詳しいことは何も分かっていないと言うのに、勝手に話を進めている。

『本当に結婚の発表だったの？』と頭を捻る私は何故自分も呼び出されたのかと疑問に思う。こういうのは当事者同士の話し合いを終えてから、発表するものだろう。親族とはいえ、初期の段階で発表するのは明らかにおかしい。

違和感しかない状況に嫌な予感を覚えていると――――お父様はどこか気まずそうに視線を逸らした。

「……一旦落ち着きなさい、マリエル。私がお前達を呼び出したのは結婚を発表するためじゃない。むしろ、その逆だ……」

「へっ……？　逆……？」

結婚の発表じゃないとあっさり否定されたマリエルお姉様は素っ頓狂な声を上げる。

パチパチと瞬きを繰り返す彼女はようやく、危機感を抱いたのか、キュッと唇を引き結んだ。

この場に言い表せぬ緊張が流れる中、お父様はそっと目を伏せる。

「いいか？　二人とも、心して聞きなさい。マリエル、お前とテオドール様の婚約は――白紙になった」

硬い声で紡がれた言葉に、私達姉妹は強い衝撃を受けると共に、戦慄を覚えた。

「えっ……？　白紙……？」

目を見開いたまま固まるマリエルお姉様はあまりの衝撃に頭が追いつかないのか、呆然としてしまう。

『ついに結婚だ！』と浮かれていた数分前の彼女とは大違いだった。

動揺するマリエルお姉様を前に、お父様は暫《しば》し沈黙すると、私と視線を合わせる。

――何故だか、胸の中に広がる嫌な予感が一気に膨らんだ。

「落ち着いて聞いてくれ、マリッサ。マリエルとテオドール様の婚約解消に伴い――急遽、お前がテオドール様と婚約することになった」

「「!!」」

まさかの展開に目を剝く私達はピタッと身動きを止め、数秒黙り込んだ。

次女と三女の立場を入れ替えたテオドール様との婚約に、私は早くも頭を抱える。

天才魔導師と持て囃される彼は婚約相手として申し分ないが、姉の元婚約者という時点で論外だった。

何でよりにもよって、私なの……!?　これじゃあ、まるで私がマリエルお姉様の婚約者を奪ったみたいじゃない！　私はテオドール様と直接お話ししたことすら、ないのに……！　最悪だわ！

絶対に良からぬ噂を流される……！　いや、それだけならまだいい……私が一番心配なのは――――マリエルお姉様の反応よ！

他の誰よりも私を目の敵にしているマリエルお姉様は嫉妬心の塊とも言える。妹に婚約者を取られたと聞いて、あっさり納得するような人じゃなかった。

マリエルお姉様の性格をよく知っている私は恐る恐る……本当に恐る恐る彼女へ目を向ける。すると、そこには――――案の定、激怒するマリエルお姉様の姿があった。怒りに顔を歪める彼女は両目を吊り上げ、ワナワナと震える。過去一と言っても過言じゃないほど、怒り狂う彼女は突然掴み掛かってきた。

「このっ……!!　アバズレが……!!　私の婚約者を奪うだなんて、どういう神経をしているの……!?」

「ちょっ……!?　お姉様、落ち着いてください……！」

グイグイと容赦なく髪の毛を引っ張られ、涙目になる私は『やめてください！』と叫ぶ。

でも、興奮状態のマリエルお姉様に話など通じる訳もなく……離してもらえなかった。

修羅場と呼ぶべき光景が広がる中、お父様は慌てて私からお姉様を引き剝がす。後ろから羽交い締めにされる彼女は癇癪を起こした子供のように手足を動かした。

「落ち着きなさい！　マリエル！　マリッサは何も悪くない！　第一、こうなったのはお前のせいなんだぞ！　お前がテオドール様の職場や家にいきなり押し掛けたり、執拗に『会いたい』と迫ったりしたから、婚約解消を言い渡されたんだ！」

「なっ……!? そ、それはテオドール様に会いたかったから、やっただけで……! 私は悪くないわ! 全部マリッサが悪いの!」

婚約を解消するまでに至った経緯を説明されると、マリエルお姉様はバツが悪そうな顔をした。

どうやら、心当たりがあるらしい。でも、自分の非を認めたくないのか、『違う』と首を横に振るばかりだった。

そう言えば、マリエルお姉様はテオドール様と婚約してから、頻繁に外出していたわね。もし、その行き先が全てテオドール様のところなら……彼に少し同情してしまうわ。ただの政略結婚なのに恋人のような振る舞いを求められても、困るものね。でも、二人の事情に私を巻き込まないで欲しいわ……! まあ、そうするしか選択肢が無かったんでしょうけど……!

理解は出来ても納得は出来ないと眉を顰める私は乱れた髪を手櫛で整える。

『何で私ばっかり、こんな目に……』と己の不運を恨む中、マリエルお姉様の泣き顔が目に入った。

「私のテオドール様を返してよ! 貴方のせいで私の人生、台無しだわ……! せっかく、いい婚約者を見つけたと思ったのに……! 何で貴方に取られないといけないの……!? この泥棒猫!」

感情の赴くまま泣き叫ぶマリエルお姉様はソファの上に置いてあるクッションを引っ掴んだ。かと思えば、それをこちらへ投げつけてくる。

勢いよく飛んできたクッションは私の左肩に当たり、そのまま床へと落ちた。

大して痛くはないが、暴力的なマリエルお姉様に危機感を覚える。『そのうち、花瓶や食器が飛んで来そうだ』と不安になる中、お父様が突然マリエルお姉様を投げ捨てた。

「いい加減にしろ！　マリエル！　何でもかんでもマリッサのせいにするな！　まずは自分の非を認めなさい！　あれだけ迷惑を掛けておいて、一切反省しないとは何事だ！」

「っ……!!」

床に座り込むマリエルお姉様はお父様の叱責に、声にならない声を上げる。

ギュッとドレスを握り締める彼女はポロポロと大粒の涙を流しながら、黙り込んだ。

末っ子の私より、子供っぽいマリエルお姉様を他所に、お父様は『はぁ……』と深い溜め息を零す。

「マリッサ、詳しいことはまた後日話す。今日はもう戻っていいぞ」

「……はい、分かりました」

このまま話を続けても修羅場しか待っていないため、私はお父様の言葉に素直に従った。

子供のように泣きじゃくるマリエルお姉様を尻目に、一礼してから執務室を後にする。

本当は今すぐ婚約の見直しを要求したいけど、多分抗議しても無駄よね。お父様はまるで決定事項かのように話していたから……。『嫌です』と言ったところで、軽く受け流されるだけだわ。

『はぁ……』と深い溜め息を零す私は自室の扉を開き、そのまま中へ入る。

明日からのことを思うと、憂鬱でしょうがなかった。

きっと、マリエルお姉様の攻撃……というか、イジメは更に激しくなると思うわ。嫌がらせや暴言はもちろん、さっきみたいに暴力を振るわれることもあるかもしれない……。正直、かなり不安だわ。

憂いげな表情を浮かべる私は近くのソファに腰掛け、『ふぅ……』と息を吐き出す。

どんどん悪化していく姉妹仲に想いを馳せる中、ふと――――整頓された本棚にある一冊の本に目が行った。

『シンデレラ』と書かれたそれは昔、愛読していたロマンス小説だ。

シンデレラのように辛い毎日を耐え抜けば、白馬の王子様が私を助けに来てくれるかと思ったけど……結局、そんな人は現れなかったわね。

昔を懐かしむように目を細める私はそっと席を立つ。

そして、本棚からシンデレラの本を手に取ると、表紙に描かれた金髪の女性を指で撫でた。

「――――私はシンデレラにはなれなかった」

悲しげにそう呟く私は生まれて初めて、誰かに嫉妬した。羨ましいと思ってしまった。

目に涙を溜める私は『自分もシンデレラのようになりたかった』と嘆く。深い悲しみに溺れる私は虚しさを誤魔化すように涙を流した。

◇◆◇◆

過去の出来事を思い返す私はこの胸にフツフツと湧き上がる怒りに、目を細めた。

ずっと抑え込んできた感情が溢れて来るのをヒシヒシと感じながら、胸元を強く握り締める。

姉はいつもそうだった。

私を妬み、ありもしない話をでっち上げ、勝手に私を非難する。

テオドール様に振られた時も、家格の低い冴えない男性にしか求婚されなかった時も……口癖のように『マリッサが悪い』と主張していた。

私がテオドール様を誑《たぶら》かしたから、私が裏で手を回して高位貴族からの縁談を邪魔したから……そうやって、全部私のせいにしてマリエルお姉様は生きてきた。

その理不尽さが……愚かさが嫌いだ。大嫌いだ。

自分を完璧な人間か何かと勘違いしているこの女が……ひたすらに滑稽で、とにかく憎かった。

私は遠ざかっていく姉の後ろ姿に軽蔑を込めた目を向ける。

「――――ねぇ、お姉様」

気づいたら、私は姉に声を掛けていた。

この私らしくない行動に、カロリーナ妃殿下は大きく目を見開く。

仕事中に私語を挟むなんて、私らしくないミスだ。でも――――どうしても、大嫌いなお姉様にこれだけは言っておきたかった。

「お姉様、私は――――幼稚で、愚かで、常識のない貴方がこの世で一番大嫌いです。直ぐに私のせいにする貴方が嫌いです。自分の非を一切認めない貴方が嫌いです。私を貶《けな》すばかりで、自分を磨こうとしない貴方が嫌いです。とにかく、貴方の全てが大嫌いです。だから、もう二度と私の前に現れないで下さい。次からは私も容赦しません」

驚くほど冷たい声で、私はただ淡々とそう告げた。

ずっと言えなかった……言うことが許されなかった本音を口にでき、清々しい気持ちになる。

こちらを振り返ったマリエルお姉様の顔は笑ってしまうほど間抜けで……更に私の気分を良くさせた。

「私はテオドール・ガルシア様の婚約者であり、カロリーナ・ルビー・マルティネス妃殿下の専属侍女です。実の姉であろうと、これ以上の無礼は許しません。よく覚えておいて下さい」

険しい表情を浮かべる私は、実の姉を真っ直ぐに見据えた。

私の初めての反撃に、マリエルお姉様は珍しく狼狽《うろた》えている。

お姉様、いい加減自覚してください。

私と貴方の違いを……。そして、自分の過ちを……。

――――私と同じ海の色の瞳は波打つ水面のように、ゆらゆらと揺れていた。

《カロリーナ side》

見事なまでにピクニックをぶち壊された私達はそのまま仕切り直す気にもなれず、別荘へと戻った。自室のベッドで横になる私はピクニックでの出来事を思い返す。脳裏に思い浮かぶのは『仕事中に私語を挟んだ上、淑女らしからぬ言動をしてしまい、申し訳ない』と謝罪したマリッサの姿だった。

確かにマリッサの行動には物凄く驚いたけど、責め立てるつもりは微塵もなかった。もちろん、彼女が取った行動が正しかったとは思わない。侍女としての役割を全うするなら、沈黙を守るべきだったし、仕事に私情を挟むべきではなかった。

でも――――彼女の取った行動は被害者として、当然の事と言える。だから、私もエドワード皇子殿下もマリッサの謝罪に頷くだけで、許すとも許さないとも言わなかった。

ベッドの上でゴロンと寝返りを打つ私は窓から差し込む月の光にそっと目を伏せる。当時の光景を振り返る中、ひんやりと気持ちいい夜風が私の頬を撫でた。

あの時のマリッサは凄くスッキリしたような……胸のつかえが取れたような顔をしていた。恐らく、今までずっと言えなかった本音を姉にぶつけられて、スッキリしたのだろう。マリッサの今まで受けてきた仕打ちに比べれば、大したことの無い出来事だが、マリエル嬢には相当効いているようだった。妹の反撃が相当ショックだったのだろう。

「……姉への反撃、か」

無意識に口から出た言葉は、必然的にフローラの姿を思い出させた。

愛らしいパパラチアサファイアの瞳で私を睨み、形のいい唇で私のことを罵倒する悪女の姿を……。

完璧令嬢と周りから持《も》て囃《はや》される彼女に、私が抱く感情は激しい憎悪と劣等感、それから……羨望だった。

あんな最低な女でも、才能だけは……何事も完璧にこなす器量と能力だけは尊敬に値する。

まあ、彼女が私にしたことを忘れた訳ではないけど……。暴力こそ振るわれなかったものの、嫌がらせと暴言は日常茶飯事。一番嫌だったのは公衆の面前で良い姉を演じつつ、さりげなく私の評価を落とされることだった。

例えば、

『最近、妹がチェロを習い始めたの。だから、色々教えてあげているんだけど、なかなか上達しなくて……。私の教え方が悪いのかしら？』

とか、

『カロリーナに何回も『流行りのドレスを着た方がいい』って言っているのだけれど、全然着てくれないのよ。私は皆に『似合ってる』って褒められるから、妹のカロリーナにも似合うと思うんだけど……何でかしら？　このショッキングピンクのドレスとか絶対に似合うと思うのだけれど……』

とか、ね。

まず、一個目のやつは『私、妹に教えられるくらいチェロが出来ます』アピールと『この私が教えてもなかなか上達しない無能な妹』アピール。

そして、二個目のやつはただの嫌み。濃灰色の髪にショッキングピンクなどの明るい色は似合わないと分かった上で、フローラはこう言っている。こんなの白銀色の髪を持つ自分は勝ち組だと公言しているようなものよね。まあ、周りの貴族たちはフローラの嫌みに全く気づいていなかったみたいだけれど……。

でも、こんなのまだ序の口に過ぎない。私はエドワード皇子殿下の元へ嫁ぐまで、フローラの価値を高める道具として徹底的に利用されて来たのだから。

そのおかげで味方なんて一人も居なかったわ。だって、フローラの悪口……というか、本性を語ろうものなら、周りから『嘘をつくな』『姉不孝な妹め！』と大バッシングを受けるから。フローラに心酔しきった貴族達の前で、反撃なんて出来る訳がなかった。

だから、姉に本音をぶつけられたマリッサがほんの少しだけ羨ましい……。他国の人間となってしまった私にはもう姉に文句を言えるチャンスなど、回って来ないだろうから。でも、もしもフローラに本音をぶつけられるチャンスが回ってきたなら……私もマリッサのようにしっかりと自分の本音をぶつけたいわ。

ただの欲望とも言える願いを胸に、私は完全に目を閉じる。すると、私の目元を照らす満月が空気を読んだかのように雲に隠れた。闇と静寂が入り交じる部屋の中で、私はそっと意識を手放した。

◇◆◇◆

避暑三日目の朝――――長テーブルの端と端に座り、エドワード皇子殿下と朝食を摂る私はチラッと窓の方へ視線を向ける。そこには雲一つない青空と色鮮やかな庭園があった。
ここからだと、やっぱり正門の方は見えないわね。

「今日もマリエル嬢は懲りずにやって来るのかしら……？」

独り言のようにボソッとそう呟いた私はちぎったパンを口に運ぶ。不安げに窓の外を見つめる中、書類を読んでいたエドワード皇子殿下が顔を上げた。

「あの女なら、修道院行きが決定したみたいだぞ。今朝伯爵から届いた文書にそう書いてある」

読みかけの書類をこちらに向けるエドワード皇子殿下は『ほら、ここ』と言って、ある一文を指さす。そこには『次女マリエルを修道院に入れることにしました』とハッキリ書かれていた。

キッシンジャー伯爵は最後まで娘思いな人ね。マリエル嬢をわざと修道院行きにし、処罰対象から外すつもりなんだわ。修道院入りした女性には皇族であろうと、なかなか手を出せないから……。

まあ、その代わりマリエル嬢に降り掛かるはずだった罰は全てキッシンジャー伯爵家に向けられることになるけど……。

「伯爵は家より、娘を優先したんですね」

「ああ。呆れるほど、娘思いな奴だ」

やれやれとでも言うように肩を竦めるエドワード皇子殿下は適当な場所に書類を置き、食事を再開した。

マリッサはこのことを知っているのかしら？　知っていたとして、あの子はこのことをどう思うのかしら……？　『手緩い』と父に怒りを覚えるかしら？　もしくは『どうでもいい』と切り捨てるのかしら……？

複雑な心境に陥る私は雲一つない青空を見上げる。『私の心の中もこんな風に晴れやかだったら良かったのに』と、眉尻を下げた。

「カロリーナ、外に何か面白いものでもあったのか？　ボーッとしてるぞ」

「……え？　あっ、いえ……何でもありません。ただ綺麗な青空だな、と思いまして……」

「ああ、確かに綺麗だな。絶好の狩り日和だ」

「狩り、ですか……？」

絶好のお散歩日和なら分かるけど、何故に狩り……？　帝国では狩りが日常茶飯事なのかしら？

それとも、エドワード皇子殿下が『烈火の不死鳥』団団長だから……？

「ああ、狩りだ。カロリーナは狩りをしたこと……はさすがにないか」

「ええ、さすがにしたことはありませんね……。でも、狩りを見学したことはありますわ。と言っても、遠目に眺めるだけですが……」

セレスティア王国で毎年行われる狩り大会のことを思い浮かべ、そう答える。『令嬢達の派閥争いや権勢が凄かったな』と思い返す中、エドワード皇子殿下はナプキンで口元を拭った。

「そうか。なら、今日は——狩りに行こう」

「……へっ？」

い、今なんて……？　狩りに行こうと言わなかった……!?　あまりにも自然に……『散歩に行こうぜ』みたいな軽いノリで言うものだから、反応が遅れちゃったわ！

「この近くに魔物が住み着いている山があるんだ。そこで狩りをしよう。あぁ、もちろんカロリーナに狩りをさせるつもりはないから、安心してくれ。カロリーナは私の傍で、私の狩りを見ているだけでいい」

「えっ？　えっ？　あの、今……魔物って言いましたか……？」

「ああ、言ったぞ。まあ、魔物と言ってもゴブリンやオークなどの雑魚ばかりだがな。私とオーウェンが居れば、まず怪我をする心配はないだろう」

いやいやいやいやいや！　怪我の心配をする前に、危険な場所へ出向くリスクを考えてちょうだい!?

エドワード皇子殿下とオーウェンが強いことは知っているけど、リスクを背負ってまで行きたいとは思わないわよ！

『愛玩用の魔物はいいけど、野生は無理なの！』と嘆く私は頭を抱え込む。説得しようと口を開くものの……エドワード皇子殿下のキラキラした眼差しに何も言えなくなり、見事撃沈した。

「よし、朝食を食べ終わったら早速狩りに行くとしよう」

「……は、はい。分かりました……」

妙に乗り気なエドワード皇子殿下を前に、私はコクリと頷く。もはや、『狩りに行く』以外の選択肢は残されていなかった。


――――朝食後、動きやすい服装に着替えた私とエドワード皇子殿下はゲシュペンスト山の前まで来ていた。

ゲシュペンスト山は別荘の近くにある普通の山で、魔物が住み着いていること以外に変わった点はない。住み着いている魔物もそこまで強くなく、地元の兵士や狩人で対処出来るものらしい。ただ繁殖期になると、魔物の凶暴性が増し、卵が孵化して数も増えるため、皇国騎士団が年に一度討伐に来るみたいだ。

「繁殖期の秋にしか来たことがないが、夏はこんな感じなんだな」

興味深そうにそう呟いたエドワード皇子殿下は山の様子をじっくり観察する。が……私は今、それどころじゃなかった。

こ、この山の中にゴブリンやオークなどの魔物が居るのよね……？　いきなり襲い掛かって来たら、どうしよう？　そこまで強力な魔物じゃないとはいえ、不安だわ……。まさか、食べられたりしないわよね……？

エドワード皇子殿下と同じ馬に乗る私は背後に帝国最強の団長が居るにも拘らず、ちょっと泣きそうになる。早くも帰りたい気持ちに苛まれる私は魔物への恐怖でいっぱいになった。

あ、頭からバリバリ食べられるのかしら……？　それとも、私達人間みたいに解体するのかな……？　嗚呼、想像しただけでも恐ろしい……！

「――カロリーナ妃殿下、怖がる必要はありません。今回の狩りには副団長である私も参加するのですから」

そう言って、私達の隣に並んだのは白馬に乗った王子様……ではなく、テオドール様だった。

『エドワード皇子殿下より役に立つ私が居れば、何があっても大丈夫です』と付け加える彼は、ふわりと柔らかい笑みを浮かべる。笑顔は物凄く胡散臭いが、彼の存在は頼もしかった。

「そうですね。テオドール様が一緒に居てくれれば、安心です。それより、書類仕事は大丈夫なんですか？　ここ最近ずっと部屋に引きこもって、仕事をしているようですが……」

「ええ、平気です。溜まっていた仕事は粗方片付きましたし、何より――確かめたいことがありますので」

意味深な言葉を吐くテオドール様はスッと笑みを深める。レンズ越しに見えるペリドットの瞳は普段より、少し不気味だった。

確かめたいことって何かしら？　わざわざ、私達の狩りに付いてくるくらいだし、きっと重要なことよね？　でも、それを聞いていいのかどうか分からない……。仕事関連の話かもしれないし、とりあえず何も聞かないでおきましょう。

「……とりあえず、中へ入ろう。このまま山の前で立ち止まっていても何も始まらない」

「そうですね。では、私は最後尾を走りますので、オーウェンは先頭をお願いします」

「了解しました」

テオドール様の言葉に頷いたオーウェンは『はいやっ！』と声を上げ、馬を鞭で叩く。突然の鞭打ちに驚いた馬は前足を宙に浮かせ、少し仰け反ると元気よく走り出した。私達もその後ろに続く。

うぅ……山道でこのスピードはちょっと速すぎるわ……。それに振動も凄いし……。これじゃあ、いつ振り落とされるか分かったものじゃない。

恐怖のあまり身を縮こまらせる私は若干涙目になる。グラグラと揺れる重心に、『もう下ろして！』と叫びそうになった。

「カロリーナ、背筋を伸ばせ。その姿勢のままだと、危ないぞ」

「うっ……でも、その……振り落とされないか不安で……」

「その心配はない。もし、振り落とされそうになっても私が支える」

「で、ですが……それでも落ちてしまったら……って、あっ……」

『烈火の不死鳥』団団長が大丈夫だと言っているのだから、それで『うん』と頷けば良いのに、私は不安のあまり更に弱音を重ねてしまった。我ながら、アホすぎる行動だ。

わ、私ったら!! 今、何を……!? まさか、エドワード皇子殿下の力だけじゃ安心出来ないって言った!? いや、ハッキリとそう言った訳じゃないけど!! でも、あの言い方だと、そう捉えられてもおかしくはないわ！ ああ、もう！ 私ったら、なんてことを!!

内心大混乱に陥る私の頭から、サァーッと血の気が引いていく。カタカタと小さく震える私は急いで謝罪の言葉を口にした。

「も、申し訳ございません！ さっきの発言はどうか聞かなかったことにしてくださ……」

「――――もし、カロリーナが馬から振り落とされたら、私も馬から飛び降りよう」

私の言葉を遮り、そう宣言したエドワード皇子殿下は全く怒ってなどいなかった。鼓膜を揺らすバリトンボイスはどこまでも優しい。

「そして、お前をこの腕で抱き締めて、落下の衝撃から守る。私でもクッション代わりくらいにはなるはずだ」

「えっ？ あの……エドワード皇子殿下……？」

い、いきなり何を言っているの……？ エドワード皇子殿下がクッションにだなんて……。

動揺を隠し切れない私は、真後ろにいるエドワード皇子殿下を見上げた。ちょうど彼もこちらを見ていたようで、バッチリ目が合う。

「だから、落ちても大丈夫だ。まあ、もっとも……私がクッション代わりになる前に、テオが魔法でどうにかしてくれそうだがな」

フッと意地の悪い笑みを浮かべ、楽しげに笑うエドワード皇子殿下はチラッと後ろを振り返った。そこには最後尾を走るテオドール様の姿があり、彼は『もちろんです』と小さく頷く。

「心配せずとも、カロリーナ妃殿下には傷一つ付けさせませんよ」

「だそうだ。だから、ほら――背筋を伸ばせ。前をちゃんと見ろ。私達がついている限り、カロリーナは不安がる必要も恐怖する必要もない」

『安心しろ』と力強く言い切るエドワード皇子殿下は、私の不安や恐怖を瞬く間に消し去っていく。促されるままピンッと背筋を伸ばした私はしっかりと前を見た。

すると――景色が一変する。今まで恐怖でしかなかった山道が不思議と輝いて見えた。陽の光を反射する緑の葉っぱ。手招くようにこちらに伸びる木の枝。地面に根を張るタンポポ。道端に落ちている石ころさえも全て綺麗に見える。

この統一性のない景色がまるで一枚の絵のように見えた。

俯いていたら、きっとこんな景色見られなかったわ。山道って、こんなに綺麗なのね。これが自然の神秘ってやつかしら？

伝わってくる振動は相変わらず大きいのに、この景色を眺めているとそれがとても小さい事のよ

うに思える。

「山道って、こんなに綺麗なんですね」

「ああ、そうだな。山の景色は不思議と魅入られる」

「こんな綺麗な場所に魔物が住み着いているなんて、なんだか信じられないです」

「いや、その逆だ。自然豊かで綺麗な場所だからこそ、魔物が住み着くんだ。枯れ木ばかりの山や森に住み着くケースは少な……ん？　そう言えば、さっきから魔物が現れないな？」

そう言えば、そうですね――――って、魔物狩り初心者の私には何がどう変なのか分からないけれど。

キョロキョロと周囲を見回すエドワード皇子殿下は『変だな』と眉を顰めた。

「もうかなり奥の方まで来てるのに魔物と出会わないなんて、明らかにおかしい……。まるで魔物が我々を避けているような……」

魔物が私達を避ける？　あの本能剝き出しで生きているような者達が……？

コテリと首を傾げる私とエドワード皇子殿下は互いに顔を見合わせた。

「――――エドワード皇子殿下、カロリーナ妃殿下。今日は魔物狩りを諦めて、動物を狩りましょう。このまま真っ直ぐ進めば、鹿の群れが居るはずですから」

と提案するのは、満面の笑みを浮かべるテオドール様だった。当初の予定が狂ったと言うのに、この笑顔である。

何だろう……？　いつも通りの胡散臭い笑顔なのに、凄く違和感が……。テオドール様が喜んでいるように見えるのは私の気のせいかしら……？

「分かった。今日は鹿を狩って、帰ろう」

テオドール様の提案に頷いたエドワード皇子殿下は予定変更をすんなり受け入れた。直ぐに先頭を走るオーウェンに声をかけ、真っ直ぐ進むよう指示する。そして、しばらく馬を走らせると、私達は目的地より少し離れた場所で馬から降りた。鹿達に自分達の存在を悟られぬよう、草陰に身を潜める。

池の畔で水分補給をする鹿達はまだ私達の存在に気が付いていないようだった。

「よし……手っ取り早く丸焦げにするか」

そうですね、手っ取り早く丸焦げに……って、丸焦げ!? あの鹿達を火で炙るの!? 生きた状態で!?

唖然とする私を他所に、エドワード皇子殿下は何食わぬ顔で右手を前に突き出す。そして――――手の平に魔力を集めると、鹿達に向けて容赦なく火炎魔法を放った。

「カロリーナ、じっとしていろ」

「えっ……？ きゃっ!?」

何の前触れもなく、上からマントを被せられた私は真っ暗になった視界に困惑を示す。あまりの急展開に目を白黒させる中、エドワード皇子殿下は後ろから私を抱き締め、身を屈めた。逞しい二本の腕に抱かれ、不覚にも胸が高鳴る。

が、次の瞬間――――ドカンッ！ という凄まじい爆発音と共に、胸の高鳴りなど吹き飛んで行った。

え、なっ……!?　爆発!?　エドワード皇子殿下は火炎魔法で爆発を引き起こしたの!?　ただ鹿を狩るためだけに……!?

「……よし、収まったな」

「いや、『収まったな』じゃありませんよ!!　いくらなんでもやり過ぎです!!　貴方が『丸焦げにするか』と言った時点で嫌な予感はしていましたが、何もここまでする必要はないでしょう!?」

物凄い勢いで捲し立てるテオドール様は爆風で乱れた髪やズレた眼鏡を直しながら、エドワード皇子殿下を睨みつける。額に青筋を浮かべるテオドール様はいつになく、不機嫌だった。

「わ、悪い……。俺も最初はここまでするつもりは無かったんだが、何故か魔力が急激に高まってな……」

「魔力の高まり……?」

スッと意味深に目を細めるテオドール様は顎に手を当てて、黙り込んでしまう。その隣でエドワード皇子殿下は『悪かった』と素直に謝罪を口にしていた。

それにしても……今回はかなり派手にやったみたいね。私達はオーウェンが咄嗟に張った結界とテオドール様が展開した衝撃を和らげる魔法のおかげで何とか助かったけど、他の場所は酷い有様だわ。

キョロキョロと辺りを見回す私はすっかり変わってしまった山の風景に肩を落とす。草や花は黒焦げになり、爆風の影響で折れた木の枝はその辺に散乱していた。魔法のターゲットとなった鹿に関しては炭のようになっている。

「なあ、テオ。あの鹿は食べられ……」

「ませんね。あの状態だと、内臓もやられているでしょう。食べることは不可能かと」

「……だよな」

「はい」

ズバズバと情け容赦なく現実を突きつけるテオドール様は呆れたように溜め息を零す。命を粗末にしてしまったことに責任を感じるエドワード皇子殿下は悲しそうに肩を落とした。せめてもの罪滅ぼしとして、黒焦げになった鹿に、お祈りを捧げる。反省しきりのエドワード皇子殿下を他所に、テオドール様は立ち上がった。

「とりあえず、鹿は諦めて別荘へ帰りましょうか。もうすぐ昼食の時間ですし」

その一言で、誰かのお腹がクゥと鳴った。

◇◆◇◆

結局、何の収穫も得られないまま別荘に帰還した私達は洋服を着替えて、食堂に集まる。それぞれ席に着いて、昼食を摂る私達はナイフとフォークを手に取った。チキンソテーを口に含む私はチラリと横に目を向ける。視線の先では、何食わぬ顔でワインを飲むテオドール様の姿があった。

まるで当たり前かのように私達の食事に同席しているけど、これって明らかにおかしいわよね？

皇族の食事にいきなり参加するなんて、不敬と言われても文句は言えない。テオドール様は一体何を考えているのかしら？

「そう言えば、セレスティア王国で蔓延する疫病の原因が判明したようですね。確か水道局の職員の怠慢が原因だったとか」

「そのようですね。父の話によると、水道局の職員は『聖女候補であるフローラ様の力で水が常に綺麗だったから、仕事をする必要は無いと思った』と供述したみたいです。そして、お姉様の力が弱まってからも仕事を怠ったため、このような事態を招いたとか……」

「なるほど。そうなると、水道局の職員は全員解雇になるでしょうね。まあ、解雇だけで済む問題ではありませんが……」

メインディッシュを食べ終えたテオドール様はナプキンで口元を拭い、ニッコリ笑う。

「そう言えば、教会へ行くのは明日でしたね」

「ええ、まあ……。あまり期待はしていませんが、魔力検査を受けに行く予定です」

「そうですか。では――――明日の魔力検査には私も同行しましょう」

「「えっ……!?」」

思わずエドワード皇子殿下と声を揃えてしまった私はテオドール様の申し出に、ギョッとする。

動揺を隠し切れない私は目を見開いて固まった。

テオドール様も魔力検査に同行するですって!?　一体何故!?　だって、テオドール様は書類仕事で忙しいはずでしょう!?　狩りへの同行といい、食事の同席といい……一体テオドール様はどうしてしまったの!?　まさか仕事のやりすぎで頭が壊れてしまったのかしら!?

「て、テオドール様、たまには休息をとっては如何でしょう?」

「そうだ。きっとお前は疲れてるんだ。そうでなきゃ、お前が仕事よりカロリーナの魔力検査を優先するはずがない!」

「あなた方は私を何だと思っているんですか……。私だって、たまには仕事以外のことを優先しますよ」

少しムッとした表情を浮かべるテオドール様は『はぁ……』と溜め息を零す。呆れ返る彼を前に、エドワード皇子殿下はカランッとフォークを床に落とした。

「なん、だと……!?　仕事人間のお前が仕事以外のことを優先するだと……!?」

「明日は槍の雨が降りますね……」

「本当にあなた方は私のことを何だと思っているんですか?」

衝撃を受ける私とエドワード皇子殿下を他所に、テオドール様はやれやれとでも言うように頭を振る。なんとも言えない空気が広がる中、料理長がデザートを運んできた。今日のデザートはチーズケーキらしい。

今朝からずっとテオドール様の様子がおかしかったけど、本当に大丈夫かしら……?　一度お医者様に診てもらった方が良いんじゃ……。

と、本気でテオドール様の体調を気に掛けるものの、当の本人はピンピンしているようで、ペロリとデザートを平らげる。

「とりあえず、お二人の考えているようなことではないので心配しないでください。それでは、私はこれで失礼します。まだ書類仕事が残っていますので」

そう言って、さっさと立ち上がったテオドール様は私達の返事も聞かぬまま、出口に向かって歩き出す。が――途中で何かを思い出したようにふと、こちらを振り返った。

「――カロリーナ妃殿下、明日の魔力検査楽しみですね?」

「え……?　あっ、はい。そうですね」

突然脈絡のないことを言われ、困惑する私は咄嗟に頷いた。ニコッと柔らかい笑みを浮かべるテオドール様は満足げに前を向く。今度こそ食堂から出ていったテオドール様を前に、私は僅かに首を傾げた。

何でわざわざ足を止めてまで、あんなことを言ってきたのかしら……?　テオドール様は一体何を考えているの……?

脳裏に様々な疑問を思い浮かべる私は妙な不信感を募らせる。だが、どんなに考えても疑問に対する答えは一切見つからなかった。

第三章

モヤモヤとした気分のまま、次の日を迎えた私はキッシンジャー伯爵の口コミ通り、昼間に教会を訪れた。

十字架を掲げる教会の中には真っ白な空間が広がっており、どこか幻想的だ。首都から離れた教会なので、そこまで大きくはないが、参拝客が多く訪れている。皆、用意された椅子に座り、神にお祈りを捧げていた。

「エドワード皇子殿下、カロリーナ妃殿下、こちらへどうぞ。魔力検査の部屋はこちらです」

お祈りの邪魔にならないよう、小声で話しかけて来た神父様は別室へ私達を案内する。連れられるまま、部屋の中へ足を踏み入れた私達はキョロキョロと辺りを見回した。聖書や教会の運営に携わる資料が置かれた室内には、仕事用のデスクと来客用のソファやテーブルしかない。なんとも教会らしい質素な部屋だった。

「今、お茶を淹れて来ますので少々お待ちください」

「いえ、お気遣いなく。我々はカロリーナ妃殿下の魔力検査に来ただけですので。検査が終わり次第、直ぐに帰ります」

来た道を引き返そうとする神父様をテオドール様は笑顔で引き止めた。『分かりました』と静かに頷く神父様は何かを探すように本棚を物色し始める。

実にテオドール様らしくない行動ね。普段なら、『お気遣いありがとうございます』と言うだけで、相手を引き止めたりしないのに……。時間がないならまだしも、特に予定のない状況でこれは……異常すぎる。やっぱり、昨日からずっと様子が変だわ。今だって、『早くしろ』とばかりに人差し指で膝を叩いているし……。

テオドール様の行動に強い違和感を覚える私は、隣に座るエドワード皇子殿下にこっそり話し掛けた。

「エドワード皇子殿下、やはりテオドール様の様子が変ですわ。さっきから、ずっと落ち着きがないですし……」

「……そうだな。確かにちょっと様子が変だ。でも、誰かに操られている感じはしないし……」

「やはり、疲れていらっしゃるんでしょうか……？」

「最近、書類仕事ばっかりだったからな。後で休暇の手続きでもしておこう」

「それが良いと思いますわ」

ヒソヒソと声を潜めて、テオドール様の今後について話し合い、私達は互いに頷き合う。

避暑中はさすがに休みをあげられないけど、避暑明けにでも休暇を与えてあげましょう！　テオドール様だって、数日もすれば元気になるはずだわ！

と、結論づける私を他所に、本棚を物色していた神父様がふと手を止める。どうやら、お目当てのものが見つかったらしい。

「大変お待たせ致しました。魔力検査用の魔道具が見つかりましたので、早速カロリーナ妃殿下の魔力検査を行わせて頂きます」

「はい、よろしくお願いします」

題名も何も無い真っ白な本を手にした神父様は向かい側のソファに腰掛ける。そして、当たり前のようにその本をテーブルの上に置いた。

これが魔力検査用の魔道具……？

セレスティア王国にあるものとは全然違うわね。私が小さい頃に見た魔力検査用の魔道具はもっとこう……大きくて、鉄の塊！って感じだったわ。魔法学が進んだマルコシアス帝国では、この真っ白な本が魔力検査用の魔道具なのね。技術の進歩を感じるわ。

「検査手順は簡単です。この本の上に手を置き、『我の真なる価値を示せ』と唱えるだけです。検査結果はこの本を読めば分かります。魔力適性があれば、何の属性に適性があるのか本のページに記されています。そして、魔力が全く無ければ――――本のページは白紙のままです」

なるほど……。この本は魔力の有無と各属性の適性まで一度に調べることが出来るのね。それは凄いわ。でも……それと同時にとても怖い。別にこの本自体が怖い訳じゃない。私はただ……魔力無しの無能という烙印を押されるのが怖いんだ。

『どうぞ』と差し出された真っ白な本を見つめ、私はギュッと手を握り締める。

「カロリーナ、気負う必要はどこにもない。魔力の有無など、些細なことに過ぎん」

「そうですよ、カロリーナ妃殿下。ここはもっと気楽に行きましょう――――何をしたって、結果は変わらないのですから」

「そ、そうですよね！　今更何をしたって、結果は変わりませんよね！」

二人の言う通りだわ。今、ここでウジウジしていたってしょうがない。魔力の安定期に入った以上、結果は変えられないのだから……。魔力があったらラッキー程度の心構えで行こう。

そう心に決め、私は真っ白な本に手を伸ばした。本の表紙に手の平を置き、『ふぅ……』と一つ息を吐く。ドクドクと激しく脈打つ心臓を宥め、私は意を決して口を開いた。

「――――〝我の真なる価値を示せ〟」

教えられた通りの言葉を口にすれば、パァッ！　と本から強い光が放たれる。直視出来ないほどの強い光は三十秒ほどして、収まった。

い、一体何だったの……？　光るなんて一言も聞いていないのだけれど……。

「し、白い光……？　神父様、これは一体どういうことでしょうか？」

「さ、さあ……？　私もこんな事は初めてで……」

え？　神父様もこの光が何なのか知らないの!?　この光は検査の過程であるものじゃないってこと!?　もしかして、この魔力検査用の魔道具って、不良品だったりする!?

両手で本を持ち上げた私は裏表紙や背表紙を確認してみるものの、特に変わった点はない。良くも悪くも普通の本と同じである。

い、一応、検査結果も確認しておこうかしら？　不良品かもしれないけど、確認は大事だし……

け、決して結果に期待している訳じゃないわよ……!?

異常現象を目の当たりにしても……いや、目の当たりにしたからこそ、『もしかしたら』という希望を捨てきれない私は恐る恐る本を開いた。そして、パラパラとページを捲っていく。だが――。

「どこにも文字が書かれていない……?　じゃあ、私はやっぱり――魔力なしの無能なの……?」

そう呟いた途端、どこか夢見心地だった心が一気に覚めていく……。まるで、夢から現実に戻ったかのような感覚が私を襲った。

私は魔力無しの無能……。誰の役にも立てない存在……。そんなことは最初から分かっていたはずなのに……とっくのとうに自覚していたはずなのに……この事実がこんなにも胸を締め付ける。

あれだけ、『期待しない』とか『魔力があったらラッキー程度の心構え』とか言っておきながら、やっぱり私は心のどこかで期待していたのね。じゃなきゃ、こんなにショックを受けるはずがないもの……。

パタンッと静かに本を閉じた私は目尻に浮かぶ涙をグッと堪える。落胆を押し隠せずにいると、エドワード皇子殿下がそっと肩を抱き寄せてくれた。

「結果など気にするな。カロリーナはカロリーナだ。魔力など無くても、私は……」

「――有り得ない!!」

エドワード皇子殿下の言葉を遮り、そう叫んだのは――他の誰でもないテオドール様だった。

彼は苛立ちを露わにした険しい表情でこちらを睨みつけると、私の手から本を奪い取る。普段のテオドール様からは考えられない行動に、私は大きく目を見開いた。

て、テオドール様……？　一体どうしたの……？

困惑を露わにする私は検査結果のショックなど吹き飛び、パチパチと瞬きを繰り返す。呆然とする私を他所に、エドワード皇子殿下は慌ててテオドール様の肩を摑んだ。

「お、おい！　テオ……！　お前、なんか昨日から様子がおかし……」

「有り得ない有り得ない有り得ない有り得ない有り得ない！　そんなはずはない!!　カロリーナ妃殿下には絶対に魔力があるはずなんだ!!　そうじゃなきゃ辻褄が合わない!!　何もかもおかしいんだよ！」

乱暴な物言いでそう叫ぶ金髪の美男子は何度も何度も本のページを捲る。『おかしい』『有り得ない』と呪文のように繰り返す彼は、この検査結果に納得していないようだった。

検査を受けた私より、取り乱すだなんて……テオドール様は一体どんな結果になると思っていたの？

「この検査用魔道具は不良品だ!!　今すぐ新しいものを持って来なさい!!　もう一度、魔力検査をやり直……」

「――――その必要はありません」

そう言って、颯爽とこの場に現れたのは――――白と金の祭服に身を包んだ老人だった。頭に司教冠を被った男性は手に十字架の杖を持っている。それだけでこの人が……いや、このお方が誰なのか直ぐに察しがついた。

偉大なる彼の名はメルヴィン・クラーク・ホワイト――――またの名を第三十九代目教皇聖下と呼んだ。

「彼女の魔力検査の結果は私が保証しましょう。彼女には魔法の才能が全くない……だが、魔力とは全く別の力を彼女は秘めている」

「魔力とは全く別の力……？」

「はい。希少さで言えば、魔力の何倍も珍しい〝特別な力〟です」

と、特別な力……？　そんな凄いものが本当に私の中に……!?

「私は今日、貴方にその力の説明を行うためにここへ来ました。全ては神のお告げのおかげです。我々は神に導かれ、出会うべくして出会ったのです」

聖書にありそうな言葉を並べ立て、穏やかに微笑む教皇聖下はその場でゆっくりと膝を突く。教会のトップが跪くという異常な光景を前に、誰もが目を剝いた。

「お会いできて光栄です――――神の愛し子よ」

教皇聖下はそう言って、優雅に頭を垂れた。

《フローラside》

――同時刻、セレスティア王国の教会支部にて。

結局、何の対策も立てられぬまま聖女試験当日を迎えた私は司祭様と共に建物内を移動する。この真っ白な建物の中には武装した聖騎士が至る所に配置されていた。

とりあえず、一次試験の魔力検査は何とか突破出来た。ここまでは順調ね……。でも、問題は――二次試験の浄化テスト。

浄化テストの試験内容は三十万リットルの泥水を聖魔法で浄化するというもの。まあ、早い話どれくらい聖魔法が使えるかを試すためのテストね。

多くの聖女候補たちは皆、この試験で落ちている。二次試験をパスし、最終試験に挑めた人は極わずか……。そして、最終試験に見事合格し、聖女になれた人はもっと少ない……それこそ、一握りにも満たないくらい。

聖女試験とは……いや、聖女になるというのは、それくらい難しいことなのだ。

「着きました。こちらが二次試験の会場となります」

司祭様の声に促されるまま顔を上げれば、太陽と月の紋章が刻まれた美しい扉が目に入った。両脇には真っ白な鎧に身を包む聖騎士の姿がある。

「扉を開けてください」

「「承知致しました」」

騎士の礼を取って応じる二人の聖騎士はそれぞれ扉に手を伸ばした。観音開きの大きな扉は彼らに引っ張られるまま、ゆっくりと開いていく。二次試験の会場を前に、私はゴクリと喉を鳴らした。

ここからが本番ね……。ここで自分の力を周りに認めさせることが出来なければ、私は『次期聖女』という肩書きすら失うことになる……。最悪の場合、『詐欺師』という汚名を被ることになるかもしれないわ。

「受験者フローラ・サンチェス公爵令嬢をお連れしました」

「入りたまえ」

試練の間と呼ばれる空間で偉そうにふんぞり返るのはセレスティア王国で一人しか居ない大司教様――ジョナサン・ミルズだった。数十年前に本部から派遣されて来た彼は、国内にある全ての教会を取り仕切る絶対的支配者だった。

まあ、その実態は金儲けと保身にしか興味のないクズ野郎だけど……。正直なんでこんな奴が大司教になれたのか、不思議でしょうがないわ。

貴族相手に傲慢な態度を取り続けるジョナサン大司教様に、苛立ちを覚える私は一つ息を吐いた。『我慢よ』と自分に言い聞かせ、彼の指示通り部屋の中へ足を踏み入れる。部屋の中にはジョナサン大司教様しか居らず、他の者はみんな出払ってしまったようだ。

私をここまで案内した司祭様もいつの間にか居なくなっている……。それに扉も閉まっているし……。ということは、つまり……試験監督や立会人がジョナサン大司教様しか居ないってこと？

「さて、二人きりになったところで早速試験を始めようか。完璧令嬢と謳われるサンチェス公爵家の姫よ」

ニヤリと怪しげに笑うジョナサン大司教様は足元のシートを取っ払った――――そこには長方形の穴が隠されており、中には大量の泥水が入っている。ムワッとした土臭さが嗅覚を思い切り刺激した。

これが三十万リットルの泥水か……。多いのは分かっていたけど、実物を目の当たりにすると、その量の多さがより際立つわね……。正直、予想以上の量だわ。

「さあ、この泥水を浄化し、真水に変えてくれ。次期聖女と謳われる君なら、この程度楽勝だろう？」

こちらを挑発するような態度で薄ら笑みを浮かべるジョナサン大司教様は『さあ、早く！』と言わんばかりに足元の泥水を指さす。その態度が……眼差しが……言葉が……私の神経を逆撫でた。

本っ当に感じの悪い人ね。大司教じゃなかったら、適当に社交界へ噂を流して社会的に終わらせてあげるのに。

今すぐ怒鳴り散らしたい気持ちをグッと堪え、私は『はい』と素直に返事した。こちらの心情を悟られぬよう、柔らかい笑みを浮かべたまま、その場でしゃがみこむ。茶色く濁った泥水を前に、私は『すぅー』と一回深呼吸をした。

大丈夫……私なら、きっとやれる。だって、私は誰もが羨む美貌と数々の才能を持っているのだから。聖女試験で落ちるなんてことは有り得ない……はず。生まれた時から成功が約束された私に不可能なんてない。失敗なんて、あってはならないの……。

そう自分に言い聞かせ、私は恐る恐る泥水に手の平を翳した。

体内に散らばる魔力を丁寧に手の平へ集め、意識を集中させる。

――――お願い!!　この泥水を全て浄化して!!

神に祈るような気持ちでそう願うと、パッと魔法が発動した。手の平から放たれた聖魔法は近くの泥水を真水へと変えていく――――が、しかし……それはほんの一瞬の出来事で、この穴いっぱいの泥水が真水に変わることはなかった。

な、んで……!?　どうして……!?　いつものように魔法を発動させたはずなのに……!!　何でこの程度の効果しかないの……!?　どうして、いつものように魔力がグンッ！　と高まらないの……!?　何でっ……!?　どうして……!?

「やっぱり――――あの仮説が正しいの……？」

「仮説……？」

口端から溢れ出た単語に、ジョナサン大司教様は目ざとく反応を示す。最初こそ、己の実力に絶望していく私を見て、嘲笑っていたが、私の言う〝仮説〟には興味があるようだ。わざわざ席を立って、私の方に駆け寄って来るくらいには……。

「フローラ・サンチェス！　答えろ！　仮説とは何だ!?　それはこの国の現状に関わることか!?　貴様の力が衰えた原因を解明したのか!?」

唾を飛ばさんばかりの勢いで問い詰めてくるジョナサン大司教様は、私の肩を思い切り揺さぶる。

でも、己の無能さに絶望し切る私にはそんな事どうでも良かった。

私の力が衰えた原因……いや、私の力が増幅していた原因はやはり、カロリーナにあった。何故なら、あの子は――〝神聖力〟の使い手だから。

神聖力とはその名の通り、神の聖なる力のこと。魔力とは似て非なる力で、根本的なものが全く違う。魔力はマナを原材料としたエネルギーだが、神聖力は神から直接貰い受けた力である。この力の使い手は非常に少なく、今その力を使える者はただ一人……教皇聖下だけだった。

そして、魔力……と言うか、マナは神聖力とかなり相性が悪い。この二つの関係はまさに油と水。絶対に相容れない存在だ。

魔物が今までセレスティア王国に近付かなかったのは恐らく、神聖力の使い手であるカロリーナが居たから……。マナの塊である魔物は本能的に神聖力を嫌悪し、避けてきたのだろう。

また、神聖力には魔物避けの他にも特殊な能力があった。私の掻き集めた情報によると、それは三つあるらしい。

一つ目、治癒能力。

これは聖属性の治癒魔法と違って、単純に自己治癒力を上げる力だ。免疫力も飛躍的に向上するため、病にも有効である。

次に二つ目、浄化能力。

これは荒れた土地や汚れた水を浄化し、綺麗《ゆた》にする能力だ。セレスティア王国が今まで豊作だったのも、衛生問題で引っ掛からなかったのも多分これのおかげ。

最後に、三つ目……他人の魔力を増幅させる能力。

この能力の仕組みについては私も詳しいことは分からないが、ある論文には『神聖力が魔力の中にあるマナを刺激すると、一時的に力を増幅させることが出来る』と書いてあった。

そして、この力こそ私を次期聖女へと導いた大きな原因……。

皮肉な話よね？　無能だ無能だと馬鹿にしてきた妹に私はいつも助けられて来たんだから……。

本当に最悪の気分だわ……。でも……何となく、この仮説が正しいのは分かっていた。だって、そう考えれば全て辻褄が合うんですもの。それでも、聖女試験に挑んだのは私の最後の意地だった。

まあ、その意地もあっさり消えて無くなってしまったけれど……。

きっと、私は明日から『聖女試験に落ちた哀れな女』『次期聖女は自分だと嘘をついた最低最悪の悪女』と言われることだろう。嗚呼、本当に……最悪の結末だわ。

そっと目を伏せる私は一人感傷に浸るものの……目の前の男はまだ吠えていた。

「おいっ！　仮説とは何だ!?　答えろ!!」

「……」

「私を無視する気か!?」

「……」

「分かった！　金だな!?　それなら、幾らでも払う!!　だから、その仮説を教えてくれ!!」

「……」

金程度で揺らぐほど落ちぶれていない私は頑として無視を貫き通す。己の将来を憂う中、ジョナサン大司教は苛立たしげに眉を顰めた。

「チッ！　なら、貴様のイメージ維持に手を貸す！　さすがに貴様を聖女には出来ないが、『合格ラインすれすれのところで試験に落ちた』という筋書きくらいはしてやれるぞ！」

「!!」

さっきまでジョナサン大司教様の言葉を雑音のように聞き流していた私だったが、『イメージ維持』という言葉にピクッと反応を示す。

……本当？　本当に私のイメージを保てるよう手を貸してくれるの……？　私はまだ社交界の花として……〝完璧令嬢〟として、社交界の頂点に立つことが出来るの……？

恐る恐る顔を上げた私はジョナサン大司教様の目を控えめに見つめ返した。よくやく餌に食らいついた私を前に、彼は『我が意を得たり』と言わんばかりに怪しく微笑む。

「ああ、貴様が思い描く筋書きで試験に落ちたことにしてやる！　だから、貴様の言う仮説を私に教えろ！　その仮説が私の役に立ったなら、更に追加で報酬を支払おう！」

悪魔のような甘い囁きに、私はキュッと唇を引き結んだ。決断を躊躇うように視線をさまよわせ、グッと奥歯を噛み締める。

今、大切なのは私の良いイメージを保つこと。『二次試験で散々な結果を叩きだし、聖女試験に落ちました』なんて、世間に公表されたら私の地位も危うくなる。もしかしたら、サンチェス公爵家まで非難されるかもしれない……それだけは絶対に避けなくては。

本当はこんな奴と取り引きなんてしたくないけど、背に腹は代えられないわ。

「分かりました。私が立てた仮説について、全てお話します」

迷いを捨てた私は悪魔との取り引きに応じる姿勢を見せた。覚悟を決める私の前で、ジョナサン大司教様はニタァと気持ち悪い笑みを浮かべる。

これがクズに成り下がった大人の行く末なのかと思うと、私は少しだけ吐き気がした。

◇◆◇◆

「────という三つの力がカロリーナ妃殿下には秘められています。そして、その力の名を我々は神聖力と呼んでいます」

治癒能力、浄化能力、増幅能力の説明を終えた教皇聖下は神父様が用意した紅茶に口をつける。貴族にも劣らない優雅な所作を披露し、彼は向かい側に座る私にニッコリ微笑んだ。

「カロリーナ妃殿下の神聖力はかなり強く、量が多いです。神に深く愛されている証拠ですね」

私が神に愛されている、なんて……現実味のない話だわ。正直、まだ実感が湧かないし、自分が神聖力の持ち主だなんて信じられない。でも……神の代理人とも呼ばれる教皇聖下が嘘をついているとは到底思えなかった。

「なるほど、神聖力ですか……。セレスティア王国はその力のおかげで豊かになっていたんですね。納得しました。ですが、何故カロリーナ妃殿下は今までその力に気づけなかったんでしょうか？」

顎に手を当てて考え込むテオドール様は率直な疑問を口にした。僅かに目を細める教皇聖下は嫌

な顔一つせず、穏やかに答える。

「それは恐らく――――カロリーナ妃殿下が無意識に力を行使していたせいでしょう」

「無意識に力を行使……？」

「はい。先程も言った通り、カロリーナ妃殿下の神聖力は量が多い上、とてつもなく強力です。彼女の神聖力に比べれば、私の神聖力なんて雀の涙同然でしょう。カロリーナ妃殿下の神聖力を物にたとえるなら、彼女はまさに――――滝です」

え？　え？　ちょっと待ってちょうだい!?　私って、教皇聖下より神聖力の量が多いの!?　教皇聖下の神聖力が雀の涙同然って……私の神聖力はどうなっているの!?

驚きのあまり声も出ない私は自身の体を見下ろし、『どこにそんな力が……？』と頭を捻った。

「カロリーナ妃殿下の神聖力は滝のような量と勢いで常に溢れ出している状態です。力を垂れ流しているとでも言いましょうか……」

「常に大量の神聖力を垂れ流している状態、ですか。それは理解しました。ですが、垂れ流している＝力を行使している、にはなりませんよね？　神聖力と相性の悪い魔物を退ける効果はあるでしょうが、浄化や治癒、増幅の力は発動しないと思います」

「ふむ……それは良い質問ですね」

躊躇いもなく、ズケズケと質問を投げかけて行くテオドール様に対し、教皇聖下はニッコリ微笑んだ。

「貴方の言う通り、力を垂れ流しているだけでは治癒や増幅の力は発動しません。ですが、浄化は別です。神聖力には元々浄化の力が備わっているため、力を垂れ流すだけで浄化の力を行使することが出来ます。まあ、意識して力を使った方が浄化の力は何倍にも膨れ上がりますが」

なるほど。確かに神聖力は神の聖なる力だし、浄化能力が予め備わっていても何らおかしくないわ。でも、そうなると……セレスティア王国の作物問題や衛生問題を十六年間改善していたのは私だったことになる。テオドール様の言動や話の流れ的にそうだろうとは思っていたけど、まさか本当に私の力が原因だったとは……。魔物問題だって、私が無意識に……自分でも気付かない間に改善していたみたいだし……。

セレスティア王国の安寧を守っていたのが『サンチェス公爵家の出来損ない』と罵られて来た私だったなんて……とんでもない皮肉ね。祖国の皆がこれを知ったら、どんな反応をするのかしら……？

と、ちょっとした復讐心と言うか、悪戯心が芽生えるが、私はその気持ちにそっと蓋をした。

「では、治癒と増幅の力はどうやったら発動するのですか？　私の記憶が正しければ、カロリーナ妃殿下は治癒を一回、増幅を二回発動しています。それも恐らく、無意識に……。この二つには何か発動条件があるんでしょうか？」

「ふむ……特にこれと言って、条件はありませんが……強いて言うなら、カロリーナ妃殿下の〝気持ち〟でしょうか？」

「気持ち、ですか……？　それはどういう……？」

「そうですねぇ……例えば、『助けたい』とか『死にたくない』とか……そういう気持ちです。神聖力は使用者の気持ちに応じて、力を発揮しますから」

『大事なのは気持ちだ』と言い聞かせる教皇聖下を前に、テオドール様は納得したように頷く。

「なるほど……つまり、カロリーナ妃殿下は昨日、鹿肉料理が食べたくて増幅能力を発揮させた訳ですか」

「いや、ちょっと待ってください！　その考えには反論させて下さい……!!」

真剣な表情で何を言うのかと思えば……!!　何なの、その考えは!!　まるで私が食いしん坊みたいじゃない!!　まあ、確かに『鹿肉料理食べたいなぁ』とは思ったけど!!　地味に獲れたての鹿肉を楽しみにしていたけれど……!!　でも、だからって、そんなっ……!!　鹿肉を食べたいがために力を使ったみたいな言い方しなくても……!!

顔から火が出そうなほど真っ赤になる私は羞恥に耐えきれず、俯いた。恥ずかしがる私を前に、隣に座るエドワード皇子殿下は何故か『すまない』と謝罪を口にする。

「まさか、そんなに鹿肉を楽しみにしているとは思わなかった。また明日にでも狩りに出よう」

「っ～……!!」

「美味しい鹿肉を食わせてやる」

「うぅ……はい、お願いします……」

色気より食い気と言うべきか、私はやはり食欲に勝つことが出来なかった……。

いや、だって……獲れたての鹿肉を食べられる機会なんて、あんまりないだろうし……。ここは素直に『うん』と答えるのが普通じゃない？

「教皇聖下、感謝します。聖下のおかげでカロリーナ妃殿下の力を正しく理解することが出来ました」

「いえ、お礼を言うのは私の方です。貴方のおかげで話をスムーズに進めることが出来ました。ありがとうございます」

「いえいえ、とんでも御座いません」

芝居がかった動作で手や首を振る金髪の美男子はニコリと怪しい笑みを浮かべる。もう数ヶ月の付き合いになる私は、この笑みがどれだけ危険なのか知っていた。

今度は何をするつもりなのかしら……?

「――ところで、聖下。ずっと気になっていたのですが、聖下はなぜ魔力検査の結果は正しいと即座に断言されたのでしょうか？　聖下には神聖力を目視する力でもあるのですか？」

あっ！　そう言えば、教皇聖下は私達の部屋に入って直ぐに『魔力検査の結果は正しい』と断言されていたわね。神のお告げで事前に色々知らされていたとは言え、あの速さは異常だわ。

「私がカロリーナ妃殿下の検査結果は正しいと断言したのは、検査用魔道具が白い光を放ったからです。あの白い光は部屋の外まで漏れ出ていましたから、外に居る私にも目視出来ました」

「なるほど。では、あの光は魔道具の不具合などではないんですか？」

「いえ、違います。あれは魔道具の不具合などではありません――仕様です。あの検査用魔道具は魔力だけでなく、神聖力を調べることも出来るのです」

知られざる検査用魔道具の秘密を語り、教皇聖下は僅かに目を細めた。驚きの事実に誰もが動揺を示す中、いち早く正気に返ったテオドール様はカチャリと眼鏡を押し上げる。

「つまり、あの白い光はカロリーナ妃殿下の神聖力に反応して、発せられたものだと……？　でも、何故そんなことを？」

「白い光が突然発せられたとなれば、不具合かもしれないと上に報告が上がるからです」

「では、この機能は秘密裏に神聖力の使い手を探すために導入したものなんですね？」

テオドール様の確信に迫る質問に、教皇聖下はただ静かに頷く。『何故そうする必要があったのか』と首を傾げると、教皇聖下はふと窓の外を眺めた。そこには綺麗に手入れされた庭があり、子供達の遊ぶ姿が見える。キャッキャッとはしゃぐ彼らは実に楽しそうで、微笑ましかった。

「どうしても、秘密裏に探す必要があったのです――――神聖力の使い手を守るために」

悲しげにそっと目を伏せた教皇聖下は無邪気な子供達から、目を逸らす。憂いを滲ませる彼の態度に、私達は全てを察してしまった。

神聖力の使い手は希少価値が高い上、強力な能力を秘めている。そんな逸材を人攫いや他国の諜報員が放っておくだろうか……？　私や教皇聖下はまだいい。守ってくれる組織や仲間が居るから。でも、もしも新しく見つかった神聖力の使い手が平民だったら……？　守ってくれる人が居ない孤児だったら……？　教会が保護する前に何らかの被害に遭う可能性がある。

教皇聖下が恐れているのは、神聖力の使い手が汚い大人達の手に渡ることなのね……。だから、秘密裏に神聖力の使い手を探すことにした……。情報漏洩さえ防げれば、比較的安全に神聖力の使い手を保護出来るから……。

「神聖力の使い手はあらゆる面で使い道があると考えられています。能力が低くても、存在そのものに価値がありますから。闇オークションや国の政治に利用される可能性は大いにあるでしょう。ですので、どうかこのことは……」

「はい、分かっています。誰にも言いません」

「ありがとうございます。そうして頂けると大変助かります」

そう言って、教皇聖下は深々と頭を下げた。

神聖力の説明も終わり、無事疑問も解けた私達は教皇聖下と別れ、帰りの馬車に揺られていた。教会に長く居過ぎたせいか、空はもうすっかり夕日に染まっている。

「先ほど教皇聖下とも話し合いましたが、カロリーナ妃殿下の力についてはまだ発表しない方が良いと思います。事が事だけに、きちんと準備してから発表した方が良いでしょう」

黒縁眼鏡をカチャッと押し上げ、分厚い資料を捲るテオドール様はそう進言した。時期尚早と考える彼を前に、エドワード皇子殿下は『ふむ……』と考え込む。

「そうだな。セレスティア王国の問題が落ち着くまでは発表を待った方が良いかもしれない。セレスティア王国で発生している問題の原因はある意味カロリーナだし……」

「そうですね。カロリーナ妃殿下が悪い訳ではありませんが、両国の友好な関係を保つためにも余計な波風は立てない方が良いでしょう。まあ、その間に勘の鋭い奴が出てきたら面倒ですが……」

そうね。でも、こんな突拍子もない事実に気づく人なんて居るのかしら？　仮に気づいたとしても、大抵の人は『周りに信じてもらえない』と思って、沈黙するのではなくて？

「そう言えば、テオはどうやってセレスティア王国で起こった問題の原因を突き止めたんだ？」

あっ、それは私も気になるわね。私やエドワード皇子殿下は教皇聖下の話を聞いてから、その結論に辿り着いたけど、テオドール様は話を聞く前から答えを知っていたはず……。まあ、そのせいで私の検査結果にかなり激怒していたけど……。

書面から不意に顔を上げたテオドール様はコンコンッと空中を叩き、亜空間収納を発動させる。そして、歪んだ空間の中から二枚の書類を取り出した。

「私も最初はセレスティア王国の三大問題をフローラ・サンチェスの不調が原因だと考えていました。ですが、帝国の作物と魔物の出現数のデータを見た時、考えは一変しました」

そう言って、テオドール様は私達に二枚の書類を手渡した。一枚ずつ書類を受け取った私達は促されるまま書面に目を通す。私が受け取ったのは作物に関するものだ。

去年のデータと今年のデータをグラフで表したそれは――口で説明するよりも雄弁に異常性を物語っていた。

今年の収穫量が去年の1・3倍……!?　おまけに収穫時期が二ヶ月も早まっているわ……！　特別天候に恵まれた訳でもないのに、一体何故……!?

食い入るようにグラフを見つめた私は、弾かれたようにエドワード皇子殿下の書類に視線を移す。彼が持っているのは魔物の出現数に関するデータだった。

ここ数ヶ月の魔物の出現数を過去三年分のデータと比べているみたいだわ……って、えっ？　なにこれ？　帝都を中心に魔物の出現数が激減してるじゃない!!　と言うか、これはもう0に近い数値だわ……！

帝国はセレスティア王国とは違って、かなり領土が広いため、この豊作も魔物避けも一部の地域だけだが、それがまた異常性を醸し出していた。

「作物の急成長や魔物の出現数減少も最近の出来事……私が帝国に来た時期と一致する……おまけに私が去ったセレスティア王国では、様々な問題が勃発……これだけ情報が揃っていれば、原因が私にあると考えたのも頷けます」

「それに加え、カロリーナが来てから不思議なこともたくさん起きていたからな。テオはそれも踏まえた上で、カロリーナに何かしらの力があると考えたんだろ」

「ええ、全くその通りです。事務作業中にこれらの報告書を見つけて、色々調べてみた結果カロリーナ妃殿下に何かあると思ったのです」

なるほど。確かにこれらの報告書が上がって来れば、不審に思うのも仕方ないわ。ここまで数値が違えば、誰だって不審に思うでしょう。勘の鋭い奴が現れないか不安になるのも頷ける。

「だから、昨日からずっと様子がおかしかったのか。お前が仕事そっちのけで狩りに来るなんておかしいと思ったんだよ」

「まあ、あの確認作業も仕事の一環ですがね。なにせ、カロリーナ妃殿下の力は絶大ですから。国の今後を左右しかねない」

「……やっぱり、お前は仕事人間だな」

「褒め言葉として、受け取っておきましょう」

私達の手から書類を回収したテオドール様はそれらを亜空間へと放り込む。ついでに先程作成した神聖力に関する資料も亜空間に収納していた。

魔法って、やっぱり便利ね。神聖力ももちろん凄いけど、便利さでは魔法の方が上だわ。私も亜空間収納とか使ってみたい。

――なんて思っている間に別荘に着いてしまう。ゆっくりと減速していく馬車が玄関の前でピタリと停まった。玄関前には帰宅した私達を出迎える使用人たちの列が出来ている。御者が扉を開くと、エドワード皇子殿下とテオドール様はさっさと馬車から降り立った。

「カロリーナ、手を」

「ありがとうございます」

差し出された大きな手に自身の手を重ね、私はゆっくりと馬車から降りる。繋いだ手をそのままに歩き出すエドワード皇子殿下は洋館の中へ足を踏み入れた。エントランスホールに飾られたシャンデリアに目を細める中、先頭を歩くテオドール様は不意に足を止める。

「エドワード皇子殿下、カロリーナ妃殿下、私はこれで失礼致します。お休みなさいませ」

「おやすみなさい、テオドール様。今日は魔力検査に付き添ってくれて、ありがとうございました」

「今日はもうゆっくり休め。夜更かしはするなよ」

「畏まりました。今日は大人しく寝るとします。それでは」

その場で優雅に一礼したテオドール様は薄暗い廊下へと姿を消した。徐々に遠のいて行く足音を聞き流し、私達はふと顔を合わせる。

「私達は食堂へ行くか。もうそろそろ、夕食が出来上がる頃だ」

「そうですね。まずは空腹を満たすとしましょう」

エドワード皇子殿下の提案に頷いた私は彼のエスコートで、食堂へと向かう。自分に特別な力があると判明したおかげか、今日はエドワード皇子殿下の隣を堂々と歩けた。


美味しい料理でお腹を満たし、いい気分で眠りについた私は翌日の朝を迎える。気持ちよく目覚めた私は朝食を済ませると――――再びゲシュペンスト山を訪れた。目的はもちろん、狩りである。どうやら、エドワード皇子殿下は昨日の約束をしっかり覚えていたようで、四の五の言う間もなく連れてこられた。

エドワード皇子殿下の律儀なところは嫌いじゃないけど、妻を狩りに同行させるのはやめてほしい……結構真剣に。

どこか遠い目をする私は『ここまで来たら、やるしかない』と諦めを決め込む。今回はテオドール様がお留守番のため、不安も多いが、不思議と恐怖心はなかった。

「なかなか鹿が見当たりませんね」

「一昨日の狩りで群れを一つ潰したからな……警戒してるんだろ」

「な、なるほど……」

一昨日と聞いて、真っ先に思い浮かぶのは黒焦げになった池の畔だった。神聖力の影響でああなったと判明したせいか、どうにも責任を感じてしまう。『何か出来ることはないか』と思案する中、前回訪れた池の畔に辿り着いた。

やっぱり、一日や二日で良くなる訳がないわよね。山の自然は長い年月をかけて、完成するものだし。不慮の事故とは言え、私のせいで自然破壊をしてしまったのは心苦しい……。

――爆発で壊れたこの自然が元通りになれば良いのに……。

そう強く願った瞬間――自然の理を揺るがす、奇跡がこの地に舞い降りた。

「なっ!? 爆風で折れた木や焼けた草が元に戻ってるぞ……!!」

突然焦ったような声を上げるエドワード皇子殿下に釣られ、慌てて顔を上げれば――急成長を遂げる草木の姿が目に入った。爆風で折れた木は見る見るうちに元通りになり、焼けた草や花は土の中からひょっこり顔を出す。まるで時間を巻き戻すかのように、爆発で破壊された自然が元の姿を取り戻した。

う、嘘……!? どうして……!? まさか――これも神聖力のおかげ!?

「私が『元通りになれば良いのに』って、願ったからこんな事に……!?」

「なるほど。神聖力の影響か」

「カロリーナ妃殿下の神聖力はかなり強力ですね」

馬の足を止めたエドワード皇子殿下とオーウェンは美しい自然の景色に魅入られる。『ほうっ』と感嘆の声を漏らす彼らは僅かに目を細めた。

これが私の力……？ 力を使ったっていう感覚は全くないけど、自然の修復を手助けしたのが自分だという確信はある。改めて、私は神聖力の使い手なのだと実感した。

「あっ！　奥の方から鹿が三頭現れましたよ！　こっちに向かって来てます！　山の修復を感じ取って、様子を見に来たのかもしれませんね！」

「あっちから来てくれるなら好都合だ。オーウェン、カロリーナ、茂みに隠れるぞ！」

ニヤリと不敵な笑みを浮かべる赤髪の美丈夫は急いで馬を移動させる。オーウェンもその後ろに続いた。

「よし、ここならバレないだろ」

「私は馬をもう少し離れた場所に繋いで来ますね」

「ああ、くれぐれも物音は立てるなよ。もう直ぐそこまで鹿が来てるからな」

「分かりました」

茂みに身を潜める私とエドワード皇子殿下を他所に、オーウェンは離れた場所へ馬を連れていく。息を殺して池の畔の方を眺める私達は鹿の様子を観察した。ゆっくりと慎重に池の畔へ近づく鹿はかなり周囲を警戒しているようだった。

前回遭遇した鹿の群れとは違って、警戒心が強いわね。まあ、ここで仲間が殺されたのだから警戒するのは当たり前か。でも、ここまで警戒心が強いと、狩るのは難しいかもしれないわ。だって、今回は――――神聖力による威力強化を恐れ、弓を使うことになったから。

「もう少し近づいてくれたら、良いのだが……」

「私達の存在に気づいているのか、なかなか近寄って来ませんね」

なかなか弓の有効射程に入らない鹿に、私達はもどかしさを感じる。僅かに眉を顰めたエドワード皇子殿下は背負った弓を構えた。

今回用意した弓は短弓のため、そこまで射程が長くない。最大飛距離は２００ｍ、有効射程は１００ｍだった。

あともう少し近づいてくれたら、有効射程に入るのに……!!

「チッ……!!　銃があったら、この距離でも仕留められたんだが……」

「でも、銃の使用はテオドール様に固く禁じられていますからね……」

「ああ。『騎士団用の銃を私用で使ってはいけません』ってバッサリ切り捨てられたからな。テオは本当に真面目なやつだ」

溜め息ついでに肩を竦めるエドワード皇子殿下はほんの少しだけ口先を尖らせる。『ケチな奴だな』という小さな呟きに、私は敢えて知らんぷりをした。

まあ、銃は様々な理由により、品薄状態が続いているから、しょうがないわ。騎士団の所有している銃だって、相当お金が掛かっているだろうし。テオドール様の意見はごもっともだと思うわ。

まあ、エドワード皇子殿下の『今日くらい良いじゃないか』っていう気持ちも分からなくはないけれど。

「おっ？　そうこう言っているうちに一頭が近付いてきたな。この距離なら、ギリギリ狙えるはずだ」

「それでは、私は静かにしていますね。頑張ってください」

弓矢を取り出したエドワード皇子殿下の隣で、私は静かに様子を見守る。エドワード皇子殿下の有効射程に入った鹿は辺りを警戒しながらも、足元の草を食べ始めた。

そう言えば、神聖力で急成長した草の味はどうなっているのかしら……？　神様の力で作られたものだから、物凄く美味しかったりする？

心底どうでもいい疑問を脳裏に思い浮かべる中、鹿はもくもくと草を食べ進めた。心なしか、あの鹿の警戒心が弱まった気がする。

――――と、ここでついにエドワード皇子殿下が弓矢を放った。ヒュッ！　と風を切る音が耳を掠める。彼の放った弓矢はブレることなく真っ直ぐ飛んでいき、見事鹿の前足に命中した。

「お見事ですわ！」

「――――いや、まだだ」

歓喜する私を他所に、エドワード皇子殿下は次の矢をセットし、再び構える。食事中に襲われた鹿は動揺しつつも、何とか逃げようと必死に足を動かしていた。

な、なるほど……狩りって、一発で終わるものじゃないのね。まずは移動手段である足を負傷させて、じわじわ追い詰めて行くんだわ。少し可哀想な気もするけど、確実性を狙うならこれが一番だもの。

残酷な狩りの実態に眉尻を下げた私は、ギュッと胸元を握り締める。遠くから様子を見守っていた他の鹿たちは負傷した仲間には目もくれず、一目散に逃げ出した。

「他の二頭はやっぱり、無理か……まあ、仕方ない」

独り言のようにそう呟いたエドワード皇子殿下は、負傷した鹿にもう一本矢を射る。その矢は鹿の後ろ足に刺さり、更に動きを鈍くさせた。

これが狩り……これが動物の命を奪うということ。今まで深く考えたことはなかったけど、私達は毎日動物の命を食らって生きている。凄く当たり前のことだけど、改めて考えてみると、残酷な仕組みよね。

痛々しい光景を目の当たりにした私は思わず、眉尻を下げる。

二本の矢を両足に受けた鹿はその場で座り込んだ。もう動く気力も無くなったらしい。

「カロリーナ、これを持っててくれ」

「あ、はい。分かりました」

私に弓と矢を手渡したエドワード皇子殿下は地面に座り込む鹿に素早く近づいた。その手には鞘から引き抜いた長剣が握られている。身動きも取れない鹿は剣を目の前にしても微動だにしない。

そして――――エドワード皇子殿下は躊躇することなく、鹿の首を剣で刎《は》ねた。

「うっ……!!」

目の前の光景に吐き気を催す私は口元に手を当てて蹲る。宙を舞う赤い血液と鹿の頭が私の脳裏にこびり付いて離れなかった。

「お前の命は私がもらった。お前の血と肉はやがて、私達の糧になるだろう。お前の命に深く感謝する」

鹿の死に怯える私とは対照的に、エドワード皇子殿下は感謝の言葉を述べた。鹿のためにわざわざ膝をつき、十字まで切っている。

動物の命であろうと、決して感謝を忘れない彼はやはり、素晴らしい人間だった。

――――無事狩りを終えた私達は一頭の鹿をそのまま持ち帰った。料理長に頼んで捌いてもらい、鹿肉料理のフルコースを死ぬ気で食べ切った私は清々しい翌日の朝を迎える。野菜中心のあっさりとした朝食を前に、私は密かに安堵した。

良かった、鹿肉を使った料理はないみたいね。別に嫌いな訳じゃないけど、鹿の首を刎ねられる瞬間がどうしても忘れられなくて……。昨日の夕食は何とか食べきったけど、吐き気を催しながら食べたせいか、全然味を覚えていないわ。

『しばらく鹿肉は控えよう』と密かに決意する私は野菜スープに口をつけた。

「カロリーナ、今日は何をやりたい？　特にやりたいことがないなら、今日も狩りに……」

「い、いえ！　今日は買い物に行こうかと思っていまして……!!　狩りは遠慮したいなと……！」

二日連続で狩りは御免だわ……!!　動物の首が刎ねられる場面なんて、出来ればもう二度と見たくない!!

「そうか。なら、今日は買い物へ行こう。ここは他国との貿易も盛んだから、珍しい陶芸品やアクセサリーが見られるかもしれない」

「ま、まあ！　それは楽しみですわ！」

ニコニコと愛想を振りまく私は狩りに行かずに済んだことに内心ホッとする。咄嗟の思いつきで決定したショッピングに思いを馳せる中、私達は朝食を食べ終えた。

準備のため、一旦部屋へ戻った私達はそれぞれ身支度を整える。マリッサにバッチリお洒落をしてもらった私はエドワード皇子殿下と共に街へ下りた。護衛を複数引き連れて現れた私達に、人々の注目が集まる。

「あの集団は何だ？」

「さあ？　でも、服装からして平民ではなさそうね」

「どっかのお偉いさんなんじゃねぇーの？」

「だったら、下手なことはしない方が良いわね。反感を買ったら、大変だわ」

ヒソヒソと声を潜めて、言葉を交わす街の住民たちは私達の存在に興味津々だった。

「かなり目立ってるな」

「まあ、いつも通りの姿で来れば、こうなりますよね」

「とりあえず、どこかの店に入るか。これ以上、騒ぎが大きくなるのは避けたい」

「分かりました。では、あの宝石店に入りましょう」

そう言って、私は『World Jewelry』と書かれた看板を指さした。帝都に本店を置く、その店は有名な宝石店の一つだ。

あそこなら、私達が入ってもおかしくないし、個室もあるだろうからゆっくり出来るはず。街の騒ぎが収まるまで、少しお邪魔させてもらいましょう。

私の提案にコクリと頷いたエドワード皇子殿下は住民の視線を無視して、店の前まで歩いていく。周囲の人々は一定の距離を保ちつつ、こちらの様子をチラチラと窺っていた。

私達の正体や動向は気になるけど、不興を買うのは嫌って訳ね。まあ、当然の反応ね。

野次馬と化す住民たちに肩を竦めた私は店の扉を見上げる。

「入るぞ」

そう声を掛けてから、ドアノブに手をかけるエドワード皇子殿下はゆっくりと扉を開いた。『チリリリン』と鈴の音がこの場に鳴り響く。

「ここのオーナーを呼べ」

開口一番にそう言ってのけるエドワード皇子殿下に、店の従業員は大きく目を見開いた。

「赤髪、金眼……」

「灰色の髪と赤の瞳……」

「『エドワード皇子殿下とカロリーナ妃殿下だ……!!』」

私達の正体を見事言い当てた従業員達は慌てて動き出した。一人の従業員が奥の部屋へ入って行く中、他の従業員は私達の前まで来て深々と頭を下げていた。

「大変失礼致しました……!! ただいま、個室へご案内致します! オーナーが来るまで、そこでお待ち下さい!」

「こちらへどうぞ!」

動揺しながらも、マニュアル通りに仕事を進める彼らは『どうぞ』と店の奥へ促す。そのまま個室へと案内された私達は豪華なソファに腰掛け、オーナーの到着を待った。

「街の住民にはバレなかったのに、ここでは一瞬で正体がバレたな」

「まあ、元々隠す気はありませんがね。でも、まあ……彼らの口振りからして、私とエドワード皇子殿下の特徴を事前に伝えられていたのでしょう。『World Jewelry』は有名な宝石店ですし、VIP客のリストや外見特徴が各店舗の従業員に伝達されていてもおかしくありませんわ」

何より、私達はかなり珍しい容姿をしているもの。赤髪金眼の男性と灰髪赤眼の女性なんて、そうそう居ないわ。

「それもそうだな。でも、まさかカロリーナの情報まで出回っているとは思わなかった。随分と耳が早いな」

情報伝達の速さに感心を示すエドワード皇子殿下は『さすが、有名店だ』と呟く。感心する彼を他所に、ふと部屋の扉がノックされた。『入れ』と命じるエドワード皇子殿下の声と共に、扉の向こうからちょび髭のおじさんが現れる。

「大変お待たせ致しました。私はこの店のオーナーであるオリバーと申します。エドワード皇子殿下とカロリーナ妃殿下にこの店をご利用頂けて、大変光栄です」

低姿勢で、ゴマをするこの店のオーナーはニコニコと人の良さそうな笑みを浮かべる。

まあ、入店しておいて何も買わないのはさすがに失礼だし、適当に何か買っておきましょうか。

「今日は宝石を見に来たの。オススメの宝石を三つほど見せてちょうだい」

「畏まりました。直ちにご用意致します」

上機嫌で頷いたオーナーは鼻歌交じりに、部屋を出た。徐々に遠ざかっていく足音を聞き流し、私は苦笑を浮かべる。

きっと、宝石の中でも特に希少価値の高いものを持って来るんでしょうね……。商人にとって、オススメという言葉ほど都合のいいものはないから。

内心溜め息を零しながら、オーナーの帰りを待っていれば、彼は十分もしない内に戻ってきた。

「お待たせ致しました！　こちらが当店のオススメになります！」

三つの宝石をトレーに並べたオーナーはテーブルの上にそれを置いた。オススメとして用意されたのは――――パパラチアサファイア、タンザナイト、パライバトルマリンの三つである。

どの宝石も美しく、人々を魅了する力を持っているが……私はオススメされた宝石の一つにとんでもない嫌悪感を覚えていた。

「……お姉様の瞳と同じ色……」

ボソッとそう呟いた私はパパラチアサファイアをじっと見つめる。

不意に思い出されるのは、薄ピンク色の瞳をしたフローラのことだった。パパラチアサファイアにも似た薄ピンク色の目を細め、私を嘲笑う彼女の姿が頭から離れない……。

「……タンザナイトとパライバトルマリンは頂くわ。パパラチアサファイアは下げてちょうだい」

「畏まりました。当店では宝石の加工も行っておりますが、如何ですか？　別料金を頂きますが、当店自慢の職人が丹精込めて加工しますよ」

「魅力的なお話だけれど、遠慮しておくわ。明日には帝都に帰らないといけないから」

「そうでしたか。では、こちらの商品はそのまま包んでお渡ししますね」

「ええ、お願い」

ペコペコと何度も頭を下げるオーナーは宝石の載ったトレーを持って、再び部屋を後にする。パタンと閉まる扉の音を聞き流しながら、私は『ふぅ……』と息を吐いた。

ただ宝石を選ぶだけなのに凄く疲れた……。パパラチアサファイアからフローラを連想したせいかしら……？　私はまだ姉の呪縛に囚われたままなのね……。マリッサのように本音をぶつけることが出来れば、少しは変わるかしら？

心臓辺りにそっと手を当てる私は処理しきれない感情に黙って蓋をした。

二つの宝石を購入した私達は引き続きショッピングを楽しむ……はずだったが、住民達の興奮が収まらなかったため、そのまま帰還した。別荘のテラスで、エドワード皇子殿下と優雅なティータイムを過ごす。長閑とは言い難い曇り空を見上げ、私は驚きの連続だった避暑を思い返した。

朝市、マリエル嬢の暴走、マリッサとテオドール様の婚約関係、狩り、魔力検査、教皇聖下との面会、神聖力の発覚、買い物……本当に色々なことがあった。この旅行で、一生分の驚きと発見を体験したみたいだわ。でも……そんな日々も明日で終わり。

明日は観光などせず、準備が整い次第帝都へ帰還するため、実質今日が最終日と言えた。

旦那様とのティータイムで終わる避暑も悪くないわね。このティータイムは決して特別なものじゃないけど、とても気分がいいわ。

ゆったりとした時間に身を委ねる私は穏やかな気持ちで紅茶を飲む。だが、正面に座るエドワード皇子殿下はこのまま終わるつもりはないようで……真っ直ぐにこちらを見据えた。

「なあ、カロリーナ。お前は――――姉のことが嫌いなのか？」

無自覚聖女は今日も無意識に力を垂れ流す
今代の聖女は姉ではなく、妹の私だったみたいです
あーもんど Almond
Ill. あんべよしろう Yoshiro Ambe
2
初回版限定
封入
購入者特典
特別書き下ろし。
マナ酔い《ギルバートside》
※『無自覚聖女は今日も無意識に力を垂れ流す②今代の聖女は姉ではなく、妹の私だったみたいです』をお読みになったあとにご覧ください。
EARTH STAR NOVEL

――――これはまだマナ過敏性症候群を発症して間もない頃の出来事。

今朝からずっと調子が悪く、体に走る不思議な感覚に悩まされていた私は、父上に頼んで今日の講義を休ませて貰った。

自室のベッドで横になりながら、馬車酔いにも似た吐き気と不快感に耐える。少し熱もあるようで、やけに体が熱かった。

『風邪でも引いたのか？』とぼんやり考える中、急いで駆けつけた医師が診察を終える。

「恐らく、これは――――マナ酔いですな。マナ過敏性症候群の患者によく見られる症状です。少し休めば、直ぐに良くなると思うので安静にしておいてください。念のため、吐き気止めと解熱剤は処方しておきましょう」

マナ酔い……？　そう言えば、マナ過敏性症候群の資料にそんなことが書かれていたね。一種の風邪のようなものだと聞いていたけど、思ったよりキツい。なかなか厄介な病気だね。正直、甘く見ていたよ。

フッと自嘲にも似た笑みを零す私は『はぁはぁ』と肩で息をする。

マナ酔いに苦しむ私を前に、医師は鞄から取り出した薬を近くの侍従に預けた。

「では、私はこれで失礼致します。また、何かあれば、お呼びください」

「あぁ、ありがとう」

お礼を言うので精一杯な私は、ペコペコと頭を下げながら去っていく医師の後ろ姿を見つめる。

パタンッと扉が閉まるのを確認してから、体の緊張を解いた。

全身にどっと疲れが押し寄せてくる中、私は侍従の手を借りて何とか起き上がる。そして、処方された薬を飲んだ。

口内に広がる薬の味に、私は眉を顰めながら半ば倒れ込むようにベッドへ身を沈める。

「……君達はもう下がっていいよ。少し眠るから、一人にしておくれ」

「畏まりました。それでは、これで失礼致します」

臣下の礼を取って応じる侍従達はベッドのシーツや濡れタオルをしっかり整えてから、退室していった。

ようやく一人になれた私は薄暗い室内で、そっと目を閉じる。

瞼を開けるのさえ億劫な私は眠気に誘われるまま、そっと意識を手放した。

◇◆◇◆

それから、一体どれだけの時間が経過したのか……私はカタンッという物音で目が覚めた。

ゆっくりと身を起こす私は真っ暗闇の室内で、キョロキョロと周囲を見回す。

とりあえず、机に置かれた照明用の魔道具を手に取り、スイッチを入れた。ランタンに似た形の魔道具はポッとロウソク程度の明かりを放つ。

さっきの物音は一体なんだろう？　風の音？　それとも……暗殺者か？

「いや、さすがにそれはないか。本物の暗殺者にしては、ノロマ過ぎる。皇城に入り込めるほどのプロなら、対象者に考える隙も与えず殺しているはずだ」

『わざわざ静観する意味が分からない』と吐き捨て、私はベッドから降りた。

魔道具の光を頼りに、窓辺まで歩いて行き、サッとカーテンを開ける。

窓ガラスの向こうには――――美しい星空と木の棒があった。窓の縁に添える形で置かれたそれには、紙のようなものが括り付けられている。

木の枝が風に乗って、飛んできた……訳ではなさそうだね。とりあえず、確認してみようか。

特に危険を感じなかった私は窓辺にランタン型の魔道具を置き、慎重に窓を開けた。

ヒューッと吹き込む夜風に震えながら、謎の棒を手に取る。指揮棒よりやや小さめのそれはやはり、ただの木の棒にしか見えない。

『なんだ、これ？』と首を傾げる私はさっさと窓を閉め、棒に括り付けられた紙を剝ぎ取った。

これは……文字？　ということは、手紙かな？　もしかしたら、私との接触を企む貴族からの密書かもしれないね。

ガサガサと小さく折り畳められた紙を広げる私はやけに不格好な文章に目を通した。

『兄上へ　体調は大丈夫ですか？　侍女長から、病気になったと聞きますた。私は魔力持っているなので、お見舞いはダメって言われました。だから、代わりに手で作った剣をあげます。早く元気になれです　貴方の弟エドワード・ルビー・マルティネスより』

予想外の差出人と間違いだらけの文章に目を剝く私はしばらく黙り込むと……プハッと吹き出した。

『あははは っ！』と大声を上げて笑う私はバシバシと自身の膝を叩く。

本格的に文字を習い始めたのは最近だから仕方ないとはいえ、文章が壊滅的だね。特に『手で作った剣』は語弊を生みかねない。手作りだって言いたかったんだろうけど、これだと自分の手を材料にしたのかと思っちゃうよ。

「というか、これ……剣だったんだ」

どう頑張っても木の棒にしか見えない弟の見舞い品に、私は『剣……なのか？』と首を傾げる。

でも、よく見てみるとナイフで削ったような跡があり、ヤスリもしっかり掛けられていた。

きっと、エドワードなりに一生懸命作ったんだろうね。これは思い出の品として、大切に取っておこう。

あれこれ悩みながら作業に励む弟の姿を思い浮かべ、私は僅かに表情を和らげる。

たとえ、どんなに不格好でも弟の作ったものなら、私は何でも嬉しかった。

何の前触れもなく、不躾な質問を投げ掛けてきたエドワード皇子殿下は至って真剣だった。思わず紅茶を吹き出しそうになった私はケホケホと咳き込みながら、黄金の瞳を見つめ返す。

「ケホケホッ……え、エドワード皇子殿下、いきなりどうされたんですか……？」

「いや、カロリーナの様子が変だったから、聞いただけだ」

「で、では、姉を話題に出したのは……？」

「カロリーナがパパラチアサファイアを見た時、『お姉様の瞳と同じ色』と呟いたからだ。おまけにお前はパパラチアサファイアだけ、購入しなかったからな」

「……」

明確な根拠を述べたエドワード皇子殿下に対し、私は思わず口を噤《つぐ》む。返答に迷いながらも、ちょっとだけ嬉しくなる自分が居た。

エドワード皇子殿下はちゃんと私を見てくれているのね。

「正直に言うと、ずっと前からカロリーナと姉の関係には疑問を抱いていた。カロリーナはいつも嬉しそうに父親の話をするのに、姉の話はあまりしないだろう？　話すとしても上辺の話だけで、姉妹間で起きた出来事や姉の中身に迫る話は絶対にしない」

「そ、それは……」

「最初は姉に対する劣等感がカロリーナをそうさせているのかと思ってた。だが、今日の出来事でその考えは変わった。カロリーナは姉であるフローラ公爵令嬢を――――嫌っている。違うか？」

「っ……!!」

狡い……狡すぎる。いつもはどこか抜けていて、鈍感なのに……！　こういう時だけ、勘の鋭さを発揮するんだから……!!

図星をつかれた私はどう答えればいいのか分からず、言葉を詰まらせる。彼に本音を打ち明ける勇気もなければ、嘘で誤魔化す自信もなかった。

「無言ってことは肯定と捉えて構わないか？」

追及の手を緩めることなく、質問を重ねる彼に、私は力なく頷いた。ここまで明確な根拠を出されれば、勘違いだと……考え過ぎだと突っぱねることは出来ない。エドワード皇子殿下の観察眼は侮れなかった。

「カロリーナ……私はお前が理由もなく、誰かを嫌う人間だとは思っていない。それが実の姉ともなれば、尚のこと……。きっと深い事情があるんだろう。良かったら、私に話してくれないか？」

ただ真っ直ぐに思いをぶつけてくるエドワード皇子殿下は決して私から目を逸らさなかった。真摯な態度を見せる彼にどう接すればいいのか分からず、私はサッと下を向く。

「……知って、それをどうするんですか？」

「どうもしない……と言うか、どうすることも出来ない。国境を跨ぐ以上、お前の姉に何かをすることは出来ないからな」

「ならっ……!!」

グッと拳を握り締める私は勢いよく顔を上げ、反論しようとした。でも、出来なかった……エドワード皇子殿下の目があまりにも優しくて。

「カロリーナ、私はただ知りたいんだ――――カロリーナの全てを」

そう口にした赤髪の美丈夫は、真摯に私と向き合った。黄金の瞳には今、私しか映っていない。

「カロリーナが何を感じて生きて来たのか。何をどう考えて、行動して来たのか。どんな経験を経て、成長して来たのか。そして――――どうして、姉を嫌うのか……」

そこで言葉を区切ると、エドワード皇子殿下はサッと椅子から立ち上がった。まるで吸い寄せられるかのように、私の下までやって来ると、じっとこちらを見下ろす。目の前に立つ彼は当然ながら、とても大きかった。

「私はカロリーナの全てを知って、理解したい。カロリーナの一番の理解者でありたい」

そう言って、彼はその場で跪いた。下からこちらを見上げるエドワード皇子殿下は、そっと私の手を包み込む。大きな手から伝わってくる体温はとても温かくて、優しかった。

「だから、教えて欲しい――――カロリーナの全てを」

『教えろ』と命令する訳でも、『早く話せ』と怒鳴り散らす訳でもなく、エドワード皇子殿下はただ私に懇願した。何よりも清く、尊い願いに私の心は揺れる。

私のことを知りたい、と……教えて欲しいと切に願ってきた人が今まで居ただろうか……？　こんなにも真剣な顔で、こんなにも優しい手で、こんなにも真っ直ぐな瞳で……私を求めてくれる人はきっとこの人しかいない。

そう断言出来るほど、エドワード皇子殿下の願いは重かった。

胸に込み上げてくる何かを感じながら、私はギュッと彼の手を握り返す。長年溜め込んできた感情に背中を押され、私は本音を叫んだ。

「わ、たしは……姉のフローラが嫌いです！　大嫌いですっ……!!」

「ああ」

「表面上は良い姉を演じつつ、裏ではいつも私を馬鹿にしてきてっ……!!　『出来損ない』『公爵家の汚点』って……！」

「ああ」

「私のことを一番馬鹿にしてくるのはフローラなのに、公の場ではわざと私を庇うんです……！　でも、そのあとは決まって『カロリーナだって頑張ってる』『頑張って、この結果なの』って、遠回しに私を馬鹿にしてくるんです……!!」

「ああ」

「私のことを道具としか見ていない姉が……私のことを放っておいてくれない姉が……私は世界で一番大嫌いです!!」

「ああ」

私の汚い本音をエドワード皇子殿下はただ静かに聞いてくれた。途中で話の腰を折ったりせず、本当にただ静かに……。

嗚呼、人前で誰かを嫌いだと宣言したのはいつぶりだろう……？　いや、これが初めてかもしれない。一つの失言が命取りとなる貴族社会で、迂闊なことは言えなかったから……。

だからこそ、『誰かに話を聞いてもらう』という事が凄く気持ちよかった。

「そうか。辛かったな。よく頑張った」

全ての本音を受け止めたエドワード皇子殿下は涙目になる私を見上げながら、僅かに目元を和らげる。穏やかに微笑む彼はその場で膝立ちすると、ゆっくりと背筋を伸ばした。そうすると、彼と私の距離がグッと縮まる。

「そんな苦しい日々を耐え抜き、私の妻になってくれて、ありがとう。だが、もう大丈夫だ。もう二度と一人で苦しませたりしない。必ずカロリーナを守ると誓おう。だから、もう我慢しないでいい――――思い切り、泣け」

その言葉を皮切りに、自分の中でせき止めていた負の感情が溢れ出し、子供のように泣きじゃくった。ポロポロと流れる大粒の涙は、とめどなく溢れ出す。私はこの情けない泣き顔を両手で覆い隠した。

ずっと自分を守ってくれる誰かが欲しかった。『もう大丈夫だよ』『もう我慢しなくて良いよ』と言ってくれる誰かを……私は求めていたんだ。でも、心のどこかで『そんな人は現れない』と諦めていた。だから、エドワード皇子殿下の言葉が凄く嬉しい。もう肩の力を抜いていいんだって、思えるから。

『痛い』と叫ぶ心を癒すように、私はひたすら泣き続ける。情けない姿を晒す私を、エドワード皇子殿下はただ抱き締めてくれた。

「ふっ、うぅ……エドワード皇子殿下ともっと早く出会いたかった……」

「ああ、それは俺も同じだ。カロリーナともっと早く出会いたかった」

愛の告白と言うには足りなくて、慰めの言葉と言うには熱すぎる会話がこの場に流れる。

――――私達はまだ核心に迫る一言をお互いに言わない。この曖昧で、あやふやな関係に甘えていたいから。

私は口にしない〝あの言葉〟を、全て涙のせいにした。

感情的になるあまり、泣き疲れて眠ってしまった私はそのまま最終日の朝を迎えた。朝食を済ませて、直ぐさま皇城へ帰還した私はエメラルド宮殿でゆっくり過ごす――――はずが、長旅の疲れを癒す間もなく、皇城の会議室に呼ばれてしまった。

何故皇城へ帰還するなり、会議室へ……？　というか、この面子は一体……？

第三会議室へ通された私はエドワード皇子殿下やテオドール様と共に帝国のツートップと顔を合わせる。向かい側のソファに腰掛けるエリック皇帝陛下とヴァネッサ皇后陛下は特に驚いた様子もなく、堂々としていた。

これは何の集まりかしら？　避暑の報告会か何か？　でも、それなら書類で十分よね？　わざわざ、集まって話すようなことでもないし……。

「おほんっ……予定時刻より、少し早いですが、会議を始めさせて頂きます。司会進行は私テオドール・ガルシアが務めさせて頂きます。よろしくお願い致します」

エドワード皇子殿下と私が座るソファの後ろで、テオドール様は優雅に一礼した。向かい側に座るエリック皇帝陛下とヴァネッサ皇后陛下夫妻はテオドール様の挨拶に一つ頷く。

「早速ですが、本題に入らせて頂きます。本日の議題は――――カロリーナ妃殿下の〝神聖力〟についてです」

「‼」

あっ、そっか！　神聖力！　私の神聖力は強力な上、量が多いからエリック皇帝陛下とヴァネッサ皇后陛下にはきちんとお話ししなければならないわよね！　実際、帝国の一部の地域に影響を及ぼしている訳だし！

『なるほど！』と一人納得する私を他所に、テオドール様はカチャリと眼鏡を押し上げる。

「カロリーナ妃殿下が神聖力の持ち主であることは事前にお伝えしたため、エリック皇帝陛下もヴァネッサ皇后陛下も既にご存じかと思います。なので、本日はその詳細についてお話しさせて頂きます。まずはカロリーナ妃殿下の神聖力の性質と強さについて。カロリーナ妃殿下の神聖力は非常に強力な上、量が多く――――」

と、テオドール様は教皇聖下から得た知識や情報を事細かに説明していく。黙って話を聞くエリック皇帝陛下とヴァネッサ皇后陛下は終始真剣な表情だった。

エリック皇帝陛下とヴァネッサ皇后陛下は神聖力のことについて、どう思うかしら……？

「なるほど。つまり、最近国内で起きた不可思議な出来事は全てカロリーナが原因だった訳か」

「時期的に見ても、その可能性が高いわね。教皇聖下が『カロリーナは神聖力の持ち主だ』と断言しているのなら、尚更」

『ふむふむ』と何度も頷きながら、頭の中で情報を整理していくお二人は顔を見合わせると……。

「『うちの義娘は本当に優秀だな（ね）』」

と、声を揃えて言った。感心する二人を前に、エドワード皇子殿下は『そうだろう、そうだろう』と言わんばかりに頷いている。

『邪魔な力だ』と言われたら、どうしようかと思っていたけど、その心配は必要なかったみたいね。安心したわ。

「可愛い義娘が神聖力の持ち主だなんて、我々も鼻が高い」

「もちろん、神聖力がなくても可愛い義娘に変わりはないけれど」

「これは後で褒美をやらねばならんな。無意識とはいえ、国に貢献した事実は変わらない」

「それは良い考えだわ。でも、普通の褒美じゃダメね……カロリーナの神聖力はこれからも国に貢献していくんだから」

「それなら、何か新しい称号でも考えるか」

あ、新しい称号って……!!　別に国に貢献しようと思って意識的にやった訳じゃないから、恐れ多いわ……！

オロオロする私は褒美について、ああでもないこうでもないと話し合う二人に制止の声を掛けるべきか迷う――――と、ここでテオドール様の横槍が入った。

「おほんっ！　盛り上がっているところ申し訳ありませんが、会議を再開してもよろしいでしょうか？」

「ん？　あぁ、すまん。つい話に夢中になってしまった」

「カロリーナの褒美についてはまた後で話し合うわ。会議を再開してちょうだい」

「畏まりました。ご理解頂き、ありがとうございます」

ヴァネッサ皇后陛下の言葉に臣下の礼を取って、応じるテオドール様は中断していた会議を再開させた。

「では、カロリーナ妃殿下の神聖力について理解を深めて頂いたところで、次の話に移ります。それは――――神聖力の発表についてです。私個人の意見としては先程お二人が話し合っていた称号の授与と共に発表するのが最善だと思うのですが、どうでしょうか？」

「ふむ……称号を与えることでカロリーナの地位を確立させ、変な虫を寄せ付けないようにしようという訳か」

「他国の人間だからと、カロリーナのことを甘く見ている者も居るし、上下関係をはっきりさせる必要があるわね。その案には賛成よ。でも、問題は――――発表のタイミングね」

顎に手を当てて考え込むヴァネッサ皇后陛下は最大の問題を述べた。互いに顔を見合わせる私達はどうするべきかと思い悩む。

「とりあえず、セレスティア王国の問題が落ち着いてからと考えています。今、発表しても他国を刺激するだけですから」

「まあ、それが妥当な考えだな。だが……」

「それまでカロリーナの力を隠し通せるかどうかが問題だわ」

そうなのよね……問題はそこなの。正直、隠し通せる自信はあまりない。だって、勘のいい人なら直ぐに気づけそうな状況なんだもの。情報改ざんでもしないと、難しいと思うわ。

「……それに関してはもう『何もありません』『勘違いです』で押し通すしかありませんね。所詮は状況証拠だけですから。確たる証拠がなければ、何も出来ませんよ」

「まあ、確かにそうだな。変に騒ぎ立てるようなら、不敬罪で取り締まれば良いだけだ」

「エドワード、しっかりカロリーナを守るのよ？」

「勿論です。カロリーナは私の大切な人ですから。きちんと守ります」

無表情親子は無機質な瞳で互いに見つめ合うと、どちらともなく頷き合う。この二人の心は今、確かに通じ合っていた。

「とりあえず、今決められるのはこれだけですね。他の点に関してはセレスティア王国の経過を見ながら、決めて行きましょう。何か質問・意見がある方は居ませんか？」

お開きムードを醸し出すテオドール様はチラリと周囲を見回す。会議の終わりが近づく中、私はおずおずと手を挙げた。

「あ、あの……少しよろしいでしょうか？」

「はい、何でしょう？」

レンズ越しにこちらを見つめるテオドール様は話の先を促した。全員の視線が自身に集まる中、私は恐る恐る口を開く。

「私の神聖力で――――ギルバート皇子殿下の病を治療することは出来ませんか……？」

神聖力の使い道について提案すれば、この場にいる誰もが固まった。『その手があったか』と言わんばかりに目を見開いている。

ギルバート皇子殿下の病は教皇聖下の神聖力を使って、治療してきたもの。完治は不可能でも、一時的に症状を和らげることは出来た。つまり、定期的に治療を行えばギルバート皇子殿下も頻繁に社交界へ顔を出せるということ。

教皇聖下は忙しい身の上のため、年に数回しか治療しに来れなかったみたいだが、私は違う。上手く治療出来るかどうかはさておき、定期的に治療を行うことは出来る。継続的に治療を行えば、完治する可能性だってあった。

もし、治療が可能なら派閥問題を解決することも出来るかもしれない。派閥問題のそもそもの原因はギルバート皇子殿下の体調不良にあるから。それさえ改善出来れば、第一皇子派の貴族達も落ち着くだろうし、過激派の行動も収まるだろう。まさに万々歳な展開だ。

だが、しかし……これには致命的な問題点が一つあった。それは――私が上手く神聖力を扱うことが出来ないこと。

第四章

神聖力に関する会議から一週間が経過したある日――私は『烈火の不死鳥』団の騎士団本部で、ある練習に励んでいた。

「自分の神聖力をよく感じ取って、それを手のひらに集めてください。そして、その集めた神聖力をこのサボテンに注いでください」

指導役のテオドール様は教皇聖下から頂いた神聖力に関する資料を手に、指示を飛ばす。神聖力そのものの扱いは魔力と似ているのか、様々なアドバイスをしてくれるが……いかんせん厳し過ぎた。

『は、はい……』と蚊の鳴くような声で返事をした私は、絶え間なく溢れ出る神聖力を手のひらに集める。古代文字の解析より遥かに難しい神聖力の扱いに、私は早くも音を上げそうになった。

ここ一週間ずっと練習に励んだおかげで自分の神聖力を何となく感じ取れるようにはなったけど、それを動かすのが物凄く大変なのよね……。神聖力は私の気持ちに応じて、力を発揮してくれるものだけど、エネルギーそのものを操るのはかなり難しい。たとえるなら、香水の匂いを一箇所に集めるようなものだ。

両の手のひらをお皿代わりにし、そこに神聖力を少しずつ集める私は『うーん、うーん』と唸る。

眉間に皺を寄せる私の前で、テオドール様は静かに書類仕事をこなしていた。

「テオドール様……雀の涙ほどしか神聖力を集められません……」

苦行と呼ぶべき訓練に、泣き言を零す私は『一旦休憩したい』と匂わせた。だが、そう簡単に休ませてくれるほどテオドール様は優しくなく……笑顔で圧を掛けられる。

「カロリーナ妃殿下、これもギルバート皇子殿下を……いえ、エドワード皇子殿下を派閥問題から救うためです。頑張ってください」

「……はい」

甘えなんて一切許さないテオドール様に、私はただ頷くしかなかった。神聖力の練習を始めてから、かれこれ三時間は経過するが、一度も休憩していない。もうそろそろ、本当に集中が切れそうだ。

まあ、テオドール様の気持ちも分からなくはないけど……。私の頑張り次第で、エドワード皇子殿下を苦しめてきた派閥問題が解決するかもしれないんだから、張り切るのも仕方ないわ。でも……このスパルタレッスンは少々キツいものがある。

「はぁ……ギルバート皇子殿下の治療方法が神聖力の治癒能力だったら、良かったのに……」

「何か言いましたか？」

「い、いえ！　何でもありませんわ！」

黒い笑みを浮かべるテオドール様を前に、私は慌てて首を左右に振る。ここで余計なことを言おうものから、更なる課題が課せられてしまうだろう。それだけはどうしても避けたかった。

変な汗をかく私の前で、テオドール様は暫く沈黙すると、一つ息を吐き出す。

「……まあ、カロリーナ妃殿下の気持ちはよく分かりますよ。私も『治癒能力でギルバート皇子殿下を治療出来たら良かったのに』と毎日のように思っていますから。でも、現実はそう甘くありません。神聖力注入が唯一の治療方法である限り、カロリーナ妃殿下には神聖力の扱いに慣れてもらわなければなりませんから」

――神聖力注入。

それがギルバート皇子殿下に出来る唯一の治療方法。

長年ギルバート皇子殿下の治療に当たってきた教皇聖下の話によると、視覚神経を神聖力で包み込むことで症状を和らげることが出来るらしい。ただ、時間の経過と共に神聖力が失われていくため、その状態を維持することが出来ないんだとか……。教皇聖下の力とスケジュールでは、ギルバート皇子殿下の病を完治させることは難しいようだ。

でも、私ならギルバート皇子殿下と頻繁に会って治療することが可能。その上、神聖力の量も多い。定期的に治療を行えば、完治する可能性があると教皇聖下は仰っていた。

ただ、病状がかなり進んでいるため、一秒でも早く治療に当たる必要がある。だから、私はこのスパルタレッスンを甘んじて受け入れているのだ。

「量が多いと、扱いが難しいですね……」

「まあ、簡単ではないでしょうね。カロリーナ妃殿下の場合、常に大量の神聖力を垂れ流している訳ですし」

「そうなんですよね……。しかも私の場合、力を取り出すと言うより、溢れ出た力を集めるって感じですから」

「手元から離れたエネルギーを集めるのは至難の業ですね。魔力と神聖力は別物ですが、その難しさや大変さは理解出来ます」

魔力の扱いに長けたテオドール様がそこまで言うのは珍しいわね。ひょっとして、私のやっている事ってかなり高度なことなのかしら？

「手が止まっていますよ、カロリーナ妃殿下」

「あ、はい……」

己を称賛する暇もなく、私は再び神聖力の操作に集中する。絶え間なく溢れ出る神聖力を少しずつ手のひらに集めて行った――やがて、神聖力で手のひらがいっぱいになる。

「テオドール様、手のひらいっぱいに神聖力を集めることが出来ました！」

「おや？　昨日より、随分早かったですね。それでは、最後に集めた神聖力をサボテンに与えてください」

「分かりました」

テオドール様の指示に頷いた私は、目の前にある鉢植えの上に手を持っていく。そして――集めた神聖力を全てサボテンに与えた。すると、芽しか出ていなかったサボテンが少しだけ成長し、蕾をつける。元気にすくすく育っていくサボテンを前に、私は僅かに頬を緩めた。

神聖力の実験台として使っているだけなのに、愛着が湧いてくるわね。立派に育ったら、部屋に飾ろうかしら？

「成長速度は先日と変わりませんが、やはり早いですね。カロリーナ妃殿下の意思が関係しているのでしょうか？」

「それは何とも言えませんね……」

「まあ、神聖力の扱いが上達すれば良いので、意思云々のことは置いておきましょう」

そう言って、テオドール様は書類を片手に椅子から立ち上がる。私もそれに釣られるように席を立った。

「午前の練習はここまでにします。また午後お会いしましょう。お疲れ様でした」

「ご指導ありがとうございました」

私の言葉に一つ頷いたテオドール様は、颯爽とこの場を後にする。パタンッと閉まる扉の音を聞き流し、私は肩の力を抜いた。

――それから、午後の練習も何とかこなし、私は星々が輝く夜を迎えた。

美味しい夕食で空腹を満たし、温かいお風呂で身を清め、フカフカのベッドに体を沈める。まさに完璧なナイトルーティーン。

――だが、しかし……今日はいつもと違う点があった。

それは――――同じ寝室にエドワード皇子殿下が居るということ。

早い話、今日は私とエドワード皇子殿下の房事の日だったという訳だ。

まあ、房事と言っても私達はまだそういう事をしていないけれど……。ただ単に同じ部屋で眠るだけだった。

フカフカのベッドで横になる私は、まだ仕事を続けているエドワード皇子殿下を盗み見る。ロウソクの明かりを頼りに、書類に目を通す彼は真剣な顔つきだった。目の下には僅かに隈がある。テオドール様の話によると、エドワード皇子殿下はここ最近ずっと会議と書類仕事に追われているらしい。避暑の間にやるはずだった仕事を全て後に回したため、鬼畜としか言いようがない過密スケジュールをこなすことになったんだとか……。

まあ、一週間分の仕事を後に回せばこうなるわよね……。元々エドワード皇子殿下は避暑に行くつもりは無かったみたいだし。

昼夜問わず、働き続けるエドワード皇子殿下に同情の眼差しを向けていれば、不意に彼と目が合った。黄金の瞳には、くっきりと私の姿が映し出されている。

「まだ起きていたのか」

「あ、はい……ご迷惑だったでしょうか？」

「いや、そんなことはない。だが、カロリーナも疲れているだろう？　早く寝た方が良い」

私なんかより、エドワード皇子殿下の方が疲れているはずなのに、優しい彼は私のことを気遣う。こんな時くらい、自分のことを第一に考えてもいいのに……。

「『疲れていない』と言ったら嘘になりますが、エドワード皇子殿下だって疲れているじゃありませんか。目の下に隈だってありますし……。少し休んだ方が良いと思いますわ」

「私のことなら、気にしなくていい。体だけは丈夫なんだ」

「ですが……」

どんなに体が丈夫な人でも、疲れが溜まれば体調を崩してしまう。適度な休息は必要なはずだ。

食い下がる素振りを見せる私に、エドワード皇子殿下は少し悩んだ末にこう答えた。

「なら、私の話し相手になってくれ。一人で作業していると、気が滅入ってしまうからな。それにカロリーナの近況も聞いておきたい。あぁ、もちろん眠たかったら寝てもらって構わないからな」

「それは根本的な解決にはならないと思いますが……」

「まあ、そうだな。でも、この書類は明日までに片付けないといけないんだ。それにカロリーナとこうやって話せる時間は少ない。私は君との時間を大切にしたいんだ」

そう言って、赤髪の美丈夫は柔和な笑みを浮かべた。どこまでも穏やかで、優しい彼の言葉に私は絆されてしまう。

明日までに片付けないといけない書類って言われたら、もう何も言えないわ……。妻が夫の仕事を邪魔する訳にはいかないもの。

「分かりました。久しぶりに雑談でもしましょうか。それで、エドワード皇子殿下の仕事が終わったら一緒に寝ましょう」

「ああ、分かった」

コクリと頷いた彼は再び書類へ視線を落とす。エドワード皇子殿下の真剣な横顔を眺めながら、私はスッと目を細めた。

「私の近況はそうですね……やはり、神聖力の練習でしょうか？　テオドール様が指導役を請け負ってくれたのですが、課題を達成するまで休ませてくれなくて大変なんですよ。まあ、その甲斐あってか、少しずつ神聖力を扱えるようになっている訳ですが……」

「あいつの指導は本当にスパルタだからな……私も小さい頃は毎日のように扱かれていた」

「え？　テオドール様に、ですか？　皇室が選んだ教師ではなく？」

「最初の頃は魔法学に精通する学者が私の教師だったが、途中でテオに代わったんだ。父上が『友達作りのついでに彼から魔法を習うといい。彼はこの歳で学者を凌ぐ知識と技術を持っている』と言ってな。で、テオの方が遥かに教え方が上手かったせいか、その学者はいつの間にか解雇されていた」

「それはなんと言うか……教師として迎えられた学者が少し可哀想ですね」

魔法学の教師として皇室に呼ばれたのに、途中で解雇されるなんて……。しかも、その理由が『貴族の子供の方が教え方が上手だったから』なのよ？　大人としてのプライドがある学者としては、子供に敗北した事実はかなり堪えたでしょう。まあ、学者をも凌ぐ知識と技術を持つ天才児だったテオドール様は単純に凄いと思うけど……。

「テオドール様とエドワード皇子殿下は小さい頃から仲が良かったんですか？　確か幼馴染みなんですよね？」

「ああ、そうだな。でも、最初はそこまで仲良くなかったぞ。私はよく講義をサボっていたからな。テオの講義も実技以外は全てサボっていた。だから、よく皇城内で追いかけっこをしていたんだ」

昔を懐かしむように目を細めるエドワード皇子殿下は少しだけ楽しそうだった。

そう言えば、以前オーウェンが『団長は大の勉強嫌いで、小さい頃はよく授業を抜け出して剣の特訓をしてた』って言っていたわね。

「皇城内で無闇矢鱈《むやみやたら》に魔法を使う訳にはいかないから、私もテオも自分の脚力と体力だけで追いかけっこをしていた。で、サボり魔の私をテオはあまり良く思っていなかった」

「では、どうやって仲良くなったんですか？　仲良くなるきっかけでもあったんですか？」

「きっかけは特にないが……強いて言うなら、他国が送り込んできた殺し屋を二人で撃退した時か？　ほら、共通の敵が出来ると仲間意識が芽生えるだろ？　多分、その心理効果で私とテオの距離がグッと縮まったんだと思う」

いや、心理効果って……。確かにその言い分は理にかなっているけど、殺し屋を子供二人で撃退するなんて聞いたことも見たこともないわ……。エドワード皇子殿下とテオドール様はかなり刺激的な幼少期をお過ごしになったみたいね。

「男性同士の友情って、芽生え方が特殊なんですね……」

「そうか？　普通だと思うが……」

いや、全然普通じゃないわよ！　殺し屋を撃退して芽生える友情なんて、普通はないから!!

とは言わずに、私は曖昧に微笑んでおいた。

「まあ、私とテオの幼少期の話はさておき……テオの指導が辛いようなら、私に言ってくれ。あいつは今、派閥問題を早く片付けようと躍起になっている。焦るあまり、無茶な練習メニューを組んでしまうかもしれない。その時は遠慮なく私を頼ってほしい」

「分かりました。困った時は遠慮なく頼らせて頂きます」

「ああ、そうしてくれ」

コクリと頷くエドワード皇子殿下は読み終わった書類にペンを走らせると、それらをテーブルの上に置いた。どうやら、無事に書類仕事が片付いたらしい。

疲れた体をほぐすように大きく伸びをする彼は『ふぅ……』と息を吐き出した。

「よし、これで今日の仕事は終わりだ」

「お疲れ様でした」

「ああ、ありがとう」

フッと頬を緩めるエドワード皇子殿下は近くにあった毛布を無造作に掴む。そして、暗闇を照らすロウソクに顔を近づけた。

「ロウソク、消すぞ」

「はい。おやすみなさい、エドワード皇子殿下」

「ああ、おやすみ」

『いい夢を』と囁いたエドワード皇子殿下はロウソクに息を吹きかけ、灯りを消す。真っ暗になった室内はひっそりとしていて、とても静かだった。

明日から、またエドワード皇子殿下に会えない日々が続くのね……。それは少しだけ……本当に少しだけ寂しいわ。

寂しさを抱えたまま房事を終えた私は三週間みっちり練習に励み、神聖力の操作にも徐々に慣れてきた。

夏もいよいよ本番を迎え、猛暑が続く中、私は第一会議室でテオドール様と向き合う。テーブルの上に肘を突き、両手を組む金髪の美男子は物々しい雰囲気を放っていた。レンズ越しに見えるペリドットの瞳がキラリと光る。

「カロリーナ妃殿下、単刀直入に申し上げます――今日から、ギルバート皇子殿下の治療に当たって下さい」

「……えっ？　えぇ!?　今日からですか!?」

普通そういう大事なことって、前日までに伝えない!?　いきなり言われても困っちゃうわ!!

「あ、あまりにも急じゃありませんか？」

「ええ、本当に急な話ですよ。私も先程聞いたばかりなので……」

物憂げな表情を浮かべるテオドール様は『はぁ……』と深い溜め息を零す。どこか遠い目をする彼はズーンと暗いオーラを放っていた。

「今朝、エリック皇帝陛下から伝達がありまして……ギルバート皇子殿下の治療を行い、転移魔法でサン国へ送り届けるようにと……」

『こっちだって、色々準備が必要なのに』とボヤくテオドール様は再度溜め息を零す。今にも死にそうな顔をしている彼に、私は苦笑を浮かべた。

エリック皇帝陛下からの指示だったのね。それなら、逆らえないわね。正直、もう少し時間が欲しかったけど――――エリック皇帝陛下の心情も理解出来る。ギルバート皇子殿下を社交界に復帰させるなら、大きいパーティーに出席させるのが一番だもの。インパクトを与えられるのはもちろん、一度に多くの人へ社交界への復帰を知らせることが出来る。他国のパーティーともなれば、尚のこと。

「ギルバート皇子殿下のことをよく考えているんですね」

「まあ、私達からすれば迷惑でしかありませんがね……」

疲労が溜まっているのか、今日はやけに辛辣なテオドール様は一つ息を吐いた。大量の書類と白い紙を手に持つ彼は憂鬱そうに肩を落とす。恐らく、これから大急ぎで転移魔法の座標計算をするのだろう。

最近はただでさえ忙しいのに、そのうえ転移魔法の準備だなんて……大変どころの話じゃないわね。万能であるが故に、仕事量が半端ないわ……。

毎度のことながら忙し過ぎる彼に、私は密かに同情の眼差しを向けた。

「幸い、カロリーナ妃殿下が神聖力の操作に少しずつ慣れて来ているので、治療自体は成功すると思いますよ。まあ、治療時間はかなり掛かるでしょうが……」

「成功、すると良いのですが……」

不安げに眉尻を下げる私はギュッと手を握り締め、俯いた。

私が今までやって来たのは、己の神聖力を感じ取る練習と体外に出した神聖力を操る練習だけ……。肝心の神聖力注入の練習はまだ一度も出来ていない。

集めた神聖力をサボテンに与える行為は注入と言うより、神聖力を上から降りかけるって感じだし……。

何より、神聖力注入は体内にある神聖力じゃないと出来ないものだ。でも、私の神聖力は常に滝のような量と勢いで外に溢れ出ているため、体内の神聖力を制御することは難しい。下手に制御しようとすれば、私の体が大量の神聖力に耐え切れなくなり、壊れてしまう。

だから、教皇聖下とテオドール様の提案で、私は体外に出た神聖力を一度体に戻し、それをギルバート皇子殿下に注入する方法を選んだ。体外に出た神聖力の操作を練習していたのもこの為だ。

「体外に出た神聖力を操ることは出来ますが、私は神聖力の取り込み方や注入の仕方をまだ知りませんわ。正直、成功する自信はあまりありません」

治療に成功するビジョンが見えない私は力なく首を横に振る。自信の無い私を前に、テオドール様はスッと目を細めた。

「────不安がる必要はありませんよ。貴方はたった一ヶ月で体外に出た神聖力を操ることが出来たじゃありませんか。それは教皇聖下でも出来ないことです。誇るべき技術ですよ」

『だから、自信を持って下さい』とテオドール様は言葉を続ける。

「そんな難しい技術を短期間で身につけた貴方に失敗など有り得ません。神聖力の取り込みも注入も容易く出来ることでしょう。もし、それでも不安なら自分自身ではなく、私を信じて下さい」

そこで言葉を切ると、テオドール様はサッと椅子から立ち上がった。そして、神に誓いを立てるように左胸に右手を添える。

「――私、テオドール・ガルシアはここに宣言します。カロリーナ妃殿下に失敗など絶対に有り得ない、と」

いつになく、真剣な表情を浮かべるテオドール様は力強く……そして、ハッキリと宣言した。その言葉が……その揺るぎない信頼が彼なりのエールだった。

エドワード皇子殿下のように『失敗しても大丈夫だ』と安心させるんじゃなくて、『貴方なら出来る』と自信を持たせてくれる。己を奮い立たせるために必要な言葉をテオドール様は私にしっかり伝えてくれた。

テオドール様が『出来る』と言ったんだ、不安がる必要は無い。私はただテオドール様の言葉を信じればいい。

気分が高揚していく感覚と共に、私の脳裏に成功のビジョンが駆け巡る。この胸に広がるのは失敗への恐れではなく、成功のへ確信だった。

「ありがとうございます、テオドール様。おかげで、少し自信が湧いてきました」

「そうですか。それなら、良かったです」

そう言って、テオドール様はいつものようにニッコリ微笑んだ。

「それでは、ダイヤモンド宮殿の前までお連れします。宮殿内の護衛については魔力無しのコレットを同行させますので、ご了承ください」

「分かりました。ダイヤモンド宮殿までの案内、よろしくお願いします」

テオドール様の言葉に一つ頷くと、私は素早く席を立った。

サン国で開かれるパーティーの開始時刻は夜の八時。テオドール様の転移魔法で移動するとは言え、あまり悠長にしていられない。パーティーの準備だってあるだろうし、夕方までには治療を成功させないと！

そんな使命感に駆られながら、私はテオドール様と共に第一会議室を後にした。

【ダイヤモンド宮殿】

テオドール様と共にダイヤモンド宮殿の前まで来た私は宮殿前で待機していたコレットと合流する。人懐っこい笑みを浮かべるコレットは『お疲れ様です』と労いの言葉を掛けてくれた。

ここがダイヤモンド宮殿か……。随分と窓が多い建物ね。それに宮殿の周りに見えない壁があるわ。この壁がマナを弾く特殊な結界なのかしら？

「カロリーナ妃殿下、私が同行出来るのはここまでです。ここから先はコレットの案内に従って、行動してください」

「分かりました。ここまで送って頂き、ありがとうございます」

「いえいえ。こちらこそ、こんな事しか出来なくて申し訳ありません」

申し訳なさそうに眉尻を下げるテオドール様は小さく肩を落とす。無力だと嘆く彼に、私は首を左右に振った。

「魔力持ちのテオドール様がダイヤモンド宮殿に入れないのは仕方のないことですわ。それにテオドール様は最大限のサポートを私にして下さいました。それだけで十分です」

「そう言って頂けると、助かります」

幾分か表情が晴れたテオドール様は口元に緩やかな弧を描く。ホッとしたように微笑む彼は肩の力を抜いた。

「さあ、もう行ってください。ギルバート皇子殿下がお待ちですよ」

「分かりました。それでは、私達はこれで失礼します」

「はい、お気をつけて」

スッと頭を下げるテオドール様に、私は一つ頷いた。そして、護衛兼案内役のコレットに連れられるまま、ダイヤモンド宮殿の中へ足を踏み入れる。長い廊下を進む私とコレットはすれ違う者達にチラチラと視線を向けられた。

こちらを不躾に見つめてくる人はさすがに居ないけれど、やっぱり注目はされちゃうわよね。まあ、第二皇子の妻が突然現れれば動揺するのも無理はないか。

「……それにしても、ダイヤモンド宮殿の使用人は随分と数が多いのね」

通り過ぎて行った使用人を一瞥し、私は先頭を歩くコレットに小声で話し掛けた。

私が住むエメラルド宮殿でも、房事のときにお邪魔したエドワード皇子殿下のガーネット宮殿でもここまで使用人の数は多くなかったわ。特段建物が大きい訳でもないし……何か理由があるのかしら？

「あぁ、それはダイヤモンド宮殿の使用人に魔力持ちが居ないからですよ。他の宮殿には魔力持ちの使用人が居るため、仕事がスムーズに進むんです。でも、ダイヤモンド宮殿はギルバート皇子殿下の事情で魔力持ちを入れられないでしょう？　だから、魔法の代わりに使用人の数を増やしているんです」

「なるほどね……」

使用人が働く様子なんて、ほとんど見たことがないから、分からなかったわ。他の宮殿の使用人たちは魔法を駆使して、仕事をこなしているのね。そんな当たり前のことも知らなかったなんて……なんだか少し恥ずかしいわ。

「あっ、ここがギルバート皇子殿下の私室です」

不意に足を止めたコレットは、ダイヤモンドが埋め込まれた扉を指さした。エメラルド宮殿と同じように本物の宝石を使っているらしい。

皇室の財力は本当に底なしね……。

「案内ありがとう、コレット。貴方は外で待っていて……と言いたいところだけど、ギルバート皇子殿下と二人きりになるのは不味いから一緒に中へ入ってくれる？」

「勿論です！　副団長からも『変な噂が流れぬよう、ギルバート皇子殿下とカロリーナ妃殿下を二人きりにしないように』と言われているので！」

ビシッと敬礼して、元気よく返事するコレットは白い歯を見せて、笑った。『なら、良かった』と胸を撫で下ろした私は、目の前の扉をコンコンコンッと小さくノックする。緊張しながら、返事を待っていれば――――。

「どうぞ」

と、聞き覚えのある声が扉の向こうから聞こえた。『失礼します』と一言声を掛けてから、私は豪華な扉を開ける。

扉の向こうには――――大量の本や資料に取り囲まれた青髪金眼の美青年が居た。テオドール様の執務室に負けずとも劣らない散らかりぶりである。

建国記念パーティー以来会っていなかったけど、思いのほか元気そうで安心したわ。顔も相変わらず綺麗だし。良くも悪くも以前と変わりないみたいね。

相も変わらず綺麗な第一皇子に見惚れてしまった私はハッと正気に返るなり、慌ててお辞儀した。

「ギルバート皇子殿下、お久しぶりです」

「ああ、久しぶり。建国記念パーティー以来かな？　エドワードとの新婚生活はどうだい？」

「エドワード皇子殿下のおかげで毎日快適に過ごせています」

「ははっ！　それは良かった」

挨拶ついでに世間話をするギルバート皇子殿下は楽しげに笑う。ドレスのスカートから手を離した私はサッと姿勢を正した。躊躇いがちに黄金の瞳を見つめ返せば、彼は綺麗な顔に柔らかい笑みを浮かべる。

エドワード皇子殿下とはまた違う意味で読みづらい方ね……。何を考えているのか、さっぱり分からないわ。それに――――愛想はいいけど、私にあまり関心はなさそう……。

「既にご存じかと思いますが、私はギルバート皇子殿下の治療を行うため、ここへ来ました。早速治療を始めてもよろしいでしょうか？」

「ああ、構わないよ。早速始めておくれ。それで、僕はどうすればいいかな？」

「少し準備に時間が掛かりますので、そのままでお願いします。また神聖力注入の際はギルバート皇子殿下の手を握らせて頂きますので、その心構えというか……覚悟を固めておいて下さい」

「ははっ。接触の覚悟か。必要なさそうだけど、覚悟を固めておくよ」

クスクスと愉快げに笑うギルバート皇子殿下は緩やかに口角を上げる。そして、何かを思い出したかのようにふと顔を上げた。

「あぁ、そうそう。ここにあるものは好きに使ってもらって構わないよ。いちいち許可を取らなくていいからね」

「分かりました。ありがとうございます」

「ああ。それじゃあ、私は準備が出来るまで読書でもするよ」

そう言って、ギルバート皇子殿下は近くの本を手に取る。蝶のようにふわふわしていて、掴みどころのない彼は宣言通り読書を始めた。

業務上の会話を交わしただけなのに、なんだかどっと疲れたわ。彼の思考が全く読めないからかしら……？　相手の考えが分からないと、不思議と身構えちゃうのよね。私の悪い癖だわ。

胸元にそっと手を当てる私は、気持ちを切り替えるように深呼吸を繰り返す。落ち着いていく心の波に安堵しながら、意識を集中させた。

――――そうすれば、自分の周りを流れる大量の神聖力を僅かに感じ取ることが出来る。

大丈夫……まずは落ち着いて……ゆっくり、でも着実に神聖力の流れを感じ取るの……。怒濤の勢いで駆け巡るこのエネルギーは全て私のもの……私の一部……。

「神聖力の感知は順調ね……よし、次は――――神聖力の操作ね」

神聖力の流れを鮮明に感じたまま、私は神聖力の操作を始める。

怒濤の勢いで溢れ出す神聖力を少しずつ自分の方へ引き寄せた。

教皇聖下の話によると、注入する神聖力の量はあまり多くなくて良いらしい。

特に私の場合、神聖力の強さが尋常じゃないため、コップ一杯半の量がベストなんだとか……。

だから、引き寄せる神聖力の量はそこまで多くなくていい。注入する量が多くても、体に毒だから……。

私は悟りでも開けそうなほど意識を集中させ、周りを流れる神聖力を少しずつ集めた。

――――やがて、集めた神聖力がコップ一杯半の量に達する。

よし、ここまでは順調ね。

あとは……神聖力を一度体内に取り込み、ギルバート皇子殿下の体へ注入するだけ。

「ギルバート皇子殿下、準備が整いましたのでこちらまで来て頂けますか？　ちょっと今、手が離せなくて……」

一国の皇子を私の一存で動かすだなんて、恐れ多いにもほどがあるけど、今動いたら集めた神聖力が散っていきそうで怖いのよね……。動いても問題ないなら、自分で動くのだけど……。

申し訳なさと恐れ多さに苛まれる私を前に、当の本人は――――。

「あぁ、別に構わないよ。君の前まで行けば良いのかな？」

「あ、はい。そうして頂けると大変助かります」

「ん。分かった」

――――と、二つ返事で承諾。

読んでいた本をそっと閉じ、ギルバート皇子殿下はその場から立ち上がった。

こんなにあっさり承諾して大丈夫なのかしら？　皇族としてのプライドはないの……？って、私も皇族なのだけれど。

「ここで良いかい？　それとも、もっと近づいた方がいい？」

「い、いえ！　そこで大丈夫です。ご協力ありがとうございます」

「ははっ！　私の治療なのに協力だなんて……ふふっ。君はおかしな子だね」

少し間隔をあけて、私の前に立つギルバート皇子殿下は肩を震わせながら笑みを零す。何がそんなに面白いのか分からないが、皇子殿下が楽しそうで何よりだ。

まあ、とりあえず、治療を始めましょうか。時間もあまりない訳だし。

「ギルバート皇子殿下、御身に触れてもよろしいでしょうか？」

「ん？　あぁ、構わないよ。君に言われた通り、きっちり覚悟を決めて来たからね。ふふっ」

「では、失礼して……」

クスクスと愉快げに笑うギルバート皇子殿下をスルーし、私は彼の手に触れた。女性のように白く綺麗な手を両手で包み込む。

私はキュッと唇を引き結んだ。

大丈夫……きっと出来る……テオドール様がそう言ってくれたんだから。私はただ彼の言葉を信じれば良い。だから、ゆっくり体の力を抜いて……。

深呼吸を繰り返し、体の力を抜いていく私はゆっくりと目を閉じた。

そうすることで、神聖力の流れをより正確に感じ取ることが出来る。

私はギルバート皇子殿下と神聖力を繫げるパイプよ。神聖力を取り込むことに集中するんじゃなくて、神聖力が流れるための道を作ることに集中するの。私はただ流れを作ればいい……神聖力がギルバート皇子殿下の体内へ行くための流れを。

そう自分に言い聞かせ、私は自分の腕とギルバート皇子殿下の手のひらに意識を集中させた。

すると、ギルバート皇子殿下の体内に作られた道筋とそれに合わせた自身の道が見えてくる。

ギルバート皇子殿下の体内には教皇聖下が作った道筋がある。それは彼の視覚神経に繫がっているため、難しい調整はしなくて済んだ。

あとはその道筋に合わせた道――パイプ《トンネル》を作ればいい。

自身のエネルギー回路に干渉した私は、教皇聖下が作った道筋に合わせて、トンネルを作った。

回路を無理やり作り替えたせいか、両腕に激痛が走る。あまりの痛みに悲鳴を上げそうになるが、私は歯を食いしばって我慢した。

「っ……!!」

さすがにこの痛みは堪えるわね……。でも、これで準備は整ったわ。あとは集めた神聖力をこの回路を通して、ギルバート皇子殿下に注入するだけ……!!

高ぶる気持ちを必死に抑える私は今一度、精神統一を図る。深呼吸を繰り返し、何とか気を引き締めた。

「それでは、神聖力注入を開始致します」

「ああ、よろしく頼むよ」

ギルバート皇子殿下の言葉に一つ頷くと、私は集めた神聖力を回路に流し始めた。

すると――――目論見通り、私の回路を通じてギルバート皇子殿下の体内へ神聖力が流れ込んでいく。

心なしか、自分の腕やギルバート皇子殿下の手が輝いて見えた。

と、とりあえず成功かしら……？　取り込んだ神聖力は問題なくギルバート皇子殿下の体内へ流れているし、彼に変わった様子もない。注入自体は成功したと言えるだろう。

まあ、まだ治療が完了した訳じゃないから、気は抜けないけど……。

「……凄いね。聖下の神聖力とは比べ物にならないほどの強さだ」

「……お褒めの言葉ありがとうございます。ですが、聖下の神聖力を下に見る発言は控えた方がよろしいかと」

「ははっ。気をつけるよ。口は災いの元だと言うしね」

上から降ってくる愉快げな笑い声に肩を竦めながら、私は集めた神聖力を全てギルバート皇子殿下に流し込んだ。

ふぅ……何とか成功したわね。テオドール様の言う通り、私に失敗なんて有り得なかったみたい。

「ギルバート皇子殿下、治療が完了しました。お加減はどうですか？」

彼の手からスッと手を離し、私は閉じていた目を開ける。

私の目の前には気持ち良さそうに目を閉じるギルバート皇子殿下の姿があった。

「体調に問題はないよ。いや、むしろ元気すぎるくらいかな？　それになんだか、とっても……気分がいいんだ」

そう言って、満足そうに目を細めるギルバート皇子殿下は今まで見てきた中で一番――柔らかい表情をしていた。

体調に問題がないようで安心したわ。だから、あとは――。

「ギルバート皇子殿下、こちらの魔道具を使ってみてください」

――マナ過敏性症候群の症状をきちんと抑えられているのか、確認するだけ。

神聖力注入が成功しても、この目的が達成されていなければ意味が無い。

ポケットに手を突っ込んだ私はテオドール様から預かった小型魔道具を取り出した。手のひらサイズのそれを、ギルバート皇子殿下へ手渡す。

この魔道具はスイッチを押すだけで服や体が綺麗になるもので、洗濯やお風呂の際に使われる。と言っても、まだ数が少ないため使えるのは一部の貴族や皇族だけだが……。まあ、症状を確認出来るなら、私は何でも構わないけど。

「これはここのスイッチを押せば良いのかい？」

「はい。そのスイッチを一回押せば、魔道具が発動します」

使用方法を手短に説明すると、ギルバート皇子殿下はゆっくりと魔道具のスイッチに指を置く。心做しか、彼の表情が強ばっている気がした。

「それじゃあ、行くよ……？」

「はい、いつでもどうぞ」

ギルバート皇子殿下はじっと魔道具を見つめると、意を決したようにスイッチを押した。

すると――――発動した魔道具から白い光が放たれる。その光はギルバート皇子殿下を包み込み、彼の衣服や体の汚れを一瞬にして消し去った。

まあっ！　本のインクで汚れていた指も綺麗になっているわ！　帝国の魔道具技術は本当に素晴らしいわね！

と絶賛する私を他所に、魔道具を使った張本人であるギルバート皇子殿下は何故か、その場で固まっていた。パチパチと瞬きを繰り返し、まじまじと魔道具を見つめる。

「え、あ……全くマナが感じられない……」

『信じられない』とでも言うようにそう呟くギルバート皇子殿下はふと、こちらに目を向けると――――ガッと勢いよく私の肩を掴んだ。

その荒々しい行動に、私は思わず大きく目を見開く。驚きのあまり声も出せない私を前に、ギルバート皇子殿下は子供のようにはしゃいだ声を上げた。

「こんなことは初めてだ！　マナの存在すら感じられないなんて、信じられないよ！　今までこんなこと無かったのに！」

「えっ、あの……？」

「あの教皇聖下ですら、ここまで私の症状を改善することは出来なかったんだよ!?」

「ぎ、ギルバート皇子殿下、一旦落ち着いて……」

「ねぇ、君のことを師匠と呼んでも構わないかい!?　それと、私のことは是非ギルバートと呼び捨てにしてほしい！」

「えぇ……!?　し、師匠……!?　呼び捨て……!?」

私の肩を揺さぶりながら、捲し立てるようにそう言ったギルバート皇子殿下は興奮を隠し切れない様子だった。黄金の瞳を更に輝かせ、頬を赤く染めている。

唖然とする私を前に、彼は溢れんばかりの笑みを振り撒いた。

「師匠は私の救世主だよ！」

「えっ？　きゅ、救世主……!?　そんな……！　大袈裟ですよ！」

恐れ多いと言わんばかりに首を横に振る私はギルバート皇子殿下から距離を取るように、後ろへ仰け反る。

だが、それは逆効果だったようでズイッと顔を近付けられてしまった。

目と鼻の先にある端整な顔にドギマギしていると、ギルバート皇子殿下は真っ直ぐにこちらを見つめる。

「いいや、そんなことは無い！　だって、師匠は――――マナ過敏性症候群により、閉ざされた皇帝への道を再び切り開いてくれたのだから！　救世主以外の何者でもないよ！」

力強くそう語るギルバート皇子殿下は至って真剣だった。

至近距離で見つめられ、気圧される私は慌てて顔を逸らす。

「わ、分かりましたから一旦離れてください！　近いです……！」

やっとの思いで絞り出した声は小さく、ちょっと上擦っていた。

でも、距離が近かったおかげできちんと聞き取れたのか、ギルバート皇子殿下はハッとしたように肩から手を離す。

「おっと、すまない……私としたことが冷静さを失っていたようだ」

反省の意を示すように両手を上げるギルバート皇子殿下は近くのソファに腰を下ろす。

そして、スラリと長い足を組み、『ふぅ……』と息を吐き出した。

よくやく落ち着きを取り戻した彼にホッとし、私は肩の力を抜く。壁際で待機していたコレットも安心したように表情を和らげた。

この場に平穏が訪れる中、ギルバート皇子殿下は気持ちを切り替えるようにコホンッと一回咳払いする。

「いきなり、距離を詰めて悪かったね。でも、さっき言ったことは全部本当だよ？　ここだけの話……私は────皇帝になるのはもう無理だと、半分くらい諦めていたんだ」

そう話を切り出したギルバート皇子殿下はどこか悲しげに微笑んだ。

《ギルバートside》

私は物心がつく前から、『次期皇帝』として育てられて来た。

皇帝になるために必要な勉学と知識を身につけ、それ相応の振る舞いをして来たつもりだった。

だから――――十二歳を過ぎても一向に治らない……いや、むしろ日増しに酷くなって来ているマナ過敏性症候群に焦りを覚えていた。

◇◆◇◆

私の体を蝕む病は緩やかに……でも、確実に私を追い込んでいった。

最初は何となく近くにマナがあるという感覚だけだったのに、七歳の頃にはうっすらとマナが見え始め、十二歳になる頃には時々マナの流れが鮮明に見えるようになった。

歳を重ねるごとにその症状はどんどん酷くなっていき、一度に受ける情報量の多さに脳が耐え切れなくなり、気絶してしまうほどに……。

そして、マナ過敏性症候群の影響で社交界から遠のけば、貴族達の意見は割れ、父上も私を次期皇帝にするべきか否か悩み始めた。

私がこのとき抱いた感情は混乱と不安、それから――――『裏切られた』という怒り。

別に誰かに裏切られた訳じゃない。この件に関しては誰も悪くない。

でも……それでも！　次期皇帝として育てられて来た私にとって、皇帝への道を閉ざされることは何よりも許し難い行為だった。

だって、私は皇帝になる為だけに育てられて来たから……。皇帝になるための手段や方法しか知らないから……。周りの大人達が『君が次の皇帝だ』と言っていたから……。

私は君達の期待に応えて来たのに、今更意見を変えるだなんて――――あまりにも薄情すぎる。

そんな子供っぽい考えばかりが脳裏を過り、強い怒りが私の心を支配していた。『本当は誰も悪くない』と理解しながら……。

そんな状況下でも、私が壊れなかったのはひとえに弟のおかげだ。直接会う機会は少ないけれど、弟のエドワードとはよく手紙でやり取りをしていた。それが私の唯一の救いであり、心の拠り所だった。

いや、違うな……エドワードの存在自体が私の救いなんじゃなくて、彼が『俺は皇帝になる気は無い。皇帝に相応しいのは兄上だ』と言ってくれるのが救いだったんだ。

私が欲しい言葉をそのまま言ってくれる弟に私はただ甘えていただけ……。本当、我ながら酷い兄だよ。

でも、エドワードのその言葉がなければ、私はとっくに壊れていた。きっと、自我を保てなかったと思う。だから、彼の言葉が私の救いであったことは間違いなかった。

――――まあ、その救いも母上のせいで無に帰ってしまう訳だが……。

あれは建国記念パーティー前日のこと……。

教皇聖下の治療を受け、マナを感知しづらくなった私は母親と数ヶ月ぶりの再会を果たしていた。

「久しぶりね、ギルバート。思ったより元気そうで安心したわ」

「お久しぶりです、母上。母上もお変わりないみたいですね」

数ヶ月ぶりに再会した母親は以前と変わらず、綺麗なままだった。

子持ちの母とは思えない美貌を振り撒き、ソファに腰かける。

「今日は貴方に大事な報告があって来たの」

「大事な報告、ですか？」

「ええ、帝国の未来を左右する大事な報告よ。心して聞きなさい」

いつになく、真剣な表情でこちらを見据える母上からは、ただならぬオーラを感じた。

帝国の未来を左右する大事な報告、か……。まあ、大体予想はつくよ。私も『もうそろそろかな？』と思っていたから。

だから、母上――――そんな顔しないで下さい。いつものポーカーフェイスが崩れて来ていますよ？

憂い気な表情を浮かべる青髪翠眼の美女は少し俯き、深呼吸する。何とか気持ちを落ち着かせた彼女は、意を決したように顔を上げた。

「エリックが――――今年中に次期皇帝を決め、来年の春に皇太子を公の場で発表すると宣言したわ」

〝氷の才女〟と呼ばれた彼女は震える声で言葉を紡いだ。

感情の波に抗えず、目に涙を浮かべる彼女はキュッと唇を引き結ぶ。

ついにこの時が来てしまったんだね……。タイムリミットは約半年と言ったところかな？

そんな短い期間で、私の病を治すのはまず不可能……。父上はエドワードを次期皇帝にするつもりなんだろうね。まあ、それが妥当な考えだろう。まともに出歩けない私に皇帝など務まるはずもないのだから。

「半年という時間を設けたのは私への最後の温情でしょうか？」

「っ……!!　ち、違うわ！　エリックはそんなつもりじゃ……!!　ただ貴方にも最後のチャンスをあげようと……」

「――――最後のチャンス？　病を治す方法すら見つかっていないこの状況で？」

母の無神経な発言に思わず、棘のある言葉を返せば、彼女はビクッと肩を震わせた。

美しいエメラルドの瞳から、ポロリと一粒の涙が溢れ出る。

「ごめんなさい……」

普段の凛とした声とは似ても似つかないほど、弱々しい声……。

母親の『ごめんなさい』という一言はこれでもかと言うほど、私の胸を抉った。

果たして、その『ごめんなさい』は何に対する謝罪なのだろうか？　無神経な発言をしたことに対する謝罪？　それとも――――『健康な体に産んであげられなかった』ことに対する謝罪だろうか？

「……泣かないで下さい、母上」

母の謝罪にどんな意味が込められているのか分からないまま、私は啜り泣く彼女の隣に移動する。

母の震える背中を撫でながら、『私は大丈夫ですから』と気休めにもならない嘘をつくのが私の精一杯だった。

◇◆◇◆

「――――という事があってね……正直皇帝への道はもう諦めるしかないと思っていたんだ」

今でも脳裏にこびりついて離れない母の泣き顔を思い出し、私はそっと目を伏せる。

気遣わしげな視線を送ってくる彼女に、私は目を細め、『大丈夫だよ』とでも言うように微笑んだ。

「だから、師匠には物凄く感謝してるんだ。私の病を治す可能性を見つけてくれて、本当にありがとう。師匠は私の希望だよ」

そう――――彼女は私にとって、最後の希望だ。

この希望が潰えた時、私は本当の意味で絶望のどん底へと突き落とされる。今の私が皇帝になるには師匠の力が必要不可欠だった。

「……そう言って頂けて光栄ですが、あまり期待はしないでください。治療を続けて行けば、完治する可能性はありますが、それはあくまで可能性の話です。絶対に完治するとは言い切れません」

「それくらい、私も分かってるよ。でも、希望があるのとないのとでは話が違うからね」

『先の見えない真っ暗闇に放置されるより、一筋の光が差す方が良い』とハッキリ言い切る。

たとえ、完治に至らなくても……皇帝になれなくても、師匠を恨むつもりは一切なかった。『皇帝になれるかもしれない』という希望を見出せただけで、充分である。

『何があっても文句は言わない』と誓う中、師匠は少し考え込むような仕草を見せると、不意に顔を上げた。

「確かに何の希望もない状況に絶望するより、僅かな希望に賭ける方がいいですよね。私の力が希望だなんて、恐れ多い気もしますが……でも――私の力が少しでもギルバート皇子殿下のお役に立てるなら、精一杯頑張ります！」

グッと拳を握る師匠は凛とした面持ちで、こちらを見据えた。

覚悟を決めたような強い眼差しに、ドクンッと心臓が大きく鳴る。何か強い衝動を覚えた私はピタリと身動きを止め、目を見開いた。腹の底から湧き上がってくる強い欲望に、心臓を鷲掴みにされる。

誰よりも真っ直ぐで、芯が強いこの女性を――私のものにしたい。ただ、ひたすら彼女が欲しい……。

恩人に対する感謝や憧れは別の何かに変わり、私の心を掻き乱す。

恩義と呼ぶには大きすぎる感情がまるで毒のように私の全身を駆け巡った。

◇◆◇◆

『パーティーの準備があるだろうから』と早々に話を切り上げた私は、エメラルド宮殿に帰還していた。

自室のソファに腰掛けながら、神聖力注入に関するレポートを書く。

ペンを走らせながら考えるのはギルバート皇子殿下の過去と皇位継承問題についてだった。

ギルバート皇子の過去は大方予想通りだったけど、本人の口から聞くのと聞かないのとでは訳が違うわね。それに……次期皇帝を今年中に決めるだなんて、全然知らなかった。

テオドール様が神聖力の操作訓練を大急ぎで進めていたのも、残された時間が少なかったからなのね。合点がいったわ。

「思ったより、事態は切迫しているみたいね……」

誰に言うでもなくそう呟いた私はペンの動きを止め、『はぁ……』と溜め息を零す。

とりあえず、私は自分のやれることを精一杯頑張りましょう。『あの時、もっと頑張れば良かった』と後悔しないように……。

どう転ぶか分からない次期皇帝の選定に思いを馳せる私は『ふぅ……』と一つ息を吐く。

悩みの尽きない毎日に気疲れのようなものを感じていれば、ふと視界の端に黒髪の美女が映った。

「カロリーナ妃殿下、カモミールティーです。リラックス効果がありますので、良ければどうぞ」

「あら、ありがとう。そこに置いておいてくれる？」

「畏まりました」

気を利かせて、ハーブティーを持って来てくれたマリッサは私の指示通り、テーブルの上にカップを置く。湯気が立つそれを横目に、私は一旦ペンを置いた。

せっかく、マリッサがハーブティーを淹れてくれたんだし、少し休憩しましょうか。レポート完成まで、まだ時間が掛かりそうだし。

『んー！』とその場で大きく伸びをすると、私はカモミールティーへ手を伸ばした。カモミール独特の香りが鼻を掠める中、私はそれを一口口に含む。

「うん、美味しい。やっぱり、マリッサの淹れるお茶は格別ね」

「勿体なきお言葉です……」

ふふっ。相変わらず、マリッサは謙虚ね。

まあ、そこが彼女の美点でもあるのだけれど。でも、お茶を淹れる腕前に関してはもっと自信を持っていいと思うわ。

『本当に凄く美味しいのに』と呟く中、部屋の扉が突然ノックされる。

扉近くに控えるオーウェンにチラッと視線を向けると、彼は黙って頷いた。どうやら、訪ねてきた人物に危険はないらしい。

「どうぞ」

扉越しに声を掛ければ、『失礼します』という言葉と共に扉が開かれる。

そして、扉の向こうから現れたのは――――見覚えのある人物だった。

なんだ、テオドール様だったのね。今日は訪問予定が一つも入っていなかったから、ちょっと身構えちゃったわ。

「突然の訪問、お許しください」

「いえ、気にしないでください。少し驚いただけですから。それより、お忙しいテオドール様が何故こちらに……？」

『何かあったのか？』と尋ねる私の声に、テオドール様は僅かに反応を示す。レンズ越しに見えるペリドットの瞳からは疲れが窺えた。

「特に重要な用事ではありませんが、一応報告をと思いまして……。先程、ギルバート皇子殿下を無事サン国へ送り届けて来ました。今頃、エリック皇帝陛下と合流していることでしょう」

「まあっ！　それなら、良かったですわ。治療に少し時間が掛かってしまったので、パーティーに間に合うかどうか不安だったんです」

「パーティーに間に合うどころか、家族とゆっくり過ごす時間も確保出来たくらいですよ。私の予想より、ずっと短い治療時間でした。さすがはカロリーナ妃殿下です」

『予想以上の成果だ』と手放しで褒め称えるテオドール様に、私は少しだけ照れてしまう。

彼の嘘偽りのない褒め言葉が治療成功に対する一番の報酬と言えた。

「カロリーナ妃殿下、改めて治療成功おめでとうございます。これでやっと派閥問題解決のスタートラインに立てましたね」

「ありがとうございます、テオドール様。私の力で派閥問題を解決出来るかどうかは分かりませんが、ギルバート皇子殿下の治療は精一杯頑張らせてもらいますわ」

「はい、よろしくお願い致します。私も最大限サポート致しますので」

私達は今一度、互いの目標を確認し合うと、どちらともなく頷き合う。

――全ては帝国の未来とエドワード皇子殿下のために。

第五章

ギルバート皇子殿下が社交界復帰を果たす中、私は徹夜でレポートを書き終えた。

欠伸を噛み殺しながら、ダイヤモンド宮殿の中を歩く私は眩しい朝日に目を細める。

昨日の今日でまた神聖力での治療か……さすがにちょっと疲れるわね。寝不足のせいか、あまり頭も働かないし……。

『はぁ……』と深い溜め息を零す私は憂鬱な気分のまま、ダイヤモンドが埋め込まれた扉の前で足を止めた。

気持ちを切り替えるように一つ息を吐くと、コンコンコンッと扉を三回ノックする。すると――まるで待ち構えていたかのように、直ぐに扉が開いた。

「おはよう、師匠。また来てくれて、嬉しいよ。お茶を用意してあるから、ゆっくりして行ってくれ」

扉の向こうから現れたのは言うまでもなく、ギルバート皇子殿下で……彼はニコニコと機嫌良さそうに笑っている。

昨日と変わらぬ態度に、『師匠呼びのままなのか……』と肩を落とした。

一晩経てば、少しはマシになるかと思ったけど……期待するだけ無駄だったみたいね。正直、どう接したらいいのか分からないわ。

どこか遠い目をする私はギルバート皇子殿下に促されるまま、部屋の中へ足を踏み入れる。

本や資料で溢れ返っていた部屋は、何故か綺麗に整理整頓されていた。

「……随分と綺麗になりましたね」

「ん？　あぁ、師匠が来るから片付けたんだよ。師匠を汚い部屋へ招き入れる訳にはいかないからね」

……昨日はその汚い部屋に招き入れられていましたけどね……。

とは言わずに、『そうですか』と頷いておく。

やけに上機嫌な彼は、私がソファに座るまで完璧にエスコートしてくれた。

「さて、師匠。席に着いたところで、早速優雅なティータイムを……」

「ちょ、ちょっと待って下さい！」

右の手を前に突き出した私は、慌てて制止の声を掛ける。

いつの間にかテーブルに並べられたティーカップと茶菓子に、危機感を覚えた。

危ない危ない……危うく、ギルバート皇子殿下のペースに飲み込まれるところだったわ！

「私はギルバート皇子殿下の治療をしに来たのであって、紅茶を飲みに来た訳ではありません！

まずは治療を……」

「────その必要は無いよ」

「へっ……?」

その必要はない？　それって、どういうこと……?

頭の中にたくさんの『?』マークが浮かび上がる中、ギルバート皇子殿下はおもむろに席を立つ。

そして、ポケットの中から、正方形の小さな箱を取り出すと、それを顔の前で掲げた。

「これは常時発動型の魔道具で、箱の中に居る蝶を観賞するものなんだ。これを目にしても、マナを感知できないってことはまだ神聖力が残っている証拠だよ。だから、治療はまだ大丈夫」

「いや、大丈夫って……いきなり治療の効果が切れたら、どうするんですか!?　その魔道具を持っていたら、確実にマナの影響を受けますよ!?」

バンッと勢いよくテーブルを叩いた私は、危険すぎる！　と必死に抗議する。

慌てる私を前に、ギルバート皇子殿下はクスリと笑みを漏らした。かと思えば、こちらの反応を楽しむかのように、魔道具を自身の目に近づける。

箱の中で舞う美しい蝶がヒラリと羽を動かした。

「大丈夫だよ。この魔道具に含まれているマナは微々たるものだから。この程度のマナを目にしても、問題は無い。私が恐れているのはあくまで情報量の多さだ。マナが見えること自体に大した問題は無いよ」

「……それでも、やっぱり不安です」

「ふふっ。私の師匠は心配性だね」

肩を竦めて笑うギルバート皇子殿下はコトッとテーブルの上に魔道具を置いた。キラキラと輝く黄金の瞳が楽しげに笑っている。

「じゃあ、こうしよう。私とのティータイムに付き合ってくれたら、この魔道具は師匠にあげる。もちろん、他の魔道具を用意したりもしない。神聖力の残留量を確かめる方法は師匠に任せる。これでどうだい？」

コテンと小さく首を傾げるギルバート皇子殿下は侍女が用意してくれた紅茶に手を伸ばす。

愉快げに目を細める彼を前に、私は『そう来たか……』と苦笑を浮かべた。

正直、この提案を撥ね除けるのは簡単だ。でも――――ギルバート皇子殿下が所持している魔道具についても、テオドール様に告げ口すれば済む話だった。でも――――義兄との今後の関係を考えるなら、多少のワガママは聞いてあげるべきだろう。親睦を深めるための交流だと思えば、ティータイムも悪くない。

「分かりました。ギルバート皇子殿下の言う通りにしましょう」

なんだかんだ彼に甘い私は『仕方ないな』とでも言うように肩を竦め、妥協する。

見事交渉（？）に成功したギルバート皇子殿下は心底嬉しそうに微笑んだ。

――――それから、お互いの失敗談や幼少期のエピソードなどで盛り上がった私達は終始和やかなムードでティータイムを終えた。

ギルバート皇子殿下と別れ、エメラルド宮殿に帰還した私は長い廊下を進む。

コレットと交代した護衛騎士のオーウェンを引き連れ、自室へと向かった。

本当に何の前触れもなく始まったティータイムだったけど、思いのほか楽しかったわね。エドワード皇子殿下やテオドール様の幼少期についても色々聞けたし。マルコシアス帝国の社交界についても詳しく教えてもらったから、勉強になったわ。まあ、その代わり私のことについても根掘り葉掘り聞かれたけど……でも、魔道具の対価と呼べるほどの情報を求められることはなかったわ。

ふとポケットの中から、ギルバート皇子殿下から貰った観賞用の魔道具を取り出すと、箱の中で舞う蝶を見つめた。

『この蝶はどこかギルバート皇子殿下に似てるわね』と思いながら、歩みを進めていけば自分の部屋の前まで辿り着く。

私は慣れた手つきで、宝石のエメラルドが埋め込まれた扉を押し開いた。

「マリッサ、悪いけど紅茶を用意してくれるかし……ら？」

何の気なしに部屋の中へ視線を向ければ、この場に居ないはずの人間が目に入った。短い赤髪を揺らし、書類に視線を落とす彼は金色の瞳をこちらへ向ける。

ここ最近忙しくて、なかなか会えなかった旦那様がそこに居た。

「え、エドワード皇子殿下が何故ここに……？」

「勝手に部屋に上がってしまって、すまない。出迎えてくれた侍女が客室ではなく、カロリーナの自室へ案内してくれてな……夫婦である手前、別室を要求する訳にもいかず、ここでカロリーナの帰りを待つことになってしまったんだ」

『悪かった』と謝罪を口にするエドワード皇子殿下は私の顔色を窺うように、じっとこちらを見つめる。突然の訪問に驚く私は一瞬身動きを止めるものの、『大丈夫です』と首を横に振った。何とか平静を装いつつ、近くのソファへ腰を下ろす。

「あの、それで……本日はどういった用件でこちらへ？」

「いや、特に用はない。ただカロリーナと話がしたくて、来ただけだ」

「そうだったんですか。お仕事の方は大丈夫なんですか？」

「溜まっていた仕事は粗方片付いた。明日から、通常業務に戻れるだろう。だから、今日の午後はテオに頼んで休みにしてもらったんだ」

手に持つ資料をテーブルの上に置くエドワード皇子殿下は『まあ、昨日までずっと仕事漬けだったけどな』と愚痴を零した。

「カロリーナさえ良ければ、少し私と話さないか？　兄上の治療やカロリーナの近況について、色々聞いておきたいんだ」

「私は構いませんが、せっかくのお休みをこんな事に使ってしまってよろしいんですか？」

私との時間を大切にしてくれるのは有り難いけど、睡眠や疲労回復に時間を使った方が良いのでは？　エドワード皇子殿下は普段通りの振る舞いを心掛けているようだけど、疲れているのは明白だし……。

エドワード皇子殿下の窶《やつ》れた頬や目の下の隈を見つめ、私は不安げに瞳を揺らす。だが、当の本人は頑として休もうとしなかった。

「せっかくの休みだからこそ、無駄にしたくないんだ。私はベッドで一人死んだように眠るより、カロリーナと会って話がしたい。謂わば、これは私のワガママだ。だから、カロリーナ。私のワガママを聞いてくれないか？」

そう言って、エドワード皇子殿下は僅かに目元を和らげる。溢れんばかりの優しさと気遣いに、私はもう何も言えなくなってしまった。

ワガママだと言われてしまえば、もう反論出来ないわ。嗚呼、本当に……狡い人ね。

「分かりました。では、少しだけお話ししましょうか」

「ああ、ありがとう」

柔らかな声で礼を言うエドワード皇子殿下は、ただ穏やかに微笑む。疲れが溜まっているせいか、今日はお得意のポーカーフェイスが崩れやすくなっていた。

「ところで、兄上の治療は順調なのか？　テオの話だと、神聖力注入はとりあえず上手く行ったらしいが……」

「まだ治療を始めたばかりなので、何とも言えませんが、神聖力注入は上手く行きました。ギルバート皇子殿下の話だと、マナの存在すら感じ取れないくらい症状が改善されたみたいです」

「おお！　それは良かった。この調子で兄上の病が完治してくれると良いのだが……」

顎に手を当てて考え込むエドワード皇子殿下はまだ治るとも治らないとも言えないこの状況に口を閉ざす。無表情で黙り込む彼の姿からは物々しい雰囲気を感じた。

「兄上の治療の経過については様子を見るとして……。カロリーナ、兄上とは仲良くやっているか？」

「えっ……？　ええ、まあ……それなりには」

返答に困った私は曖昧な返事をしつつ、目を泳がせる。

別に仲は悪くないと思う……と言うか、むしろ良い方だけど、ギルバート皇子殿下の好意の押し売りが半端ないのよね……。未だにギルバート皇子殿下の豹変ぶりについて行けなくて、凄く混乱しているし……。

『仲がいい』と言うより、『懐かれた』と言った方がいい状況に、私は密かに頭を抱える。困り果てる私を前に、エドワード皇子殿下は不思議そうに首を傾げた。

「カロリーナ、少し様子が変だが、兄上と喧嘩でもしたのか？」

「いえ、そのようなことは……」

「では、兄上の宮殿に仕える者に嫌がらせでもされたのか？」

「いえ、違います！　ダイヤモンド宮殿の使用人とは、まともに話したこともありませんから……！」

「では、何故浮かない顔をしているんだ？　私で良かったら、相談に乗るぞ？」

どこまでも優しいエドワード皇子殿下は心配そうにこちらを見つめてくる。慈愛に満ち溢れた瞳を前に、私は苦笑を漏らした。

こんなにも私のことを心配してくれる人に隠し事なんて出来ないわね。出来れば、エドワード皇子殿下にこんな話はしたくなかったのだけれど……まあ、話すだけ話してみよう。

「実はギルバート皇子殿下が私の神聖力の強さと症状の改善に感服したみたいで……私のことを師匠と呼んで、慕ってくるんです。その信頼というか、好意があまりにも行き過ぎていまして……ちょっと困っているんです」

出来るだけ柔らかい表現を選んで、説明した私は一つ息を吐く。当時の状況を思い返す私の前で、エドワード皇子殿下は目を見開いた。

「……あの兄上がカロリーナを師匠と呼んで、慕っている……？　それは本当か？」

「はい……残念ながら、本当です。信じられないなら、その場に居合わせたコレットに確認を取って頂いても構いません」

「いや、カロリーナの話を疑っている訳じゃないんだ……。ただ、理解が追いつかなくてな……。でも、そうか。あの兄上がカロリーナのことを師匠と呼んで、慕っているのか……」

まだ完全に話を呑み込めないのか、エドワード皇子殿下は視線を右往左往させる。でも、私の話を疑う気はないようで、困惑しながらも納得してくれた。

まあ、驚くのも仕方ないわよね。地味にプライドの高いギルバート皇子殿下が誰かを師匠と呼び、敬うなんて……普通じゃ考えられないもの。私でもまだ混乱しているのだから、弟のエドワード皇子殿下はもっと混乱していることだろう。

『もっとオブラートに包むべきだったか』と思案する中、エドワード皇子殿下がふと顔を上げた。

「……カロリーナ」

「はい。何でしょうか？　エドワード皇子殿下」

「兄上はあくまで師として、カロリーナを慕っているんだよな……？　それ以上の感情は……ない、よな……？」

珍しく声を震わせるエドワード皇子殿下は不安げにそう尋ねてきた。ゆらゆらと揺れる黄金の瞳を前に、私は頭を捻る。

それ以上の感情？　それって、何のことかしら？

どこか暗い表情をしている赤髪の美丈夫を前に、私は顎に手を当てて考え込む。真っ先に思い出すのは感情が読めないあの笑顔だった。

「申し訳ありません、エドワード皇子殿下……ギルバート皇子殿下と付き合いの浅い私では、殿下の心情を推し量ることは出来ませんわ」

小さく首を横に振って、正直に答えれば赤髪の美丈夫はあからさまに顔《かお》を曇らせた。

何故、エドワード皇子殿下はそんな苦しそうな表情をしているの……？　私、何かしたかしら？

「……カロリーナ、最後に一つ確認させてくれ。お前は誰の妻だ？」

エドワード皇子殿下はどこまでも真剣な表情で、分かりきったことを聞いてきた。『何故、そんなことを聞いてくるの？』と不思議に思ったものの、何故だかちゃんと答えなきゃいけない気がして……喉元まで出かかった疑問を飲み込んだ。エドワード皇子殿下と正面から向き合う私は表情を引き締める。

「私は────エドワード・ルビー・マルティネス第二皇子の妻ですわ」

そう声高に宣言すれば、赤髪の美丈夫はどこかホッとしたように表情を緩める。ピンッと張られていた緊張の糸がプツンと切れた。

「そうか……。カロリーナに俺の妻である自覚があるなら、それでいい」

独り言のようにそう呟いたエドワード皇子殿下は体から力を抜き、ソファの背もたれに身を預けた。

僅かな沈黙がこの場に流れる中、エドワード皇子殿下は『急用を思い出した』と言って、立ち上がる。この微妙な空気に居た堪れなくなったのか、そそくさと部屋から出て行った。

部屋に一人取り残された私はエドワード皇子殿下の座っていたソファを眺め、深い溜め息を零す。

結局、エドワード皇子殿下が何故あんなことを聞いてきたのか分からないまま、近況報告会は終わってしまった……。彼の不可思議な行動にギルバート皇子殿下が絡んでいるのは確かだけど、それ以上のことは何も分からない……。

「はぁ……せっかく久しぶりに会えたのに、喜ぶどころか私達の関係に変な溝が生まれるだなんて……」

モヤモヤとした感情を持て余す私はだらしないと分かりつつも、背もたれに寄り掛かり、足をピーンと伸ばした。夕日色に染まる空を眺めつつ、指先に髪を絡める。

エドワード皇子殿下は以前、『私はカロリーナの一番の理解者でありたい』と言ってくれたけど、私だってエドワード皇子殿下の一番の理解者でありたい。エドワード皇子殿下の全てを知って、理解して、気持ちを共有したい。だから――――。

「――――言葉で伝えてくれないと、私は貴方の気持ちを理解することが出来ませんわ」

静寂が支配する空間で、私は大きな独り言を零す。でも、私の疑問に答えてくれる人は誰も居なかった。

◇◆◇◆

モヤモヤとした気持ちを抱えたまま、一夜を明かした私は朝から暗いオーラを放ちながら、ダイヤモンド宮殿へ足を運ぶ。

今日もギルバート皇子殿下の治療と病気の経過を見るため、彼の部屋を訪れていた。

「やあ、師匠。昨日ぶりだね」

「……おはようございます、ギルバート皇子殿下」

今日も今日とて、上機嫌な青髪金眼の美青年に迎え入れられ、私は部屋の中へ足を踏み入れる。

昨日と同様、綺麗に片付けられた部屋は埃一つ見当たらなかった。

私の心もこの部屋みたいに綺麗にならないかしら？　心の掃除が出来る有能な侍女とか居ないの？

早くも現実逃避に走る私はギルバート皇子殿下にエスコートされるまま、ソファに腰を下ろす。隣のソファに腰掛けるギルバート皇子殿下は壁際に控える侍女に、紅茶の準備を命じた。茶葉のいい香りがこの場に広がる中、彼は気遣わしげな視線をこちらに向ける。

「今日はなんだか元気がないね。何かあったのかい？　私で良ければ、相談に乗るよ」

「いえ、結構です。お気持ちだけ有り難く受け取っておきます」

「あははっ！　本当に師匠はつれないなぁ……。まあ、そこが師匠の良いところでもあるんだけどね」

「お褒めの言葉ありがとうございます。ということで、本日の治療と検査を始めていきますね」

強引に話題を変えた私はテオドール様から受け取った資料に視線を落とす。そこには検査方法と今後の日程について細かく書かれていた。

まず、検査について。

検査する内容は大きく分けて二つある。

一つ目、神聖力の残留量についての検査。

これは私の感知能力を使って行うことになっている。機械のように正確な数値を割り出すことは出来ないが、最低でもギルバート皇子殿下の体内に神聖力が残っているかどうかが分かれば良いため、大して問題はなかった。

二つ目、病気の経過を確認するための検査。

検査方法は至ってシンプル。体内に残った神聖力が0の状態で、ギルバート皇子殿下に魔道具を使ってもらい、どのくらいマナを感じ取れるのか試してもらう。

正直、ギルバート皇子殿下には酷な検査方法だが、病気の経過を確かめるためにはこれしか方法がなかった。

そして、この二つの検査を週に一度行い、今後の予定を立てて行く。ちなみに今、決定しているスケジュールについては余程のことがない限り、そのまま決行する予定だ。

「その書類って、今朝届いたやつかい？」

「はい。とりあえず、今日は検査から行おうかと……」

「ふーん？　そっか。なら、早速始めよう。検査なんて早く終わらせて、師匠とゆっくり話がしたいからね」

私とゆっくり話って……検査と治療が終わったら、直ぐに帰るつもりなのだけど。結婚したばかりの女性が夫でもない男性の部屋に居座るのは世間体的に良くないから。

彼の言葉を華麗にスルーした私は『では、始めますね』と声をかけて検査を開始した。まずは神聖力の残留量を調べるところから……。

ゆっくりと深呼吸する私は神聖力の流れに意識を集中させる。そうすれば、怒濤の勢いで溢れ出す己の神聖力を感じ取ることが出来た。その状態を維持し、私はギルバート皇子殿下の方へ意識を向ける。

「……ギルバート皇子殿下の体内には、もう神聖力が残っていないようですね」

「まあ、神聖力注入から数日が経過したからね。注入された神聖力が底を突いていてもおかしくはないよ」

肩を竦めて答えるギルバート皇子殿下を前に、私はポケットに手を入れる。指先に触れるのは硬い何か……。

神聖力の残留量が0なら、もう一つの検査を行わなければならない……。正直、気が進まないけど、やるしかないわ。

「ギルバート皇子殿下、二つ目の検査に移ります。この機械に注目してください」

そう言って、私は――――ポケットの中から魔道具を取り出した。これは先日ギルバート皇子殿下から没収したもので、箱の中で蝶々がヒラヒラと舞っている。

この小型魔道具を目にした途端、ギルバート皇子殿下は僅かに目を見開くが、直ぐにニッコリ微笑んだ。

「資料に載っていたものとは違う魔道具だね」

「こっちの方がマナの量が少ないと聞きましたので、テオドール様に許可を頂いて魔道具を変更させて頂きました」

「ふふふっ。つまり、師匠は私のために魔道具の変更を申し出たって訳だね。とても嬉しいよ」

「そうですか。喜んで頂けて何よりです。それで、マナ過敏性症候群の症状は多少なりとも改善されましたか?」

ギルバート皇子殿下の言葉をサラリと躱した私は直球で質問を投げかける。僅かに緊張する私の前で、彼はスッと目を細めた。かと思えば、ゆっくりと魔道具から視線を逸らす。

「率直な感想を述べるとすれば、症状はあまり改善されていないね。心なしか、以前よりマナが薄く見える……ような気がする程度。目に見えるような変化はないよ」

「そう、ですか……」

そう簡単に症状が改善されることはないと分かっていたが、やはりショックは大きかった。前途多難な道のりに思いを馳せつつ、私は魔道具をポケットの中に仕舞う。

神聖力注入が一発で成功したから、心のどこかで『ギルバート皇子殿下の症状も直ぐに改善される』と思っていたのよね……。そんな訳ないのに……。

ガクリと項垂れる私を前に、ギルバート皇子殿下は慌てて口を開いた。

「まあ、まだ始めたばっかりだし、成果がなくて当たり前だよ。神聖力注入だって、まだ一回しかやっていないんだから。がっかりするのはまだ早いと思うよ」

励ましの言葉を口にするギルバート皇子殿下は何とか私を元気づけようとする。一番辛いのは彼自身なのに……。

まだまだ未熟な自分に嫌気が差す私は『ふぅ……』と一つ息を吐き、気持ちを切り替えた。

「そうですね。まだ治療を始めてから一週間も経っていませんもの。成果が現れなくて当然ですわ。だから、まずは――治療に専念しましょう！　ギルバート皇子殿下、神聖力注入の準備をしますので少々お待ちください」

グッと拳を握り締め、気合いを入れ直した私は治療に必要な神聖力を集め始める。ただじっとこちらを見つめる青髪金眼の美青年は、どこか嬉しそうに目を細めた。


今一度覚悟を固めた私はそれからも懸命な治療を続け――数週間が経った。

ダイヤモンド宮殿でギルバート皇子殿下と向かい合う私は、今日も検査や治療に励む。

ギルバート皇子殿下の体内に意識を集中させる私は、いつものように神聖力の残留量を調べた。

「神聖力の残留量は……０になったみたいですね。では、次の検査に移りましょうか」

数回瞬きして集中を解くと、私はポケットの中から例の魔道具を取り出した。箱の中でヒラヒラと舞う蝶々を、見えやすいようにテーブルの上に置く。

「ギルバート皇子殿下、マナ過敏性症候群の症状はどんな感じですか？　少しは改善されたでしょうか？」

「……」

「ギルバート皇子殿下？」

何故かテーブルの上に載った魔道具を凝視するギルバート皇子殿下は、そのまま固まる。彼の表情からは驚きと困惑が感じられた。

どうしたのかしら？　いきなり、固まったりして……。いつもなら、直ぐに症状の詳細を話してくれるのに……。もしかして、以前より症状が重くなっているとか……？　治療を毎日行っているとはいえ、それで病の進行を食い止められる訳じゃないものね。もし、そうなら早く魔道具を仕舞わないと！

最悪の事態を想定し、私は慌てて魔道具に手を伸ばした。が、しかし……。

「待って、師匠！　そのまま、置いておいて！」

と、ギルバート皇子殿下に止められてしまう。

一瞬判断に迷ったものの、彼の必死さに折れ、魔道具をそのままにした。

だ、大丈夫よね……？　いきなり、倒れたりしないわよね？

不安で胸がいっぱいになる中、魔道具の観察を終えたギルバート皇子殿下はスッと顔を上げる。

いつになく、真剣な顔付きでこちらを見つめる彼はゴクリと喉を鳴らした。

「師匠、落ち着いて聞いて欲しい……。どうやら、症状が――軽くなっているみたいなんだ」

「えっ……？　えぇ!?」

予想とは真逆の回答に、私は思わず大声を上げてしまった。驚愕のあまり、大きく目を見開く私はギルバート皇子殿下と魔道具を交互に見やる。

「そ、それは本当ですか!?」

「ああ。最初は気のせいかと思っていたんだが……どんなに魔道具を見つめても、以前のような症状が現れなくてね……」

あぁ、だからあんなに魔道具を凝視していたのね。納得がいったわ。

ギルバート皇子殿下の不可思議な行動に合点がいった私は、急いで紙とペンを手に取った。

「具体的にどんな風に症状が軽くなったのか、お聞きしてもよろしいですか？」

「ああ、もちろん。結論から言うと、以前よりマナが――見えづらくなったんだ。透けて見えるとでも言おうか……。以前までハッキリ見えていたマナの流れがうっすらとしか見えなくなったんだ」

言葉を探すように視線をさまよわせるギルバート皇子殿下は僅かに声を弾ませる。表情こそいつも通りだが、喜びや興奮を隠し切れないのだろう。

「なるほど。では、他に変わった点はありませんか？　マナの見える範囲が狭くなったとか……」

「うーん……マナの見える範囲については何とも言えないかな。まず、この場に存在するマナの量が少ないから、有効範囲を確認する術がないんだ」

そういえば、ダイヤモンド宮殿の中にあるマナは極端に少ないんだったわね。なんでも、特殊な結界が施されているとか……。そのことをすっかり忘れていたわ。

「この場で検証出来ないとなると、大量のマナを宮殿内に持ち込むか、ギルバート皇子殿下が外に出るしかありませんが……さすがにそれは危険ですものね」

「まあ、それなりにリスクはあるだろうね。少なくとも、私達だけで決めていい事ではないと思うよ」

「そうですね。このことについては後でテオドール様に相談してみます」

「ああ、そうしてくれると助かるよ」

彼の言葉に一つ頷き、私は報告書の最後に『マナの多い場所で検査する必要あり』と書き加える。出来上がった報告書を読み返し、文章に不備がないか確認してから、ペンを置いた。

「まだ不確定要素が多いとはいえ、症状が軽くなっているみたいで安心しました。これで病が完治する可能性も一気に跳ね上がりましたね」

「ふふっ。そうだね。これも全て師匠のおかげだよ。改めて、お礼を言わせてほし……」

「────それはまだ待ってください」

直ぐにお礼を言おうとするギルバート皇子殿下に、私は『待った』を掛ける。言葉を遮られた彼は驚いたように僅かに目を見開いていた。

「お礼は病が完治してから、改めて聞かせてください。こう何度もお礼を言われると、私の方が申し訳なくなってしまうので……」

「それは構わないけど……病が治らなかった場合はどうするんだい？」

「その場合、お礼は必要ありません。目的を達成出来なかったのに、お礼なんて言われても虚しいだけですから……」

「ふふっ。師匠は本当に厳しいお方だね。しかも、自分限定で。ふふふっ……その性格だと、色々と損をしそうだ」

口元に手を当てて、クスクスと上品に笑うギルバート皇子殿下は愉快げに目を細めた。彼の気持ちや考えは相変わらず読めないが、その笑みだけは本物だと分かる。

損する性格って……絶対に馬鹿にされてるわよね？

「ははは っ！　そんな顔をしないでおくれ。別に馬鹿にしている訳じゃないんだ。ただ単純に
――凄いなと思ってね」

「凄い……？　私が、ですか？」

「ああ。私は師匠のことを心から尊敬しているし、常々凄い人だなと思っているよ。こんなにも無欲で、自分に厳しい人は見たことがないからね」

パチンッと指を鳴らして、見事なウィンクを披露したギルバート皇子殿下はキラキラとしたオーラを放つ。彼のバックに赤い薔薇が見えたのは、きっと私だけじゃないだろう。

これが数多のご令嬢を虜にしてきた皇子様のウィンク……色んな意味で凄まじいわね。既婚者の私でも思わず、キュンッとしちゃったわ。美形なら、エドワード皇子殿下とテオドール様のおかげで見慣れているはずなのに……ウィンク一つでキュンッとしてしまった自分が情けない。

「……ギルバート皇子殿下が何故あんなに人気なのか、よく分かった気がしますわ」

独り言のようにボソッとそう呟いた私はどこか遠い目をする。とんでもない人たらしだと呆れる中、ギルバート皇子殿下はこちらに目を向けた。

「ん？　何か言ったかい？　声が小さくて、上手く聞き取れなかったよ」

「いえ、何でもありません。気にしないでください」

『聞こえてなくて良かった』と安堵しながら、私は適当に話をはぐらかす。不思議そうにこちらを見つめるギルバート皇子殿下は『そう？』と首を傾げた。

何か墓穴を掘る前にさっさと話題を変えてしまおう。ギルバート皇子殿下はエドワード皇子殿下と違って、誤魔化しが通用しないもの。

「とりあえず、本日の検査は以上です。神聖力注入については……」

「────明日、教皇聖下がお見えになるから行わない、でしょ？」

「はい、その通りです」

正解だと頷けば、ギルバート皇子殿下は『やっぱりね』と嬉しそうに微笑んだ。

明日は教皇聖下がギルバート皇子殿下の様子を見に来てくれる、数少ない貴重な機会。神聖力の知識や扱いに長けている教皇聖下なら、私やギルバート皇子殿下でも気づかないことに気づくかもしれない……！　教皇聖下とギルバート皇子殿下の面会には私も立ち会えるみたいだし、今のうちに心の準備をしておかなくちゃ！

教皇聖下との再会に向けて、思いを新たにする私はギュッと拳を握り締めた。

それから、あっという間に一晩が経ち――――待ちに待った教皇聖下との面会の時間がやって来た。

ダイヤモンド宮殿の応接室では、ギルバート皇子殿下・教皇聖下・私の三人が顔を揃えている。

祭服に身を包む教皇聖下はこれまでの報告書全てに目を通し、穏やかに微笑んだ。

「たった数週間で早くも症状に変化が現れるとは……さすがはカロリーナ妃殿下です。私ではこうもいかなかったでしょう」

「いえ、そんな……!! 私なんて、まだまだですわ」

「謙遜することはありません。カロリーナ妃殿下の力は誇るべきものです。ですから、もっと自信を持ってください」

「ぜ、善処しますわ……」

教皇聖下の有り難いお言葉に素直に頷けない自分を情けなく思いながら、曖昧に微笑む。煮え切らない私の態度に、教皇聖下は怒るでもなく、ただただ悲しそうに眉尻を下げた。

『サンチェス公爵家唯一の出来損ない』と言われ続けてきた私にとって、自分に自信を持つという行為は最も難しいこと……。結果的に私は出来損ないじゃないと判明したけど、昔の名残りというか……自分を卑下する癖はなかなか抜けなかった。

「まあ、とりあえず、その話は置いといて本題に入ろうか。教皇聖下との面会時間も限られている事だし」

パンパンッと手を叩き、この場の暗い空気を打ち消したギルバート皇子殿下は明るく振る舞う。気を遣わせてしまったのは言うまでもなかった。

「そうですね。早速検査を始めましょうか。ギルバート皇子殿下、こちらに来て頂いてもよろしいですか？　この歳になると、立って治療するのは少々辛いものがありまして……」

「構わないよ。教皇聖下に無理はさせられないからね」

「ふふっ。ありがとうございます」

穏やかな雰囲気がこの場に流れる中、ギルバート皇子殿下はソファから立ち上がる。そして、教皇聖下の手の届く範囲まで移動した。

「ここでいいかい？」

「はい、ありがとうございます。その状態で少し屈んで頂けると更に助かります」

「それなら、教皇聖下の隣に座っても構わないかい？　私も屈むより、ソファに座る方が楽だからさ」

「ギルバート皇子殿下さえ良ければ、私は全く構いませんよ」

ギルバート皇子殿下の提案を受け、ソファの中央に座っていた教皇聖下は腰を浮かせて、少し横に移動する。ギルバート皇子殿下はそれにお礼を言いながら、隣に腰かけた。

「それでは、検査を始めさせて頂きます」

「ああ、よろしく頼むよ」

「はい。では、少し失礼して……」

ギルバート皇子殿下に一度断りを入れてから、教皇聖下は彼の目元に手の平を翳《かざ》した。至近距離まで迫ったシワシワの手を前に、ギルバート皇子殿下は慣れた様子でスッと瞼を閉じる。

教皇聖下が一体何をやっているのか分からないけど、独自の検査方法を行っているのは辛うじて理解できるわ。目元に手を翳しているってことは、視覚神経の状態でも診ているのかしら……？

「……ふむ、なるほど……これは……」

検査を始めて直ぐに、教皇聖下は要領を得ない独り言を零す。と同時に、ギルバート皇子殿下の目元からそっと手を遠ざけた。教皇聖下の動きを察知したのか、ギルバート皇子殿下はゆっくりと目を開ける。

検査を始めてから、たった数分しか経っていないけど……教皇聖下は何か分かったのかしら？

「教皇聖下、何か分かりましたか？」

待ち切れずに質問を投げ掛けた私はじっと教皇聖下を見つめる。僅かに目を見開いた彼はふわりと柔らかい笑みを浮かべた。

「ええ、色々分かりましたよ。これから、分かったことを一つずつ説明して行きますね」

そう前置きする教皇聖下は、自分の席へ戻っていくギルバート皇子殿下を見送る。そして、彼が席に着いてから、口を開いた。

「まず、報告書にも書いてあった通り、回復は順調です。この調子で治療を進めて行けば、完治も夢じゃないでしょう」

「まあっ！　それは本当ですか!?」

「ええ、本当です。敏感だった視覚神経が神聖力注入により、少しずつ落ち着きを取り戻していますから。快方に向かっているのはまず、間違いないでしょう。ただ……」

一旦そこで言葉を切ると、教皇聖下は言いづらそうに視線を逸らす。何か悪い知らせであることは確かだった。

回復に向かっている上、完治の見込みが充分あるなら何も問題はないように思えるけど……あっ！　もしかして、合併症を引き起こす可能性があるとか!?　もし、そうなら口籠《くちごも》ってしまうのも頷けるわ。

「……教皇聖下、私のことは気にせず、言ってくれ。たとえ、どんなに悪い知らせであったとしても受け入れるよ」

ふわりと柔らかい笑みを浮かべ、教皇聖下を気遣うギルバート皇子殿下はギュッと手を握り締める。握り締めた拳は――――少し震えていた。

そうよね……ギルバート皇子殿下が一番怖いに決まってるわよね。だって、自分の体に関することですもの。悪い知らせだと分かっていながら、それを聞くのは勇気がいるわ。

「ギルバート皇子殿下……分かりました。僭越ながら、私の見解を述べさせて頂きます」

ギルバート皇子殿下の強い覚悟を垣間見た教皇聖下は、弱気になっていた自分を恥じるように、顔を上げる。この場に緊張の糸が張られる中、聖下は重い口を開いた。

「ギルバート皇子殿下を長年苦しめてきたマナ過敏性症候群ですが、完治する見込みがあると同時に――――再発する恐れがあります」

「「!?」」

さ、再発ですって!? マナ過敏性症候群が再発するなんて話、聞いたことないわよ!? 大抵の場合は完治したら、もう二度と掛からないって……!! 普通に考えて有り得な……いや、待って。そもそも、ギルバート皇子殿下の場合、この歳になっても完治していないこと自体おかしいわ。何もかもが特異なケースに当てはまるギルバート皇子殿下のマナ過敏性症候群が再発する可能性は……否定出来ない。

反論出来ない最悪の可能性を前に、私は眉間に皺を寄せる。一生、マナ過敏性症候群の脅威に怯えて暮らさないといけない彼を思うと、胸が苦しかった。

「……そうか、再発の可能性が……。その根拠を聞いても良いかい?」

「はい、もちろんです。私が再発の可能性を考えた根拠はギルバート皇子殿下の目が良過ぎることにあります」

自身の目元をポンポンッと軽く人差し指で叩く教皇聖下は『目』というキーワードを強調する。

「ギルバート皇子殿下には以前お話ししましたが、マナ過敏性症候群の発症原因は視覚神経の敏感さにあると私は考えています。その根拠は二つ。マナ過敏性症候群の症状が目に出ている事とギルバート皇子殿下の視覚神経が異様なほど敏感だった事です」

「本来、視覚神経が敏感になっても光や色にストレスを感じるだけでマナが見えることはないが、何らかの原因で光や色に向けられるはずだった視覚神経の敏感さがマナに向けられ、マナを感じ取れるようになる……だったっけ?」

「はい、その通りです。マナ過敏性症候群には謎が多いので絶対とは言い切れませんが、それが有力な説だと思っています」

えっと……つまり、マナ過敏性症候群は感覚過敏が変わった形で現れた病気だってこと？　まだ謎が多いけど、その説を『嘘だ』と言い切れる根拠は今のところないわね。

「ギルバート皇子殿下は目が良すぎるあまり、視覚神経がとても敏感です。完治したとしても、何かの拍子に病気が再発する恐れがあります」

「ふむ、なるほど……その仮説が正しければ、再発の可能性は充分有り得るね。ちなみに再発した場合、症状の重さはどれくらいなんだい？　再発した途端、マナの流れが一気に見えるようになったりするのかな？」

「いえ、恐らくそれはないと思います。もちろん、治療を受けずに放置すれば何れそうなるでしょうが、再発当初は軽い症状から始まるはずですよ。まあ、断定する根拠はありませんが……」

ハッキリした答えが出せないことに申し訳なさを感じるのか、教皇聖下は眉尻を下げる。落ち込む彼を前に、ギルバート皇子殿下は『別に１００％の答えを求めている訳じゃないから、聖下の個人的見解さえ聞ければ、それでいいよ』と言い聞かせた。

「とりあえず、再発の可能性は頭に入れておくよ。教えてくれて、ありがとう。それで、他に変わったことや報告したいことはあるかい？」

「いえ、特にありません」

フルフルと小さく首を横に振る教皇聖下に対し、ギルバート皇子殿下はコクリと頷く。そして、ゆっくりとソファから立ち上がった。

「分かった。それじゃあ――――今日はお開きにしようか」

――――マナ過敏性症候群への理解を深める良い機会となった教皇聖下との面会はこうして、幕を下ろした。

第六章

教皇聖下との面会から、早一週間が経過したある日——私はテオドール様に呼び出され、『烈火の不死鳥』団の本部まで来ていた。

案内された部屋で、テオドール様と向かい合うようにソファへ腰掛ける。以前より、遥かに顔色が良くなった彼は開口一番に謝罪した。

「カロリーナ妃殿下、突然お呼び立てしてしまって、申し訳ありません」

「いえ、大丈夫です。気にしないでください」

深々と頭を下げるテオドール様に、私はフルフルと首を左右に振る。

私を突然呼び出すってことはきっと何か事情があるんだろうし、何より……私はギルバート皇子殿下の治療の影響で、スケジュールが空いているから。呼び出しの一つや二つ、構わないわ。

「謝罪を受け入れて下さり、ありがとうございます。では——早速ですが、本題に入ってもよろしいでしょうか？」

やけにせっかち……というか、急いでいる様子のテオドール様に、私は『はい』と小さく頷く。

黒縁眼鏡をクイッと押し上げる彼は手元の資料をおもむろに開いた。

「まず、派閥問題の報告からさせて頂きます。結論から申し上げますと、派閥問題は解決へ向かっています。ギルバート皇子殿下が無事に社交界への復帰を果たしたことで、過激派が落ち着きを取り戻しているようです。ただ――――」

そこで一旦言葉を切ると、テオドール様はどこか気まずそうに視線を逸らした。眉間に寄った皺が悪い報告であることを物語っている。

嫌な予感が胸に広がる中、テオドール様は躊躇いがちに口を開いた。

「――――どこから情報が漏れたのか……カロリーナ妃殿下が毎日ダイヤモンド宮殿に通っていることが多くの貴族に知られていました。一部の間ではカロリーナ妃殿下の良くない噂が広がっています」

「!?」

テオドール様が口にした衝撃の告白を前に、私は思わず言葉を失う。目を見開いて固まる私に、テオドール様は『現在、情報の発信源を割り出し中です』と付け加えた。

なるほど……テオドール様がいきなり、私を呼び出した理由はこれか……。テオドール様は『良くない噂』と言って、わざと言葉を濁したけど、要は私とギルバート皇子殿下が不倫しているんじゃないかって疑われている訳でしょう？　それはまあ、なんというか……貴族が好きそうな噂よね。

「……でも、事情を知らない人からすれば、毎日ダイヤモンド宮殿に通っている理由なんて、それくらいしか思い付きませんよね。まあ、事実は全く違うのですが……」

この噂のせいで、私へのイメージは一気に変わったでしょうね……もちろん、悪い意味で。『帝国の皇子二人を誑かした悪女』とか『娼婦の真似事しか出来ない痴女』とか好き勝手言われているんでしょう。

はぁ……皇城内の情報管理は完璧だと思って、完全に油断していたわ。『人の口に戸は立てられぬ』ってことをもっとちゃんと意識しておくべきだった。これは完全に私達の落ち度ね。

己の認識の甘さに嫌気がさす私はガクリと肩を落とした。落ち込む私を前に、テオドール様は頭痛を訴えるように額を押さえる。

「……迂闊でした。まさか、皇城内の出来事が外に伝わるだなんて……。いえ、これは言い訳ですね。本当に申し訳ありません」

「いいえ、気にしないでください。このことに関しては私にも非がありますし。テオドール様だけが悪い訳じゃありません。今はとりあえず、これからどうするかを話し合いましょう」

そう、落ち込んでいても何も始まらない。反省も後悔も後回しだ。今すべきことは噂の発信源を見つける事と噂を処理する事である。

発信源の調査は専門家に任せるとして……問題は噂の処理ね。一番手っ取り早い方法は真実を全て曝露する事だけど、それはさすがに出来ない。セレスティア王国との外交問題を引き起こすくらいだったら、私一人が汚名を被る形でこの件を片付けた方が良いもの。だから、正攻法でこの事態を収拾するのはほぼ不可能だった。

「発信源についてはもうある程度目星が付いているので直ぐに見つかると思います。噂の処理については そうですね……病に苦しむ義兄を気遣い、毎日お見舞いに行っていた義妹……という設定でゴリ押すのが良いと思うのですが……」

「それじゃあ、インパクトが足りないってことですか？」

「はい、その通りです。貴族は噂好きな生き物ですから、『真実じゃなくても、面白ければそれでいい』と考える輩が居ます。その者達を納得させるためには更に面白い噂を流さなくてはなりません……」

悩ましげに眉を顰めるテオドール様は『はぁ……』と深い溜め息を零す。レンズ越しに見えるペリドットの瞳からは、苦悩が窺えた。

そういう貴族はセレスティア王国にもたくさん居たわね。まあ、フローラに手を出した途端、全員社交界から消えていったけれど……。イメージを大事にするフローラはどんなにくだらない噂でも、気に食わないものなら徹底的に排除するから。

でも、今回は状況が全然違う。セレスティア王国とマルコシアス帝国じゃ、貴族の数が全然違うもの。都合の悪い噂を流す輩を一人一人処理する余裕なんてないわ。

こういう時、悪知恵の働くフローラならどうするかしら……？

「とりあえず、この件は私にお任せください。カロリーナ妃殿下は引き続きギルバート皇子殿下の治療に専念してください」

「分かりました。よろしくお願い致します」

私からは何のアイディアも引き出せないと判断したテオドール様は早々にこの話を切り上げる。

そして、次の話題へと移った。

「話は変わりますが、ギルバート皇子殿下の検査方法を一つ変更したいと思います」

「検査方法を変更ですか……？」

パチパチと瞬きを繰り返す私はキョトンとした表情を浮かべる。レンズ越しにこちらを見つめるテオドール様は私の問い掛けに、『はい』と頷いた。

「以前、カロリーナ妃殿下に相談して頂いたことを検査に加えようと考えています」

「それって、まさか……マナの見える範囲を調べるため、神聖力0の状態でギルバート皇子殿下を外へ連れ出すってやつですか？」

「ええ、そうです。教皇聖下とも何度か書面で話し合ったのですが、今の状態のギルバート皇子殿下なら、外に出ても問題ないと判断しました。もちろん、ギルバート皇子殿下の意思を確認してから行いますが、カロリーナ妃殿下には先に話しておこうと思いまして……」

『強行するつもりはない』と語るテオドール様は私の反応を窺うようにこちらを見つめた。

正直物凄く不安だけど、避けては通れない道だし……精一杯サポートするしかないわね。いざとなれば、その場で神聖力注入を行いましょう。

「分かりました。ギルバート皇子殿下のことは私がしっかりサポートします」

「……」

グッと手を握りしめ、決意を露わにする私に、テオドール様は何とも言えない表情を浮かべた。呆れたように苦笑いする彼は返答を躊躇うように、口を閉ざす。よく分からない反応を前に、私は内心首を傾げた。

「あ、あの……テオドール様？」

恐る恐る声を掛けた私は、困惑気味にペリドットの瞳を見つめ返す。

「あの……私、何かいけないことでもしました？」

「……いえ、そんなことはありませんよ。ただ、少しボーッとしていただけです。申し訳ありません」

見え透いた嘘を吐き、口先だけの謝罪を口にするテオドール様はニッコリ微笑んだ。胡散臭い笑みを振りまく彼は追及を拒むように、ソファから立ち上がる。

「とりあえず、お話は以上です。前半にお話しした件についてはよく覚えておいて下さい。それでは、お先に失礼します。まだ騎士団の仕事が残っていますので」

さっさと話を切り上げたテオドール様は、出入り口に向かって足早に歩き出す。言及を避ける態度に不信感を募らせる中、彼は扉の前でピタッと体の動きを止めた。二十秒ほど沈黙してから、チラリとこちらを振り返る。

「カロリーナ妃殿下、出過ぎた真似かとは思いますが、一つだけ忠告致します――ギルバート皇子殿下とあまり仲良くされない方が良いですよ。それで傷つく方も居ますから……」

「傷つく……？　えっと、それは一体……？」

「私が言えるのはここまでです。あとはご自分でお考えください。では……」

言いたいことだけ言うと、テオドール様は静かにこの場を後にした。制止の声をかける間もなく部屋の扉が閉まり、私は一人取り残される。

――――この場に残ったのは様々な不安と難解な謎だけだった。

――――結局、テオドール様が何を言いたかったのか分からないまま、私は次の日を迎えた。モヤモヤとした気持ちを抱え、ダイヤモンド宮殿の長い廊下を進む。

ギルバート皇子殿下とあまり仲良くしない方が良いって、どういう事かしら……？　別に義兄妹として、仲良くする分には問題ないと思うけど……。大体、毎日のように顔を合わせていれば、嫌でも仲良くなるわよね？　それをどうにかしようなんて、無理な話よ。変に距離を取るのは相手にも失礼だし……。

それに私とギルバート皇子殿下が仲良くなることで、傷つく人が居るって……一体どういうこと？　何をどうしたら、傷つくって言うの……？　もしかして、ギルバート皇子殿下の熱狂的なファンのことかしら？　貴族の間では私とギルバート皇子殿下の良くない噂が流れているみたいだし、傷付いてしまう子が居てもおかしくないわ。

でも……そんなことでいちいち忠告して来るかしら？　仮にそうだとしても、あんな回りくどい言い方はしないわよね？　テオドール様のことだから、ハッキリと『ギルバート皇子殿下のファンがうるさいので、彼と必要以上に仲良くなるのは避けた方がいいと思います』って言うと思うけど……。

「うぅ……考えれば考えるほど、訳が分からない……」

「――――何がだい？」

廊下の真ん中で軽く唸っていれば、不意に声を掛けられた。聞き覚えのある声に呆れ気味に溜め息を零せば、廊下の曲がり角から声の主が現れる。パステルブルーの綺麗な長髪と美しい黄金の瞳を持つ美青年は私を目にするなり、ニッコリ微笑んだ。

「やあ、師匠。今日は随分とご機嫌斜めだね。何か悩み事かい？」

「おはようございます、ギルバート皇子殿下。大した悩みではないので気にしないでください。それより、何故部屋ではなく、廊下にいらっしゃるんですか？」

淑女のマナーを最低限守りつつ、私は黄金の瞳を見つめ返す。コツコツと足音を立てて、私の前まで歩いてきたギルバート皇子殿下はそっと私の手を取った。

「私はただ――師匠を迎えに来ただけだよ。まあ、私が迎えに行く前に師匠が到着してしまったから、こんな中途半端なお出迎えになってしまったけれど。今度からはもう少し早く出迎えの準備をしておくよ」

「お出迎えは結構ですよ。気持ちだけで十分です。それより、きちんと部屋で安静にしていて下さい」

「ふふっ。師匠は相変わらず、心配性だね。宮殿の中ではいきなり倒れたりしないから、大丈夫だよ」

「その意見は尤もですが、ご自身が病人であることを忘れないで下さい」

と釘を刺せば、青髪金眼の美青年は困ったように笑う。でも、笑うだけで決して返事はしてくれなかった。

これはまたお出迎えをしてくるつもりね。ギルバート皇子殿下が返事をしない時は大抵『その意見には従う気はない』と思っている時だもの。

『はぁ……』と溜め息を零す私は思わず目頭を押さえた。悩みの多い日々に思いを馳せる中、ギルバート皇子殿下はクスリと笑みを漏らす。

「ふふっ。今日の師匠はお疲れ気味だね」

「……そうかもしれませんね」

「おや？　師匠が素直に弱いところを見せるなんて珍しいね」

少し驚いたようにパチパチと瞬きを繰り返すギルバート皇子殿下は、まじまじとこちらを見つめた。真横から突き刺さる視線に内心溜め息を漏らしながら、私は廊下を進む。

「今日は本当に疲れているみたいだね。大丈夫かい？」

「大丈夫です。治療や検査に支障はありませんので。ミスの心配はありません」

「うーん……私が言いたいのはそういう事じゃないんだけど……まあ、いいか。とりあえず、しんどかったらいつでも言ってね？」

「分かりました。お気遣い、ありがとうございます」

会釈程度に小さく頭を下げる私はギルバート皇子殿下の厚意を素直に受け取った。満足気に頷く彼は、目の前まで来た部屋の扉を開ける。ギルバート皇子殿下に手を引かれるまま、私は部屋の中へ入った。定位置となりつつある一人掛けのソファに腰を下ろし、一息つく。

「まずは明日の予定について確認しておきましょう。明日は神聖力0の状態で外に出て、マナ過敏性症候群の症状を確認する……で合ってますよね？　情報伝達に不備などは……」

「ないよ。大丈夫。その予定で合っているよ」

「分かりました。明日の検査には『烈火の不死鳥』団の団員達も護衛として加わる予定ですが、それもお聞きになっていますか？」

「もちろん聞いているよ。剣術に優れた魔力無しのメンバーが私の護衛を担当してくれるんだろう？」

「はい、その通りです」

情報の擦り合わせを終えた私はホッと息を吐き出した。

とりあえず、伝えられた情報に間違いはなさそうね。明日の検査には他の人も参加するから、万全の状態で挑まなくちゃ。ミスなんて、絶対に許されないわ。

キュッと口元に力を入れる私は今一度、気を引き締める。

「明日は体調の悪化を想定して、医者と担架を念のため手配してあります。それから、少しでも具合が悪くなったら必ず報告してください。今のところ、マナ過敏性症候群で死亡した例はありませんが、油断は出来ませんから。万が一のことを考えて、行動して下さい」

「ふふっ。それくらい、分かっているさ。師匠は心配し過ぎだよ」

「じゃあ、私が心配するようなことはしないでください。ギルバート皇子殿下は平気で無茶をするところがあるので、気が抜けないんですよ」

「ははっ。善処するよ」

全くもって危機感のないギルバート皇子殿下は笑って、話を流した。安心できる要素が一つもない彼の態度に、私は不安を募らせる。

やっぱり、この人からは目を離せないわ。何をしでかすか分からないもの。平気な顔で天敵とも言える魔道具を持ち歩こうとする人だし……これからも注意が必要ね。

「はぁ……とりあえず、明日の打ち合わせはこのくらいにしましょうか。では、神聖力の残留量を調べるので、そのままの状態で動かないでください」

そう声を掛け、私は神聖力の流れに意識を集中させる。もはや、習慣となりつつある神聖力チェックが今日も始まった。

神聖力のチェックを終えた私はお茶の誘いを断って、そうそうにエメラルド宮殿へ引き上げた。明日に備えて、早めに眠りについた私はそのまま検査当日の朝を迎える。マリッサの手を借りて、身支度を整えた私はコレットと一緒にダイヤモンド宮殿の前まで来ていた。

宮殿前にはもう『烈火の不死鳥』団の護衛メンバーが揃っている。銀の鎧に身を包む彼らは凛としていた。

「皆さん、おはようございます。本日はよろしくお願い致します」

挨拶がてら、団員の皆さんに声を掛けると、彼らは慌てて背筋を伸ばした。

「お、おはようございます！」

「こちらこそ、本日はよろしくお願い致します……！」

「カロリーナ妃殿下とギルバート皇子殿下の安全は必ず我々が守りゃ……守ります！」

緊張した様子で、声を上擦らせる団員たちは人見知りをする子供みたいで少し可愛い。緩む頬を押さえる私は、溢れ出そうになる笑みを堪えるので精一杯だった。

騎士様にもこんな一面があるのね。エドワード皇子殿下の影響か、『屈強な戦士』というイメージが強かったけど、声を上擦らせたり、セリフを噛んだりするところを見ると、彼らも普通の人間なのだと思い知らされるわ。

「頼りにしていますね……ふふっ」

耐えきれずに笑みを零すと、団員たちは苦笑を浮かべる。大事なところで噛んでしまった団員に関しては、恥ずかしそうに視線を逸らしていた。

「――――おやおや……私の居ないところで随分と楽しそうなことをしているね」

ほんわかした雰囲気に水を差すように、本日の主役が姿を現した。長い髪を風に靡かせ、私の横に並ぶ彼はゆるりと口角を上げる。

「やあ、師匠。それから、『烈火の不死鳥』団団員諸君も。今日はよろしく頼むよ」

「おはようございます、ギルバート皇子殿下。こちらこそ、今日はよろしくお願い致します」

一応他の人の目もあるからと、ドレスを摘んで、きちんと挨拶する。お辞儀する私に、ギルバート皇子殿下は小さく頷くと、『烈火の不死鳥』団の団員達へ目を向けた。それを合図に、団員達は一斉に跪き、頭を垂れる。

「副団長の命により、参りました。ギルバート皇子殿下のことは我々が命にかえてもお守り致します」

「ああ、頼りにしてるよ」

「「はっ！」」

さっきまでのほんわかした雰囲気はどこかへ消え去り、厳かな雰囲気で満たされる。緊張の糸がピンッと張られる中、誰もが気を引き締めた。

さてと……ギルバート皇子殿下も合流したことだし、早速検査を始めましょうか。

「ギルバート皇子殿下、心の準備は良いですか？」

「ああ、いつでも大丈夫だよ」

緩やかに口角を上げて微笑むギルバート皇子殿下は、余裕そうに振る舞う。だが、痩せ我慢であることは明白だった。僅かに震える彼の手を見下ろし、私も今一度覚悟を固める。傍に控える騎士たちはギルバート皇子殿下がいつ倒れてもいいように、スタンバイしていた。

準備は万全みたいね。

「――――それでは、行きましょう。門を開けてください」

検査開始だと遠回しに告げると、固く閉ざされた門がゆっくり開いた。少し冷たい秋風が私達の頰を撫でる。

私にとっては何の変哲もない光景だけど、ギルバート皇子殿下の目にはどんな風に映っているのかしら……？

門を一瞥した私は隣に立つギルバート皇子殿下に目を向ける。そこには、苦しそうに顔を歪める義兄の姿があった。

「っ……!!　さすがに神聖力0の状態で、これは堪えるね……!!」

ギュッと胸元を握り締めるギルバート皇子殿下は、もう一方の手で片目を覆い隠した。尋常じゃない量の汗をかく彼に、私は大きく目を見開く。

「ギルバート皇子殿下、大丈夫ですか!?」

「あ、ああ……大丈夫だよ。ちょっと苦しいだけで、問題はない……」

「それは『大丈夫』とは言いませんよ！　早く中へ入りましょう！　こんな状態で門の外には行けませんわ！」

フラつく彼を支えながら、私は慌てて中断を促す。だが、ギルバート皇子殿下は決して頷いてくれなかった。よろけそうになりながらも私の手から離れ、なんとか一人で立つ。その意地と根性だけは素晴らしかった。

「いや、このまま門の外に出る。せっかく、護衛まで用意してくれたのにここでリタイアなんて……私にはできない」

「申し訳ないと思う気持ちは理解出来ます！　でも、自分の体をもっと大事にして下さい！　無理をしてまでやることではありませんわ！」

「ははっ……師匠は本当に心配性だね。でも、大丈夫だよ。久々に大量のマナを見たせいで、体が少しビックリしているだけだから……そのうち慣れるよ」

「いや、慣れるとか慣れないとか、そういう問題ではなく……！」

どれだけ抗議しようと、正論で言い含めようと、ギルバート皇子殿下は決して首を縦に振らなかった。『大丈夫だ』の一点張りである。何故ここまでこの検査に拘るのかは分からないが、彼はとにかく頑固だった。

このまま、ずっと言い合いを続けても時間の無駄だわ。ギルバート皇子殿下はこうと決めたら、曲げない人だから……。一応無理やり中断させることも出来るけど、私達の知らないところで勝手に検査を行う危険性がある。平気で無理をするギルバート皇子殿下のことだ、一人で検査に挑むことくらい簡単にやってのけるだろう。

一人で勝手に動かれるより、私達の目の届く範囲内で検査をやってもらった方がまだマシだわ。まあ、マシなだけでやりたくはないけど……。

『今すぐ中断させたい』という本音を呑み込み、私は一つ息を吐いた。

「分かりました。そこまで言うなら、検査を続けましょう」

呆れ顔を晒しつつ、私は『降参だ』と言うように両手を上げる。妥協する姿勢を見せた私に、ギルバート皇子殿下はパァッと表情を輝かせた。喜びに満ち溢れる青髪金眼の美青年はビックリして固まる騎士たちを他所に、私の手を握る。

「ありがとう！　師匠！　心から、礼を言うよ！」

「喜んでもらえて何よりですが、検査続行には幾つか条件があります」

「ははっ！　やっぱり、無条件で検査続行は無理か。心配性な師匠のことだから、そう来ると思っていたよ。それで、その条件は？」

少しガッカリしたように肩を落とすギルバート皇子殿下はそっと私の手を離した。警戒心を強める彼に向かって、私はピンッと指を二本立てる。

「私が提示する条件は二つです。一つ目、痩せ我慢はしないこと。限界に達する前にきちんと自己申告して下さい。限界になった時に言われても遅いですから」

「分かった。限界になる前にきちんと言うよ。約束しよう。それで、二つ目の条件は？」

「二つ目の条件は九時半には宮殿内に戻ることです。たとえ、どんなにギルバート皇子殿下の体調が良くても九時半には部屋に戻って頂きます。体調云々の前に慣れないことをすると、体が疲れてしまいますから」

「九時半か……。検査時間は約三十分と言ったところかな？」

「そうなりますね」

当初の予定では十時まで検査時間を取っていたけど、今回はその半分にさせてもらうわ。今はもう平気みたいだけど、ギルバート皇子殿下の体調が悪くなったのは事実だから。何もかも予定通りに行う……というのは正直難しいわ。

顎に手を当てて考え込むギルバート皇子殿下は暫しの間、沈黙する。検査時間の削減はさすがに嫌なのか、渋るような動作を見せたものの……。

「うーん……まあ、分かったよ。その条件を呑もう」

と、最終的にはこちらの条件を呑んでくれた。まあ、かなり不服そうではあるのだが……。

「ご理解頂き、ありがとうございます。それでは、改めて――マナ過敏性症候群の検査を開始させて頂きます」

《エドワード side》

同時刻、『烈火の不死鳥』団本部にて――冬の訪れを予感させる寒さの中、俺は団長室で書類仕事をこなしていた。読み終えた書類にサインしながら、次の書類を手に取る。

「なあ、テオ。カロリーナの今日の予定は何だ？　それから、体調に変化とかは……あっ！　あと、何か困った様子はなかったか？」

ここ最近毎日のように繰り返すこの質問を、今日もまた口にする。カロリーナの動向を気にする俺に、テオは肩を竦めた。

「はぁ……それくらい、本人に聞いたらどうです？　別に今は忙しい時期じゃありませんし、カロリーナ妃殿下とお話しする時間くらいあると思いますよ」

「そ、それはそうだが……今は少し気まずいと言うか……心に余裕が持てないというか……」

「お気持ちは分かりますが、毎日のようにカロリーナ妃殿下のことについて聞かれても困ります。私はカロリーナ妃殿下のお世話係でも何でもないので、彼女の全てを把握している訳ではないんですよ」

『私が把握しているのは、せいぜい彼女のスケジュールくらいです』と言って、テオは勢いよく本を閉じた。しつこい！　と言わんばかりの態度に、俺は思わず身を竦める。

俺だって、本当は分かってる……早くカロリーナに会いに行くべきだと。でも、兄上とカロリーナの関係が頭にチラつく度、どうしようもない怒りに支配されてしまうんだ。正直、自分の感情を抑えられる自信が無い……。カロリーナに酷いことをしてしまうかもしれないと考えると、彼女に会いに行く勇気が出なかった。

「カロリーナは俺の唯一無二だから……凄く大切な存在だから、傷つけたくないんだ」

自分とテオしか居ないこの空間に甘え、俺は弱音を吐く。情けない姿を晒す俺に、幼馴染みのテオはスッと目を細めた。別に怒る訳でも笑う訳でもなく、ただ真っ直ぐにこちらを見つめる。凛とした眼差しは子供の頃のテオによく似ていた。

「大切だから傷つけたくないという気持ちは理解出来る。でも――――その気持ちは時に相手を深く傷つけることになるぞ」

時計の針を巻き戻すかのように、幼馴染みはかつて封印した昔の口調を使う。懐かしさが胸に溢れ返る中、テオは昔みたいに俺に助言をくれた。

「――――大切だからこそ、ぶつからなきゃいけない時がある。その結果、相手を傷つけることになったとしても、だ」

「!?」

俺の考えを根本から覆す、その言葉に思わず目を見開いて固まる。

『大切にする＝傷つけない』という図式が一瞬にして、粉々に砕け散った。

「醜い自己犠牲では誰も救われない。いい加減、それに気づけ」

そう言って、席を立った金髪の美男子は俺のデスクに一枚の紙を置いた。そこにはカロリーナの今日の予定が箇条書きで書かれている。

今日は兄上と外で検査か……場所はダイヤモンド宮殿のすぐ側みたいだな。騎士団本部からダイヤモンド宮殿に向かうとなると、少し時間は掛かるが……まあ、問題ないだろう。

「ありがとう！　テオ！　ちょっとダイヤモンド宮殿まで行ってくる！」

急いで椅子から立ち上がった俺は仕事を放置して、部屋の窓から飛び降りた。なんとか無傷で着地した俺は全速力で地面を駆ける。

「行ってらっしゃいませ」

団長室の窓からこちらを見下ろすテオは呆れたように笑いながら、見送ってくれた。幼馴染みの激励を受け、更にスピードを上げた俺は騎士団本部の敷地内を飛び出す。そのまま皇城を通り抜けると、ダイヤモンド宮殿の側まであっという間に辿り着いた。検査を行っているためか、宮殿の警備はいつもより厳重になっている。

本来であれば、皇族である俺がコソコソする必要はないのだが、マナの塊とも言える俺が兄上に近づくのは危険だ。仕方ない……警備の目を掻い潜って中に潜入するか。

『検査が終わるまで待つ』という考えが頭にない俺は警備兵の隙をついて、敷地内へと足を踏み入れた。木や草むらなどの隠れやすい場所に身を潜めながら、進んで行くと――――やがて、検査中の一行を発見する。だが、そこで俺が見たのは――――カロリーナと兄上が抱き合っている場面だった。

「な、はっ……？　何でカロリーナと兄上が抱き合って……？　周りの奴らも何も言わないし……

「一体何がどうなってるんだ……？」

動揺のあまり、判断力が鈍った俺はガサッと物音を立ててしまう。だが、その物音に気がついたのは幸いにも一人だけだった。呆然と立ち尽くす俺を前に、その人物はニヤリと口元を歪めると——。

『カロリーナは貰っていくね』

——と、口パクで俺に告げる。これでもかってくらい、俺を煽るのは兄であるギルバート・ルビー・マルティネスだった。

自分と同じ黄金の瞳を前に、俺の心はどんどん怒りに支配されていく……。怒りの炎に身を焦がす俺はギシッと奥歯を噛み締める。言い様のない怒りに支配される俺は、秘密裏に潜入したことなんて忘れて、堂々と草むらから姿を現した。

「カロリーナ、こっちへ来い」

「えっ……？　えぇ!?　どうして、エドワード皇子殿下がこちらに……!?」

思わずといった様子で大声を上げるカロリーナは動揺を露わにする。混乱する彼女を前に、俺は怒りのまま叫んだ。

「そんな事はどうでもいい！　今すぐ、こっちに……」

中途半端なところで言葉を切った俺は目の前に広がる光景に目を剝く。何故なら——カロリーナのことをもっと強く抱き締める兄上の姿が目に入ったから。怒り狂う俺を前に、青髪金眼の美青年はフッと笑みを漏らした。

「っ……!!　俺の妻に触るな！」

ズンズンと大股で二人の下へ近づいた俺は怒りに任せて、兄上を突き飛ばす。

「っ……!!」

「ぎ、ギルバート皇子殿下!!」

悲鳴のような声が響く中、俺に突き飛ばされた兄上は騎士たちに受け止められた。兄上の無事な姿を見て、カロリーナはホッと息を吐き出す。その姿が妙に気に食わなかった。

カロリーナは俺の妻なのに、兄上の方が大事なのか？　俺よりも兄上を優先するのか……？　まさか――――俺より、兄上の方が好きなのか……？

「っ……！　くそ！　こっちへ来い！　カロリーナ！」

「っ……!?　え、エドワード皇子殿下！　ちょっと待ってください！　まだギルバート皇子殿下の検査が……」

「うるさい！　そんなことは今、どうでもいい！」

俺は嫌がる彼女の腕を引っ張って、無理やり歩かせた。頭の中では『こんなのダメだ』『もっと優しくしないと』と分かっているのに、上手く感情をコントロール出来ない。全身の血が沸騰するくらいの怒りに苛まれる俺は泣きたくなるほど苦しかった。

「え、エドワード皇子殿下……どちらに向かわれるおつもりですか……？」

「……」

「あの、私に悪いところがあったなら謝ります。ですから、お話を……」

「っ……!!　何も言うな！」

「きゃっ……!?」

カロリーナの優しい声やこちらを気遣う仕草が煩わしくて、俺は思わず彼女を突き飛ばしてしまった。樹木に勢いよく背中をぶつけたカロリーナは痛みのあまり顔を歪める。また、彼女の左腕にはくっきりと手の跡が残っていた。

っ……!!　違う……違うっ!!　そうじゃない!!　俺がやりたかったのは、こんな乱暴なことじゃなくて……!!

『これからは俺がカロリーナを守る』と約束したのに、俺は約束と真逆の事をしている。カロリーナに乱暴し、怖がらせ、困らせている……。本当は優しくしたいのに……守りたいのに……喜ばせてあげたいのに……それが出来ない。

感情と行動の矛盾に悩まされる俺はどうすればいいのか、もう分からなかった。

「っ……!!　俺はっ……!!」

「――――エドワード皇子殿下。私は大丈夫ですから、落ち着いて下さい。自分を責めないで下さい」

一番の被害者であるカロリーナは、自己嫌悪に苛まれる俺をただ優しく宥めた。こんな時でも、俺を気遣ってくれる彼女の優しさに思わず涙腺が緩む。

「どう、して……俺はカロリーナに酷いことをしたのに……」

「確かに掴まれた腕や強打した背中は痛みますが、こんなもの――――神聖力の使い手である私なら、簡単に治せます」

そう言うが早いか、カロリーナの体は白い光に包まれる。雪のように真っ白な光は神秘的で美しく……俺のグチャグチャになった心をも浄化していった。そして、光が消えるのと同時に、カロリーナの赤くなった腕が元に戻る。

「ほら、もう平気です。痛みだって、ありませんわ。だから――――」

そこで言葉を切ると、カロリーナは俺の頬にそっと手を伸ばした。温かな手が俺の頬を優しく包み込む。

「――そんな表情《かお》しないで下さい。怪我をした私より、ずっと痛そうな表情をしていますわ」

この俺が痛そうな表情を……？　俺は今そんなに酷い表情をしているのか……？

「さっきの事は全て水に流します。ですから、エドワード皇子殿下の本音を私に聞かせて下さい。私もエドワード皇子殿下と同じように、貴方の一番の理解者でありたいんです」

どこまでも真っ直ぐで優しい彼女はただ、俺を求めてくれた。ルビーのように美しい深紅の瞳には、強い信念と揺るぎない覚悟がある。

カロリーナが俺の一番の理解者に……。そんなこと、考えもしなかったな……。ただ、自分がカロリーナの一番であれば良いと考えていた。俺はカロリーナの一番の理解者でありたいと言いながら、彼女の考えや気持ちなんて、これっぽっちも分かっていなかった……本当に情けない。

「分かった。俺の本音を包み隠さず、全て話そう。だが、その前に一つだけ聞かせてくれ。さっき、何故兄上と抱き合っていたんだ？」

「だ、抱き合っ……!? 誤解ですわ!! あれはよろけたギルバート皇子殿下を支えただけですわ! 傍から見れば、抱き合っているように見えたかもしれませんが、下心などは一切ありません!」

胸の前でブンブンと両手を振るカロリーナは、慌てて弁解を述べた。澄み切った赤い瞳には『嘘じゃない』とハッキリ書いてある。

なるほど……だから、俺の部下たちも何も言わなかったのか。これでやっと謎が解けた。まあ、兄上のあの様子からして、よろけたのもわざとだった可能性があるが……とりあえず、その話は一旦置いておこう。どちらにしろ、カロリーナに非は無いのだから。

「そうだったのか。俺はてっきり合意の上で抱き合っているのかと……」

「なっ!? そんな事は絶対にありません! 私はエドワード皇子殿下の妻ですから!」

何の躊躇いもなくそう答える彼女に、俺は改めて『悪いことをしてしまった』と反省した。

怒る前にきちんと確認を取るべきだったな……。怒りに任せて、何の罪もない人を責め立てるなど……騎士として、有るまじき失態だ。

「悪かった。俺の早とちりでカロリーナを傷つけて……本当にすまない」

「いえ、気にしないで下さい。誤解を招くような行動を取った私にも非がありますから」

「だが……」

「それより! エドワード皇子殿下の本音を聞かせてください。エドワード皇子殿下が怒りに任せて、暴走してしまった原因は他にもありますよね?」

半ば無理やり話題を変えたカロリーナは強い眼差しでこちらを射貫く。『ちゃんと話して!』と目で訴え掛けてくる彼女を前に、俺は思い悩んだ。

俺の本音、か……。まずはどこから話そうか……。兄上とカロリーナの関係に不安を感じていたこと？　それとも、最近なかなか会いに来れなかった理由？　いや、違うな……。最初に伝えるべきなのは、やはり――――。

「カロリーナ――――好きだ」

――――カロリーナへ向ける感情の名前だろう。

結局のところ、どこから話しても結論は全てカロリーナへの愛に繋がっているのだ。ならば、俺の行動理由を明かした上で話を進めた方が分かりやすいだろう。

ストレートに想いを伝えた俺は、頬を包み込む彼女の手に自身の手を重ねる。この小さくて、直ぐにでも折れてしまいそうな手を――――どうしても離したくなかった。

「『好き』の一言では足りないくらい、カロリーナのことを愛している。だから、俺以外の男と一緒に居るところを見ると、『俺から離れていくんじゃないか』って不安になるし、嫉妬もする。たとえ、それが実の兄でもだ」

歯に衣着せぬ物言いで、俺は胸の内に秘めた想いをどんどん口に出していく。愛の告白をされたカロリーナは『へっ……？』と素っ頓狂な声を上げた。困惑する彼女を前に、俺は目元を和らげる。

「正直、兄上がカロリーナに好意を寄せているかもしれないと気づいた時は焦りと不安でどうにかなりそうだった。でも、それと同時に怒りも湧いてきたんだ。自由な兄上への怒りと無防備すぎるカロリーナへの苛立ちで……子供みたいに癇癪を起こしたこともあった」

「えっ……？　えぇ!?」

「カロリーナのことが好き過ぎて、俺は上手く感情をコントロール出来ない時があったんだ。だから、今カロリーナに会いに行くのは危険だと思った……。怒りに任せて、カロリーナを傷付けてしまうかもしれないと……とても不安だったんだ」

今までの日々を思い返す俺は、クシャッと顔を歪める。愛してやまない彼女はそんな俺を、困惑気味に見つめた。

俺が取った行動は全て『好き』の裏返しだ。カロリーナを愛するあまり、酷いことをしてしまった……。だから、許してくれ——とは言わない。

だって、それはあくまで俺個人の事情であり、カロリーナには関係ないからだ。そんな理由で許してもらおうなんて、口が裂けても言えない。

「カロリーナ、本当にすまない。俺の感情で振り回してしまって……だからという訳ではないが、もしもカロリーナが兄上と一緒になりたいなら——俺はそれを応援する。離婚にだって応じよう」

「え、エドワード皇子殿下！　それはっ……」

「だが——」

俺はカロリーナの声をわざと遮ると——彼女を力強く抱き締めた。腕の中に居るカロリーナを潰さぬよう気をつけながらも、出来るだけ強く抱き締める。

布越しに伝わってくる温かな体温も、鼻孔を擽る優しい香りも、俺の名を呼ぶ可愛らしい声も、とにかく全部大好きで……彼女の全てを余すことなく感じたかった。

嗚呼、本当に……心の底から愛してる。

「────兄上より……いや、世界中の誰よりもカロリーナのことを愛している。カロリーナを一番愛してるのは確実に俺だ。だから、兄上より俺を選んでくれっ……!! 本当にっ……!! カロリーナのことが大好きなんだ……!!」

言葉では伝え切れないほどの『好き』と『愛してる』を伝える。きっと俺の気持ちなんて、彼女には10％も伝わっていないだろう。

────彼女に向ける俺の愛情はあまりにも大き過ぎるから。

「あ、あのっ！ エドワード皇子殿下のお気持ちは凄く嬉しいです。それで、あの……私もエドワード皇子殿下にお伝えしたいことが……」

俺の腕の中でモジモジするカロリーナは頬を赤くしながら、上目遣いでこちらを見上げた。可愛らしい仕草や表情に胸を高鳴らせる俺は、何とか平静を保つ。そして、こちらの気など知らないカロリーナは恥ずかしがりながらも口を開いた。

「じ、実は私もエドワード皇子殿下のことが────ずっと大好きでした！」

真っ直ぐにこちらを見つめるカロリーナは耳まで真っ赤にしながら、愛を叫んだ。

「部下を思いやるところとか、裏表のないところとか……！ とにかく、そういう真っ直ぐで優しいところが大好きなんです！ 今までずっと、この気持ちを伝えたら良好な関係が壊れるかもしれないと思って言えませんでしたが、その……！ えっと……両思いだという事が分かったので、言

わせて頂きました!!」

半ばヤケクソになりながらも、カロリーナは俺の告白に精一杯応えてくれた。予想外の展開に一瞬固まる俺はパチパチと瞬きを繰り返す。暫くして、正気に返った俺はほぼ反射的に彼女の顔を覗き込んだ。

「そ、それは本当か……!?」

「本当です!　冗談でこんなこと言いませんわ!」

「そ、そうか……。カロリーナが俺を好きだなんて……考えたこともなかった」

「それは私も同じですわ。エドワード皇子殿下と両思いだなんて……夢にも思いませんでした」

つまり、俺たちはずっと両思いだったのに相手の気持ちが分からず、片思いだと思い込んでいたって事か……?

その結論に至った時、不思議と肩から力が抜けた。

「はぁ……それなら、もっと早く告白すれば良かった……」

小さな後悔を口にする俺は、愛しい妻の頬を撫でる。今ここにある幸せを余すことなく噛み締めた。

「なあ、カロリーナ。両思いだと分かったことだし、俺のことはその……エドと呼んでくれないか?　出来れば、敬語も外して欲しい。俺はカロリーナと本当の夫婦になりたいんだ」

「ええ、分かりまし……いえ、分かったわ。なら、私のこともリーナと呼んでちょうだい」

「ああ、分かった」

俺達は互いに見つめ合うと、今までの分を取り戻すかのようにどちらともなく顔を寄せ合う。

「愛してる、リーナ」

「私も愛しているわ、エド」

俺達は初めて互いの愛称を呼び合い――二回目のキスを交わした。

とびきり甘いセカンドキスに、密かに酔いしれる。

嗚呼、本当に幸せだ……。なあ、リーナ……俺を選んでくれて本当にありがとう。

幸福で満ち溢れる俺はリーナと結ばれたことに深く感謝し、柔らかく微笑んだ。

《ギルバートside》

時は少し遡り、エドワードが師匠を連れ去った直後――私はダイヤモンド宮殿の外壁に寄り掛かりながら、一人苦笑を漏らしていた。

あ～あ、連れて行かれちゃったか。少し挑発し過ぎたかな？　でも、エドワードのあんな表情《かお》初めて見たから、ついからかいたくなっちゃって……って、それは違うか。私はただ――『今だけは私の師匠だ』と主張したくなっただけだ。絶対に手に入らないと分かっているからこそ、少し意地悪をしてみたくなった……。本当に幼稚で、くだらない動機だよ。

二人が去っていった方向を眺め、一つ息を吐くと――――突然、目の前に大きな魔法陣が浮かび上がる。眩い光に目を細める中、傍で待機していた騎士たちは身構えた。

「――――今回の件に関しては少々お遊びが過ぎるんじゃないですか？　ギルバート皇子殿下」

聞き覚えのある声が耳を掠めたかと思えば、魔法陣の上に金髪の美男子が現れた。艶やかな金髪を風に靡かせる彼はカチャリと眼鏡を押し上げる。

「テオ、私は一応マナ過敏性症候群の患者なんだが……」

「存じ上げております」

「それなら、どうして転移魔法を使って目の前に現れたんだい？　君に配慮という言葉はないのかな？」

「今回魔法を使用したのは、おいたが過ぎるギルバート皇子殿下に罰を与えるためですよ。貴方が余計なことをしなければ、私だってきちんと配慮しました。それに――――」

そこで言葉を切ると、テオは近くに居る騎士達に合図を出し、この場から追い払った。どうやら、ここから先は私と二人きりで話がしたいらしい。黙って去っていく騎士達の背中を見送り、テオは再度口を開く。

「――――マナ過敏性症候群なんて、もうほとんど治っているでしょう？　カロリーナ妃殿下や騎士達の目は欺けても、私の目は欺けませんよ」

「!!」

呆れたと言わんばかりに溜め息を零すテオは肩を竦める。

やはり、この男は侮れない……。

「もうほとんど治っている？　一体何のことだい？」

「とぼけても無駄ですよ。転移魔法を使っても、目眩一つ覚えなかった時点で演技だったことはバレバレです。外のマナに触れた程度でよろける人が高位魔法を目の当たりにして、体調不良に陥らない訳がありませんから」

徹底的に逃げ道を塞ぎ、テオは私の嘘を見事に暴いた。ここまで明確な根拠を述べられると、反論のしようがない。これ以上足掻いても無様だと結論づけ、私はパッと両手を上げた。

「ははっ。降参だよ。私も詰めが甘いね。ちなみにいつから気づいていたんだい？」

「確信を得たのはついさっきですが、疑いを持ち始めたのは教皇聖下の診断書を見てからですね。『視覚神経は大分落ち着いている』と診断した聖下に対し、ギルバート皇子殿下の回復はあまりにも遅過ぎましたから」

「なるほどね……」

教皇聖下の診断書と私の自己申告の差か……。正直そこまで気が回らなかったよ。ほとんどの検査は私の言葉次第で変わるから、気づかれる可能性は低いと考えていた。まさか、こんなところに落とし穴があったとはね。

「今までの検査報告については目を瞑りますが、これからはきちんと正しい報告をして下さい。このままではカロリーナ妃殿下が治療に掛かりっきりになってしまいます」

私の前で仁王立ちするテオはガミガミと説教を垂れる。口うるさいテオを横目に、私は一つ息を吐いた。

　師匠が私の治療に掛かりっきり、か……。

「――そうなって欲しくて、ずっと嘘の報告をしていたんだけどね……」

「えっ？」

　ボソリと呟いた本音に、テオは珍しく素っ頓狂な声を上げた。アホ面を晒す彼に、クスリと笑みを漏らし、私はそっと目を伏せる。困惑気味に眉尻を下げるテオは、戸惑いを露わにした。

「え、あの……ギルバート皇子殿下は本当にカロリーナ妃殿下のことがお好きだったんですか？　奥手な弟を焚き付けるためにわざと近づいたのではなく？」

「……さあ、ね。その辺は私もよく分かっていないんだ」

「よく分からない……？」

「ああ。でも、師匠を尊敬しているのは本当だよ。ただ、それ以上の感情はあるのか？　と聞かれると分からなくなる……」

『好き』という感情は確かにある。でも、その『好き』が恋愛対象としての好きなのか、人間としての『好き』なのかは分からない。ただ一つ確かなのは――師匠を自分のものにしたいと思っていること。でも、この感情は愛情と言うより……所有欲や独占欲に近かった。

　恋と呼ぶには禍々しい感情を抱え、私はペリドットの瞳を見つめ返す。悩ましげに眉を顰めるテオは、顎に手を当てて考え込んだ。

「ギルバート皇子殿下自身でも分からない気持ち、ですか……。だから、最近の行動に統一性がなかったんですね」

「統一性？」

「はい。だって、カロリーナ妃殿下が欲しいと言う割に直接的なアプローチはほとんどして来なかったじゃないですか。今回の件だって、貴方なら上手くやり過ごせたはずです。なのに敢えてエドワード皇子殿下を煽った。今、エドワード皇子殿下を煽ったところでメリットなんて何もないのに」

『貴方らしくない行動だ』と遠回しに主張するテオは、鋭い眼差しでこちらを射貫いた。

「それだけじゃありません。カロリーナ妃殿下がダイヤモンド宮殿に通っていることを周りに流したのもギルバート皇子殿下ですよね？」

「!?」

確信めいた言い回しでそう問い掛けるテオに、迷いや躊躇いは一切なかった。あっさり秘密を見破られた私は僅かに目を見開き、苦笑いする。

さすがは天才少年と言うべきか……もう調べがついていたんだ。正直もう少し時間が掛かると思っていたよ。まあ、調べがついたところで私を処罰することは出来ないけど……。だって、私が広めたのはあくまで『毎日、義妹が会いに来ている』という事だけ。その先のことは何も話していない。

「確かに噂の発信源は私だよ。でも、どうしてこんなに早く分かったんだい？」

「この噂を流す人物がギルバート皇子殿下以外考えられなかったからです」

「ほう？　出来るか出来ないか《流せるかどうか》ではなく？」

「はい、するかしないか《流すか流さないか》です。仮に他の者がこの話を知ったとしても、言いふらそうとは考えないでしょうから。第一皇子派にも第二皇子派にもデメリットしかない話ですからね」

デメリット、ねぇ……。まあ、確かにこの噂はどちらにも不利に働くものだ。大きなリスクを背負ってまで、噂を流そうとは思わないだろう。

一応、皇位継承権問題に関係のない中立派の貴族が流したとも考えられるが、過激派の報復を恐れてみんな口を閉ざすはず。だから、テオは私に目をつけたのか。

「この行動はカロリーナ妃殿下とエドワード皇子殿下の仲を引き裂くためとも考えられますが、奥手な弟を焚き付けるためとも捉えられます。ギルバート皇子殿下の最近の行動は実に不可解で、動機が不安定です。だから、私は『統一性がない』と言ったんです」

「不安定で統一性がない、か……。まあ、この感情が何なのか分からないまま動けば、そうなるよね」

ずっと目を背けてきた事実に直面し、私は『はぁ……』と溜め息を零す。もはや、自分が何をしたかったのかさえ、分からなくなっていた。

でも、ただ一つ確かなのは私が師匠を喉から手が出るほど求めていること。これだけは揺るぎない事実だった。

「ねぇ、テオ」

「はい、何でしょう？　ギルバート皇子殿下」

「エドワードにさ――――少しでも隙を見せたら、師匠を横から掻っ攫うから気をつけてねって言っておいてくれるかい？」

最後の最後まで意地悪な兄を貫き通す姿勢を見せれば、テオは少し目を見開いたあと、フッと笑みを零した。

「分かりました。付け入る隙を与えないくらい、カロリーナ妃殿下を大事にするようにと伝えておきます」

「テオ、言葉の裏を読むのはやめてくれないかな？　せっかく、格好よく終わろうとしたのに君のせいで台無しじゃないか」

「格好よくも何も、弟の奥様を取ろうとした時点でアウトですよ。格好悪いどころの話じゃありません」

「テオは相変わらず毒舌だね……」

色んな意味で容赦がないテオの言葉に、私は思わず頬を引き攣らせる。微妙な表情を浮かべる私の前で、毒を吐いた張本人はどこか嬉しそうに笑っていた。彼の視線の先には、エドワードと師匠が消えていった茂みがある。

「まあ、何はともあれ結果オーライですね」

意味深な独り言を零したテオは満足そうに微笑んだ。自己完結する彼を前に、私は小さな溜め息を漏らす。

テオが私のところに来た時点で何となく分かっていたけど……エドワードと師匠は上手くいった

みたいだね。ピンチをチャンスに変える天才だね、あの二人は……って、それは違うか。

私達はみんな――彼の手のひらの上で踊らされていただけだ。エドワードは主役として、師匠はヒロインとして、私は当て馬役として……テオの作ったシナリオ通りに行動していただけ。

嗚呼、もう本当に――。

「――食えない男だよ、君は」

呆れ交じりに呟いた独り言は秋風に攫われ、本人の耳に届くことはなかった。

◇◆◇◆

エドワード皇子殿下と……いや、エドと無事に心を通わせた私は浮かれた気分のまま、次の日を迎えた。

テオドール様に『今後のスケジュールについて、話がある』と言われ、呼び出された私は騎士団本部の廊下を進む。案内された部屋にはテオドール様の他に、何故かエドの姿もあった。

「おはよう、エド。それから、テオドール様も」

「ああ、おはよう」

「おはようございます、カロリーナ妃殿下。先日はうちのバカ皇子が大変失礼しました」

わざわざ席を立って、先日の非礼を詫びるテオドール様に対し、エドは『おい！　バカ皇子とは何だ！　バカ皇子とは！』とツッコミを入れる。このじゃれ合いのような光景を見るのも、本当に久しぶりだ。

「私に構って下さるのは大変嬉しいのですが、カロリーナ妃殿下をあのまま放置するのは如何なものかと……ねぇ？　バカ皇子」

「だから、私はっ……!!　嗚呼、もういい！　この話は後だ！」

扉の前で待ちぼうけを食らう私を見て、慌てて席を立ったエドはこちらまで駆け寄ってきた。エドの慌てぶりにクスクスと笑みを漏らす私は、彼の腕にそっと手を添える。エドにエスコートしてもらいながら、部屋の中へ足を踏み入れた。

なんだか、とっても不思議な気分ね……。エスコートなんて、過去に何度もしてもらったのに……胸がドキドキしているわ。両思いだと知った後だからかしら？

「どうぞ、リーナ」

「ありがとう、エド」

座りやすいよう椅子を引いてくれた彼に礼を言いながら、私は腰を下ろした。エスコートを終えたエドも近くの椅子に腰掛ける。

「さて、役者も揃ったところで早速本題に……と言いたいところですが、一つよろしいでしょうか？」

人のいい笑みを浮かべるテオドール様は改まって、そう聞いてきた。畏まった彼の態度に疑問を抱きながらも、コクリと頷く。

「はい、何でしょう？」

「実はカロリーナ妃殿下に折り入ってお願いがあるのです」

「お願い、ですか……？」

「はい。カロリーナ妃殿下にしか叶えられないお願いです」

私にしか叶えられないお願い……？　神聖力関連の話かしら？　でも、帝国一の天才と謳われるテオドール様に神聖力なんて必要ある？

『もう既に最強じゃない』と考える中、テオドール様は真剣な顔付きでこちらを見据えた。

「私からのお願いは一つ。カロリーナ妃殿下に――――私を一家臣として、扱って頂くことです」

「……へっ？」

予想の斜め上を行くお願いに、私は思わず間の抜けた声をあげてしまった。動揺のあまり、パチパチと瞬きを繰り返す私に、テオドール様はニッコリ微笑む。

「私はあくまで一家臣に過ぎません。皇族ともあろうお方が畏まって接する必要はないのです。以前までは『第二皇子と婚約中の公爵令嬢』だったので、その態度でも構いませんでしたが、今は違います。カロリーナ様はもうエドワード・ルビー・マルティネス第二皇子の妻であり、皇族の一員です。いい加減、私への態度を改めるべきかと……」

た、確かに……。テオドール様の言う通りだわ。皇族の一員である私が子爵令息に敬語で接し、敬称をつけて呼ぶのは明らかにおかしい……皇族の威厳もへったくれもない。

何で今までこのことに気づかなかったのかしら？　これはとても重要なことなのに……。

「何でもっと早く言ってくれなかったんですか……じゃなくて、言ってくれなかったの？　その様子だと、ずっと前からこのことに気づいていたんでしょう？　まあ、気づかなかった私が悪いのだけれど……」

両手で顔を覆い隠し、『はぁ……』と溜め息を零す私は、指の隙間からチラッとテオドールを盗み見る。私の視線に気がついた彼は肩を竦めながら、苦笑を漏らした。彼の視線の先には、何故かエドの姿がある。

「私だって、何度も言おうとしましたよ？　でも、エドワード皇子殿下が『俺より先にタメ口で話してもらい、呼び捨てにしてもらうつもりか!?』って言って来まして……。エドワード皇子殿下のワガママを聞いている内にそのままズルズルと……」

「……いや、まあ……悪かったとは思っている」

「『でも、後悔はしていない』と……？」

「……ああ」

嘘が苦手なエドはガクリと項垂れるように、首を縦に振った。表情は相変わらずのポーカーフェイスだが、居た堪れない気持ちになっていることはよく分かる。

まさか、エドに原因があっただなんて……考えもしなかったわ。予想以上に嫉妬深いみたいね。

「まあ、話は分かったわ。今更あれこれ文句を言ってもどうにもならないし、今回だけは許してあげる。気づかなかった私にも非はあるし」

「リーナ……!!」

「――――でも、次からは許さないから。他人の迷惑になるようなワガママは言わないこと！　良い？」

隣に座るエドに人差し指を突き立て、叱り付ける。クッと眉間に皺を寄せる彼は数秒黙り込み、葛藤を繰り広げたあと――――。

「うっ……！　わ、分かった……。次からは気をつける。約束しよう」

――――と、約束してくれた。

一応、自分のワガママのせいで周りに迷惑を掛けたことは理解しているらしい。一連の流れをじっと見守っていたテオドールは撃沈したエドを前に、パチパチと手を叩いた。

「さすがはカロリーナ妃殿下です。このバカを説得して下さり、ありがとうございました」

「おい！　『皇子』が抜けているぞ！」

「……エド、気にするところは多分そこじゃないと思うわ」

テオドールに完全に遊ばれている旦那様に、僅かな同情と呆れを覚える私は苦笑を漏らす。酷く穏やかな時間が流れる中、テオドールはコホンッと一つ咳払いをした。

「さて、話も纏まったことですし、そろそろ本題に入りましょうか」

テーブルの上に肘をつくテオドールは流れるような動作で両手を組んだ。レンズ越しに見えるペリドットの瞳は笑っているようで、全く笑っていない。彼の放つオーラに気圧され、私は慌てて背筋を伸ばした。

「では、まずギルバート皇子殿下の虚言についてお話しして行きましょう」

開口一番に告げられた衝撃の一言は私の心を激しく揺さぶった。

ギルバート皇子殿下の虚言……？　それは一体どういうこと!?　彼が何か嘘をついているとでも言うの!?

「ギルバート皇子殿下はカロリーナ妃殿下を側に置いておきたいあまり、嘘の報告をしていました。報告された内容より、彼の症状は軽くなっていますし、回復スピードもかなり早いです。これはあくまで私見ですが、ギルバート皇子殿下の病はもうほとんど治りかけでしょう」

「!?」

テオドールが語った驚きの真実に、動揺を隠せない私は空中に視線をさまよわせた。数ヶ月かけて築き上げてきたギルバート皇子殿下との信頼関係が音を立てて崩れ去る。

そ、んな……ギルバート皇子殿下が嘘の報告をしていただなんて……。治療に一生懸命取り組んでいた過去の自分が馬鹿みたいだわ。毎日、ギルバート皇子殿下の体調を心配して……少しでも役に立てるよう、医学書を読んで……神聖力の操作を必死に練習して……。本当に滑稽だわ。

裏切られたショックで、卑屈になる私はグッと唇を噛んだ。今までの努力や苦労が全て水の泡になったような感覚に襲われる。

「私の努力は全部無駄だったのかしら……？」

自分の両手を見つめ、過去の自分を嘲笑った。馬鹿で、滑稽で、哀れな自分に思いを馳せる中

――ふと手を握られた。

「――無駄じゃない」

「えっ……？」

「リーナがやってきた事は無駄じゃない」

キッパリとそう言い切ったのは他の誰でもないエドだった。促されるまま顔を上げる私は、こちらをじっと見つめる黄金の瞳と目を合わせる。

「兄上の報告書には確かに虚偽があった。でも、だからと言ってリーナのやってきた事が無駄になる訳じゃない。検査も治療も全て兄上の役に立っていた。それだけは確かだ」

「エド……」

私の努力を認め、全て必要なことだったと言ってくれたエドに、私は目を見開いた。悲しみに暮れる心に一筋の光が差し、私は息を吹き返す。

そうね……確かにエドの言う通りだわ。私のやってきたことは、ちゃんとギルバート皇子殿下の役に立っていた。だって、ギルバート皇子殿下がどれだけ嘘の報告をしようと、症状が回復している事実は変わらないのだから。結局のところ、嘘は嘘に過ぎないのだ。

「エドの言う通りだわ。私のやってきたことは無駄じゃなかった。まあ、ギルバート皇子殿下には一言文句を言ってやらないと、気が済まないけれど」

「フッ。今度会ったら、思い切り文句を言ってやれ。責任は私が取る」

「うふふっ。是非そうさせてもらうわ」

不敵に笑うエドに釣られて、私もクスクスと笑みを零す。曇り空のように暗くなっていた気持ちは無事に晴れた。

「さて、ギルバート皇子殿下の虚言についてお話ししたところで、今後の治療内容とスケジュールについて説明して行きますね」

タイミングを見計らったように口を開いたテオドールはカチャッと眼鏡を押し上げる。それを合図に、慌てて表情を引き締めた私達はピンッと背筋を伸ばした。

「まず、治療内容についてですが、神聖力注入はギルバート皇子殿下の体調が悪化した時だけにしてください。先程も説明した通り、報告書の内容より遥かに回復が進んでいますので、神聖力注入を行う必要はあまりありません。これからは治療よりも検査をメインにやって行くつもりです」

「そう。分かったわ。それで、神聖力注入の判断は誰がするの？　私が独断で行っても良いものなのかしら？」

「急を要する場合はカロリーナ妃殿下の独断で行ってもらっても構いません。ですが、可能な限り私に相談してください」

テオドールの言葉にコクリと頷いた私は、変更された治療内容を頭に叩き込んだ。

「次にスケジュール調整についてですが、ダイヤモンド宮殿に訪れる頻度を『毎日』から、『一週間に一度』に変更致します。先程も言った通り、ギルバート皇子殿下の回復はかなり進んでいますから。毎日治療や検査を行う必要はありません。何より、カロリーナ妃殿下にも色々予定がありますからね」

そう、実は私にも色々予定がある。帝国史や魔法学の勉強はもちろん、貴族との繋がりを作ったり、割り当てられた宮殿の管理をしなければならない。最近はずっとギルバート皇子殿下にかかりっきりだったが、何気にやることが多いのだ。

「週に一回なら、大分時間に余裕が持てるわね。後で構わないから、予定表を頂けるかしら？」

「畏まりました。明日の朝、その書類をお届けにあがります」

「ええ、お願い」

忙しいはずなのに、テオドールは嫌な顔一つせず私の頼みを引き受けてくれた。『ありがとう』とお礼を言いながら、私は柔和に微笑む。

「とりあえず、連絡事項はこれで全てです。質問などがなければ、この場はお開きに……おや？」

書類の端にペンを走らせる金髪の美男子は不意に手を止め、窓の外へ目を向ける。釣られるように窓の外へ視線を移すと、そこには──────宙を舞う真っ白な粒があった。

「雪……？」

空から舞い降りてくる白い雪はふわふわと宙を漂い、やがて地面へと溶けていく。

──────秋の終わりを告げる初雪が今、私達の前に現れた。

「最近やけに寒いなと思ったら……もう冬なんだな」

「なんだかんだでもう十一月ですからね」

「時の流れは早いものね。ついこの間まで春だったのに……」

各々好きに感想を述べる私達は初雪に引き寄せられるように、窓辺までやって来た。窓ガラスにそっと触れれば、ひんやりとした外の温度が伝わってくる。

「あともう少しで今年も終わりだな」

「そうですね。あと二ヶ月もしない内に新年だなんて……ちょっと実感が湧いて来ませんけど」

「今年は色々ありすぎて、時の流れなんて気にする暇がなかったものね」

「思い返してみれば、リーナと出会ってから退屈した日なんて一度もなかったな」

「良い意味でも悪い意味でもトラブル続きでしたからね」

「そう言えば、私達は常に様々な問題に直面していたわね」

刺客に殺されかけたり、建国記念パーティーでオーウェンが暴走したり、派閥問題に巻き込まれたり、避暑地でマリッサの姉に突撃されたり、魔力検査で私が神聖力の持ち主だと判明したりと……本当に良くも悪くもトラブルだらけだった。でも――――。

「――――とても有意義な時間だったわ」

確かにトラブルは多かったし、一概にも良い日々だったとは言えないけど、自分自身を大きく変えるきっかけをくれたのは確かだった。だって、今の私はセレスティア王国に居た頃の私より、ずっと成長しているもの。

「また来年も一緒に初雪が見られると良いわね」

「そうだな。でも、来年は二人で見よう」

遠回しにテオドールを邪魔者扱いするエドは『しっ！　しっ！』と追い払うような仕草をした。子供っぽい反抗に苦笑を漏らすテオドールは『邪魔者は退散します』とでも言うように両手を上げる。クルリと身を翻す彼の前で、エドは私の手をそっと握った。

窓ガラスにずっと触れていたせいか、私の手はすっかり冷えている。でも、温かいエドの体温に包まれ、温もりを取り戻していった。

「そうね。来年は二人で初雪を見ましょう」

「ああ」

二人きりになった空間で、私達は互いに見つめ合うと――――まるで、引き寄せられるかのように甘い口付けを交わした。

エピローグ《レイモンド side》

――セレスティア王国の王城にて、私は今日も国を支える宰相として忙しく働いていた。

なかなか減らない書類の山と睨めっこする主君を横目に、報告書に目を通す。

そこには『『烈火の不死鳥』団のおかげで魔物による被害が減った』と書かれていた。

「はぁ……来る日も来る日も書類仕事ばかり……いい加減、休みが欲しいものだよ」

「それはみんな同じです。まだマルコシアス帝国からの援助がある分だけ、マシだと思って下さい」

「それはそうだけど……マルコシアス帝国からの援助なんて、所詮その場凌ぎにしかならないだろう？　根本的な解決にはならないじゃないか」

「根本的な解決をするのが我々の役目です。そこまでマルコシアス帝国に頼るのは筋違いというものでしょう。魔物狩りのエキスパートである『烈火の不死鳥』団の団員と物資支援だけで満足して下さい」

ブーブーと文句を垂れる我が主君は解決方法が未だに見つからないことに、焦りを覚えているようだった。

問題発生からもう数ヶ月が経つというのに、一向に解決方法が見つからない……それどころか、作物が枯れた理由や魔物の異常発生の原因すら分かっていない状況だ。ハッキリ言って、マルコシアス帝国からの援助がなければ、非常に苦しい状況だった。

恥をかかせてしまったカロリーナには悪いが、あそこでカロリーナの護衛騎士が問題を起こしてくれて本当に良かった……。例のトラブルがなければ、帝国側はここまで大きな援助をしてくれなかっただろう。

「まあ、とりあえず帝国の件は置いておくとして……唯一の頼みの綱であったフローラ嬢が聖女試験に落ちるなんて困ったことになったね」

教会から届いた報告書をヒラヒラ揺らす陛下は実にガッカリした表情を浮かべる。いつも顔に笑みを貼り付けている陛下がここまで感情を表に出すのは珍しいことだった。

「教会側の話によると、かなり惜しいところまで行ったみたいですが、決め手に欠けるとかで不合格になったようです。最近は不調続きでしたし、満足に力を発揮出来なかったのかもしれませんね」

「不調続き、ねぇ……」

意味深にそう呟いたネイサン国王陛下はアメジストの瞳をスーッと細める。何かを疑うような仕草に違和感を抱くが、私は気にせず、報告書に視線を落とした――――と、ここで執務室の扉がノックされる。

時刻は深夜二時を回っている……こんな時間に訪問だなんて、一体どこのどいつだ？

「ネイサン国王陛下、ジョナサン大司教様が陛下との面会を求めています。別室にて待機させていますが、どうなさいますか？」

「……ジョナサン大司教だと？」

扉の向こうから聞こえた予想外の名前に、私と陛下は思わず顔を見合わせる。陛下も彼の訪問は聞いてなかったようで大きく目を見開いた。

セレスティア王国の教会全体を取り仕切るジョナサン大司教が自ら城を訪れたことなんて、今までに一度もなかった。王家と教会の仲が悪いのもそうだが、彼と陛下の折り合いが悪いからだ。ネイサン国王陛下もジョナサン大司教も欲深い人間のため、同族嫌悪と言うべきか互いを毛嫌いしている。

なのにわざわざ陛下に会いに来ただと……？　これは何かの冗談か？

私と陛下は互いに目配せし合うと、扉の向こうに居る兵士へ返事をした。

「分かった。準備が出来次第、直ぐに向かう。我々がそちらに向かうまでジョナサン大司教を正式な客人として、もてなしてくれ」

「畏まりました」

報告に来た兵士は扉越しに返事をすると、急いでこの場を立ち去る。遠のいていく足音を聞き流す私達は慌てて席を立った。深夜二時だと言うのに、すっかり目が覚めてしまった私達は急いで身嗜みを整える。

不吉な予感しかしないジョナサン大司教の訪問に不安を抱きながら、私は乱れた髪を結い上げた。

清潔な服に着替え、髭まで剃った私と陛下はジョナサン大司教の待つ客室を訪れる。豪華な家具と調度品に囲まれた部屋には、胡散臭い笑みを貼り付けたジョナサン大司教の姿があった。

真っ白な司祭服に身を包む彼は我々の到着に気がつくなり、サッと立ち上がって、恭しく頭を垂れる。

「お久しぶりです、ネイサン・フィリップス国王陛下。それにレイモンド公爵も。突然の訪問に応じて下さり、感謝致します」

「礼はいい。こちらもあまり時間が無いんだ。早速本題に入ってくれないか?」

ジョナサン大司教の上辺だけの挨拶を煩わしそうに撥ね除けたネイサン国王陛下は本題へ入るよう促す。椅子に腰かける素振りもないことから、長話するつもりはないのだろう。

本来であれば、客人に対してこの対応は失礼に当たるが、先にマナー違反をしたのはあちらなので文句を言う権利はない。

まあ、だとしても陛下の対応は褒められたものではないが……。

「畏まりました。それが陛下のお望みなら、喜んで」

陛下の命令に不満を抱く素振りも見せず、ジョナサン大司教は優雅に一礼した。随分と素直な反応に、私と陛下はギョッとする。『頭でも打ったのか?』と言いたくなる従順さに、私達は互いに顔を見合わせた。

もう一度言うが、ジョナサン大司教とネイサン国王陛下は昔から折り合いが悪い。互いに互いを毛嫌いし、会う度に嫌みを言い合う関係だ。だから、今日も胃が痛くなるような嫌み合戦が始まるのかと思ったが……ジョナサン大司教は大人の対応を見せた。

おかしい……いつもなら、あそこで『陛下は客人のもてなし方も分からないのですね』くらい言いそうなのに……。ジョナサン大司教は一体何を考えているんだ……？

「それでは、早速本題に入らせて頂きます。本日こちらへ参った理由は――我が国に蔓延る問題の原因を陛下にお伝えするためです」

「!?」

なんだと……!? 三大問題の原因が分かったと言うのか……!? 我が国が誇る研究者や調査員にいくら調べさせても分からなかったのに……!?

手掛かりすら摑めなかった三大問題の原因を解明したと語るジョナサン大司教は、私達の反応にスッと目を細めた。

「結論から申し上げます。我が国に降り掛かった問題の原因は――カロリーナ・サンチェス様が居なくなったことです」

「……はっ？ カロリーナ妃殿下が居なくなったから……？ フローラ嬢の不調が原因ではなく……？」

「はい。フローラ様の不調が原因ではありません。全てカロリーナ様の不在が原因です」

よほど自信があるのか、ジョナサン大司教はキッパリとそう言い切った。そこに迷いや躊躇いは一切感じられない……。

ジョナサン大司教は気に食わない奴だが、こんなくだらない嘘はつかない。つくなら、もっとマシな嘘をつくだろう。だから、この話が事実である可能性は高い。

私は『どうする?』と視線だけで問い掛けてくる陛下に対し、神妙な面持ちで頷いた。プラチナブロンドの彼は緊張した面持ちで改めてジョナサン大司教を見つめ、ゴクリと喉を鳴らす。

「分かった。とりあえず、話だけは聞こう」

「ありがとうございます! 陛下!」

大袈裟なくらいにパァッと表情を明るくさせる大司教は両手を組んだ。嬉しそうに笑う彼を前に、陛下は近くの椅子に腰を下ろす。長話を覚悟した陛下の前で大司教もいそいそと席に着いた。

そして、私が陛下の後ろに立ったタイミングでジョナサン大司教が口を開く。

「まず、大前提としてカロリーナ様がセレスティア王国に危害を加えた訳ではありません。むしろ、その逆です。カロリーナ様が居たからこそ、セレスティア王国は栄えていたのです。今回発生した問題の多くはカロリーナ様が居なくなったことで露呈した問題だとお考え下さい」

カロリーナが居なくなったことで露呈した問題だと……? ますます、意味が分からなくなってきた。ジョナサン大司教は一体何を言いたいんだ……?

謎掛けでもされているような気分になる私はチラッと陛下に視線を向ける。困惑する私とは対照的に、ネイサン国王陛下は落ち着き払っていた。

「とりあえず、その前提で話を進めよう。それで――カロリーナ妃殿下とセレスティア王国で発生した問題にどんな関係があるんだい?」

膝に両肘を置いたネイサン国王陛下は両手を組み、その上に顎を乗せる。余裕そうな態度を取る陛下だったが、内心待ちきれないのか、結論を急かした。なんだかんだ、きちんと餌に食いついている陛下の姿に、ジョナサン大司教はどこか満足げに微笑む。

「そうですね。陛下の言う通り、まずは結論から言いましょう。セレスティア王国が数々の問題に見舞われたのは――――神聖力の持ち主であるカロリーナ様をマルコシアス帝国へ嫁がせたからです」

「「!?」」

予想を遥かに上回る驚きの結論に、私と陛下は二人揃って言葉を失った。『神聖力』というイレギュラーな力の存在に、思考を掻き乱される。

神聖力だと……？　教皇聖下しか使えないという、あの……!?　マナとは全く違う性質を持つ力のことか!?

「信じられないかもしれませんが、カロリーナ様が神聖力の持ち主であることは間違いありません。それもかなり強力な力の持ち主です。国全体に影響を及ぼすくらいですから……」

「ちょ、ちょっと待ってくれ……カロリーナ妃殿下が神聖力の持ち主？　それもかなり強力な……？　じゃあ、我々はカロリーナ妃殿下《そのカ》を手放したせいでこんな事態に陥っているのか……？」

「はい。その通りです」

陛下の質問に間髪入れずに頷いたジョナサン大司教は至って真剣だった。とても嘘をついているようには見えない……。だが、そんな突拍子もない話を簡単に信じる訳にはいかなかった。

確かにカロリーナの出国時期と国に異変が起き始めた時期は被っているが、人一人にそんな力があるのか……？　神聖力の持ち主として有名な教皇聖下でさえ、屋敷の花畑を開花させるので精一杯なのに……？　仮にその話が本当だとして、カロリーナには一体どれだけの力があると言うんだ……？

「……確かにそう考えれば色々辻褄は合うけど、まだ断定は出来ない。何か証拠になるようなものは持ってないのかい？」

陛下のごもっともな意見に、ジョナサン大司教は『待ってました』とばかりに頷くと、バッグの中からある資料を取り出した。それを順番にテーブルの上に置いていく。

「こちらはマルコシアス帝国の作物の収穫量と収穫時期を表したグラフです。そして、こちらが去年のものになります。この二つをよく見比べてみて下さい」

「なっ!?　そんな資料一体どこから……！」

「教会本部に居る知り合いから頂きました。教会はよく畑仕事の手伝いをしますので、この程度の情報は簡単に手に入ります」

帝国の作物情報を『この程度』と言い切った大司教は胡散臭い笑みを振り撒きながら、『ささ、どうぞ！』と我々に資料を見るよう勧めた。言いたいことは色々あるが、とりあえず私達は用意された資料に目を通す。

全く、作物の収穫量や収穫時期は毎年違うのだから、わざわざ騒ぎ立てるようなことでもないと思うが……って、なんだこれは!?

「去年の収穫量の倍!?　それに収穫時期がこんなに早まって……!?　それにこの変化が起き始めた

のは――――カロリーナが帝国へ嫁いでからじゃないか！」

あまりの衝撃に、私は仕事中なのも忘れて叫んでしまう。『記入ミスなのでは⁉』と疑いたくなるほど、全く違う去年と今年のデータに、私は自分の目を疑った。

ここまで証拠が出揃うと、さすがにもうただの偶然とは思えない……。神聖力の持ち主かどうかはさておき、カロリーナが関係しているのは間違いなかった。それにこのグラフ……よく見てみると、以前までのセレスティア王国の作物のデータによく似ている。

食い入るように資料を見つめる私と陛下はカロリーナの関与を本格的に疑い始めた。様々な憶測を並べる私達の前で、ジョナサン大司教は『計画通りだ』とほくそ笑む。そして――――。

「ネイサン国王陛下、そこで提案が御座います。我々教会と手を組み――――カロリーナ様を我が国へ取り戻しませんか？」

欲深いこのタヌキは悪魔の誘惑としか思えない提案を我々に持ち掛けてきた。

書き下ろし番外編　初夜の悶々《エドワード side》

――時は少し遡り、結婚式当日の夜。

美しい星空の下で初夜を迎えた俺は、ベッドに横たわる灰髪の美女を見つめ、一つ息を吐いた。安心し切った様子で寝顔を晒すカロリーナの姿に、ちょっとだけ呆れてしまう。

俺も一応、男なんだが……ここまで無防備だと、少し心配になるな。まあ、俺を信頼してくれている証だと思えば、悪くは無いが……。でも、もう少し警戒……というか、男として意識して欲しいとも思う。

複雑な心境に陥る俺はそっとソファから立ち上がり、カロリーナの眠るベッドに腰掛ける。スースーと寝息を立てる彼女は本当に気持ち良さそうに眠っていた。

「普段は俺よりずっと大人っぽいのに、寝ている時は幼く見えるな」

まるで昼寝をする子供のようだと冗談めかしに言うと、カロリーナは『ん……』と唸るような声を上げた。『起こしてしまったか』と焦る俺を他所に、彼女は少し体勢を変え、ブランケットの中から左手を出す。

傷一つない真っ白な手には――――ピジョンブラッドをあしらった結婚指輪が嵌められていた。

カロリーナの瞳のように真っ赤な指輪に、俺は僅かに目を細める。

やはり、カロリーナによく似合っている。何日も指輪のデザインに悩んだ甲斐があったな。

夫婦の証とも言える結婚指輪に感慨深いものを感じる俺は本当にカロリーナの夫になったのだと、実感を得る。ただの政略結婚だと分かっているものの、彼女の隣に一生居られるのかと思うと嬉しかった。

僅かに頬を緩める俺は愛おしくて堪らない彼女の寝顔を見つめ、ブランケットへ手を伸ばす。そして、風邪を引かぬよう、首元までしっかりブランケットを被せた。

さて、そろそろ俺も寝るとするか。あまり夜更かしすると、明日に差し支える。寝坊なんてしたら、テオになんて言われるか……。

満面の笑みで毒を吐く幼馴染みの姿を思い浮かべ、俺は身震いする。いそいそとベッドから立ち上がり、俺はクルリと身を翻した――――が、しかし……後ろから聞こえた唸り声にピタッと身動きを止めた。

「んん……エド、ワード皇子殿下……」

掠れた声で名前を呼ばれた俺は、飛び上がりそうなほど大袈裟に肩を揺らす。

お、起きたのか……？　さっきまでぐっすり眠っていたのに……？　まさか、カロリーナの寝顔を見に来たことがバレたのか……!?　それは不味い……！　もし、カロリーナに『レディの寝顔を見るなんて、最悪です。幻滅しました』なんて言われたら、立ち直れないぞ……!?

『早くも離婚の危機か!?』と焦りまくる俺は一瞬気づかなかったフリをしようかとも思ったが……

愛しい妻の呼び掛けに応えない訳にはいかなかった。謝罪の言葉を考えながら、恐る恐る……本当に恐る恐る後ろを振り返る。だが、そこには――スヤスヤと気持ち良さそうに眠るカロリーナの姿しかなかった。ルビーのように真っ赤な瞳は瞼の下に隠れている。

……どこからどう見ても、寝ているようにしか見えないな。咄嗟に寝たフリをしたとも考えられるが……呼吸音からして、違うだろう。となると、残る可能性は――。

「――寝言か……」

導き出した一つの結論に吹き出しそうになる俺は、緩む頬を手で押さえた。

寝言で俺の名前を呼ぶカロリーナが愛おしい反面、ちょっと間抜けで愛らしい。また、ただの寝言に怯えていた数秒前の自分がアホらしくて堪らなかった。

カロリーナでも寝言を言ったりするんだな。ちょっと意外だ。

妻の新しい一面を垣間見て、喜びに浸る俺はスッと目を細める。夢に登場した俺はどんなことをしているのかと考えていれば――ふと、彼女の口が動いた。

「んん……わ、たしはソファで寝ま……すから……エド、ワード皇子殿下はベッドで寝てく……ださい」

途切れ途切れに言葉を……いや、寝言を発したカロリーナは少し唸りながら、寝返りを打つ。布の擦れる音を聞き流しながら、夢の中でもベッドの譲り合いをしているのかと肩を竦めた。二十分ほど前に寝る場所で揉めたことを思い出し、フッと笑みを漏らす。

お互い、『私がソファで寝る！』と譲らなくて大変だったな。まあ、最終的に『女性をソファで寝かせるのは紳士道に反する！』とよく分からないことを言って、カロリーナをベッドで寝かせたが……。

一応、『同衾する』という選択肢もあったが、カロリーナに手を出さない保証がなかったため、敢えて口に出さなかった。

自分の理性ほど信用ならないものはないからな。正直、カロリーナのことになると抑えが利かなくなる……。もう少し忍耐力を鍛えてからじゃないと、初夜はもちろん、同衾も難しそうだ。

無防備に晒された白い肌やうなじを見つめ、俺は『はぁ……』と深い溜め息を零す。少しでも気を抜いたら、カロリーナの体に噛み付きそうだ。

『目に毒だ……』と嘆く俺は丁寧にブランケットをかけ直し、身を翻す。そして、今度こそソファへ舞い戻った俺は肘掛けを枕代わりに寝転がった。

なんだか、どっと疲れたな……いい加減、寝るか。

と決意し、目を閉じるものの……なかなか眠りにつけない。眠気はあるものの、布の擦れる音やカロリーナの唸り声が気になって眠れなかった。別にうるさい訳ではないのだが、音の発生源が彼女かと思うと、どうにも落ち着かない。

他の奴なら、気にせず眠れるんだがな……やはり、カロリーナだと無理か。

「寝るのは諦めるしかなさそうだ」

降参だと白旗を振るしかない俺は潔く負けを認めて、パチッと目を開ける。視界の端にカロリーナの姿を捉えながら、『たまにはこんな日も悪くない』と目を細めた。

こうやって、俺の心を掻き乱すのも俺を振り回せるのも全部お前だけだ。

恋愛は『惚れた方が負け』とよく言うが、まさにその通りだな。俺はカロリーナと出逢ったその瞬間から、ずっと負けっぱなしだよ。

『戦好きの第二皇子』と恐れられる俺でも絶対に敵わない最強の妻はスヤスヤと眠り続ける。

ドクドクと激しく脈打つ心臓に手を当てる俺は結局一睡も出来ないまま、一夜を明かすのだった。

あとがき

『無自覚聖女は今日も無意識に力を垂れ流す2 今代の聖女は姉ではなく、妹の私だったみたいです』をお手に取って下さり、ありがとうございます。

最近寝つきが悪くて困っている、あーもんどです。

前回に引き続き、本作の裏話をちょこっと紹介していこうと思います。

まず、二巻の後半で大活躍（？）したギルバートについてですが……初期段階では、水の魔導師にするつもりでした。

落雷魔法の使い手である父のエリック、火炎魔法の使い手である次男のエドワード、氷結魔法の使い手である母のヴァネッサと来たら、『もう水魔法の使い手しかないだろう！』と思っていましたが、マナ過敏性症候群の患者なので断念……。

『魔導師だったら、お前死ぬやん！』と叫びながら、静かにギルバートの初期設定をボツにしました……無念！

また、マナ過敏性症候群の詳しい設定や治療方法については、もっと説明が細かくなる（？）予定でした。

・マナ過敏性症候群の原因→神の祝福によるもの。効力に違いはあれど、みんな体のどこかに祝福を受けている。どこを祝福されるかで、効果は異なるが、目だと視力が良くなる。マナ過敏性症候群は目に強い祝福を受けた者達がなるもの（視力がめちゃくちゃ良くなる＝本来見えないはずのものまで見える）。ただし、祝福の影響は徐々に収まっていくため、大人になる頃には大抵効果が切れている。ギルバートの場合は祝福の効果が桁外れに強かったため、こうなった。

・マナ過敏性症候群の治療方法→神の祝福は神の力でしか打ち消せないため、神聖力注入で相殺するしかない。

と、こんな感じになる予定でしたが、『ちょっと回りくどいかな？』と思い、ボツにしました。本文を書き上げてからボツにしたので、書き直すのにかなり時間が掛かったのを今でも覚えています（笑）『Ｗｅｂの更新がぁぁぁあああ!!』と叫びながら、スマホのキーボードをタップしておりました（笑）

二巻に関する裏話は以上になります。ちょっとでもクスッと笑って頂けたら幸いです。

ここからは謝辞になります。

女性向けで抵抗があるはずなのに、私の本を買ってくれるお父様。普段はクールだけど実は優しいお兄様。いつも私に元気をくれる創作仲間さま。いつもありがとうございます。

イラストを描いてくださった、あんべよしろう様。的確なアドバイスと分かりやすい説明をして下さった担当編集者さまをはじめ、本の制作に携わって下さいました全ての方々に感謝致します。

そして、この本をお手に取って下さいましたあなた様。改めまして、ありがとうございました。

『無自覚聖女は今日も無意識に力を垂れ流す２』

お手にとっていただきありがとうございます。
新しいキャラクターはいかがでしたでしょうか。

気に入っていただけたら幸いです。

あんべよしろう

王族相手に保護者面談!?
木刀で生徒にタイマン指導!?
最強の新人女教師が
魔術学院のしがらみを
ぶち壊す!?

世界へ!
ヘルモード
～やり込み好きのゲーマーは
廃設定の異世界で無双する～
二度転生した少年は
Sランク冒険者として
平穏に過ごす
～前世が賢者で英雄だったボクは
来世では地味に生きる～
贅沢三昧したいのです!
転生したのに貧乏なんて
許せないので、
魔法で領地改革
領民0人スタートの
辺境領主様
戦国小町苦労譚
毎月15日刊行!!
https://www.es-novel.jp/

ようこそ異
反逆のソウルイーター
～弱者は不要といわれて
剣聖（父）に追放
されました～
転生した大聖女は、
聖女であることをひた隠す
冒険者になりたいと
都に出て行った娘が
Sランクになってた
即死チートが
最強すぎて、
異世界のやつらがまるで
相手にならないんですが。
俺は全てを【パリイ】する
～逆勘違いの世界最強は
冒険者になりたい～
アース・スターノベル
EARTH STAR NOVEL

EARTH STAR NOVEL

無自覚聖女は今日も無意識に力を垂れ流す 2
今代の聖女は姉ではなく、妹の私だったみたいです

発行 —— 2021年12月15日　初版第1刷発行

著者 —— あーもんど

イラストレーター —— あんべよしろう

装丁デザイン —— シイバミツヲ（伸童舎）

発行者 —— 幕内和博

編集 —— 筒井さやか

発行所 —— 株式会社アース・スター エンターテイメント
〒141-0021　東京都品川区上大崎 3-1-1
目黒セントラルスクエア　7F
TEL ：03-5561-7630
FAX：03-5561-7632
https://www.es-novel.jp/

印刷・製本 —— 図書印刷株式会社

ISBN 978-4-8030-1592-8